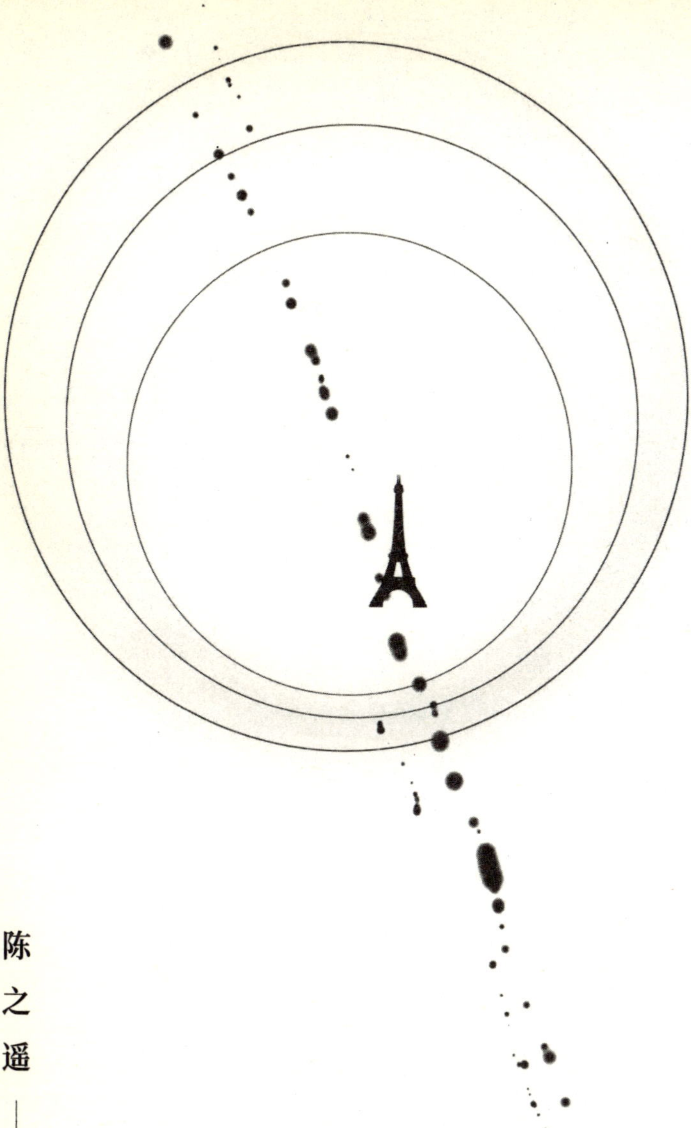

陈之遥 著

我曾如此爱你

Beauty Can Take You to Everywhere

中国華僑出版社
北京

目录

引 子

二〇〇三年七月，十七岁生日之后，我决定独自去一个遥远的地方，等待生命的终点。

我遇到一个男人，他对我说，可以把我带到地球的背面。他为我描述那个地方，告诉我“Beauty can take you to everywhere（美能带你到任何地方）”。脸上带着嘲弄的笑，把我当作一个极其常见的离家出走的厌世少女。

可惜我不是，我只是不愿意在病床和手术台上度过我剩下的日子，也不要那些爱着我的人再次面对贫苦和绝望。我决定不让任何人走近，当生命终结，我只会是一个浅淡的影子留在他们的记忆里面。

Why do you want to dance?

Why do you want to live?

Well, I don't know exactly why, but... I must.

That's my answer too.

—*The Red Shoes*

你为什么要跳舞？

你为什么活着？

准确地说，我不知道为什么。但是，我必须……

这就是我的回答。

——《红菱艳》

01

坟墓

二〇一〇年一月十五日，曼哈顿，阴。

早晨八点四十分，李孜跟着Richard Ward（理查德·沃德）去曼哈顿下城的拘留所探访一个等待审判的嫌疑人。他们乘坐的出租车堵在布鲁姆街和卡纳街之间，举步维艰。

Ward是个年近六十的胖子，解开衬衣的第一颗扣子，低头在手机上看他的邮件。李孜则很瘦小，黑色羊毛大衣一直盖到小腿中部。她看着车窗外面，那是个融雪的日子，气温在冰点上下浮动，街道两边一片萧肃，不禁让人觉得这是一年当中最悲凉的月份，冷，而且没有节日。

开车的是一个锡克教印度人，包着紫红色头巾，耳朵里插着耳机，音量开得很大，偶尔漏出一星半点的音乐声。李孜在其中捕捉到一段熟悉的旋律，却想不起出处，只觉得好像是电影配乐，在哪里听到过。那一瞬间恍如时光交错，她想起许多从前的事情，一些零碎的片段，指尖的触感，透过眼帘的光，既没有情节，也没有前因后果，但随之而来的感觉却像突然撞到鼻子那样热辣而酸楚。

“证件都带齐了？”Ward开口问。

她回过神来，下意识地打开包。

他看到放在最上面几乎全新的DOC（City of New York Department of Correction，纽约管教局）通行证，问道：“第一次去‘坟墓’？”

她点点头。

“知道那里为什么叫‘坟墓’吗？”

李孜摇头说不知道，但监狱叫这样的名字一点儿也不奇怪。

“最早是按照古埃及陵墓设计的，20世纪70年代翻修成现在的样子。”Ward解释。

她又点点头，没开口。

Ward看看她，笑道：“你是不喜欢说话，我从前没说错，我看人一向很准。”

“是啊！”李孜回答，语气一如既往地冷峻，“所以，在你面前我也不必装了。”

三年前，Ward对她说过同样的话。那时他是面试官，李孜是应征工作的人，刚刚毕业，背了一肚子书，考了许多试，却什么都不会，什么都不懂。

两人头一回相遇是在一次小组面试上，李孜记得那时有两个面试官，其中之一就是Ward。她很早就听说过Richard Ward这个名字，知道此人是个以打刑事重罪官司出名的狠角色，但Ward留给她的第一印象并不好，而且那种坏印象一直延续到现在。在她看来，这个胖子的形象和做派只和一个形容词牢牢对等，那个词就是“厚黑”。虽然Ward是白人，只是厚，并不黑。

当天参加面试的总共有十个人，都是新近毕业的学生，每人都被要求讲一段真实经历，来说明自己身上最可贵的品质。其中有一个口才很好的男孩子，和Ward一唱一和聊得极其投缘。男孩子说了一件小时候在祖父家里和堂兄弟相处的事情，把自己极具技巧的影响力和说服他人的本事吹得神乎其神。所有人都知道那故事多少有些夸张的成分，却都听得十分开心，Ward更是訇訇訇笑个不停。

轮到李孜，她脑子里一片空白，强作镇定，平铺直叙。就在不久之前，她搬来纽约，住进男朋友的公寓。第二天清早，有人敲门。她去开门，门外是住在他们楼下的一个老妇人，手里拿着一根树枝，挑着一个用过的避孕套，气势汹汹地说：“这很脏，知道吗？！很脏！”那是一栋七层楼的房子，住了不下二十户人家，有业主，也有像他们一样的租客。李孜费了许多口舌解释，这不是他们扔的，但老太太始终不愿意相信。

“后来你怎么说服她的？”Ward问。

“没有，我没能说服她，她至今都对我们抱有成见。”李孜回答。

这就是个毫无疑义、没头没尾的故事。在座的其他人用奇怪的眼神看着她，有的甚至轻声笑起来。

“那么——”Ward也笑着问，“你的这个故事想说明什么呢？”

“诚实。”李孜回答。

Ward不懂，做出一副饶有兴味的表情等她解释。

“我可以讲自己如何如何说服了她，来说明我巧舌如簧，也可以说我起诉她诽谤，以此证明我有法律精神。”李孜看着他，说得不急不慢，“但我很诚实，我不会为了说明什么而编造一个结局。”

小组面试结束，李孜认为自己肯定完了，但却在三天之后接到事务所人力资源部打来的电话，通知她去参加第二轮面试。面试官又是Ward，但这一次她准备得更好，努力装出一副容易相处、干劲十足的样子，不停地微笑、说话。

Ward看着她的简历，问她：“你其实是个挺内向的人，也不喜欢说话，为什么会选择上法学院呢？”

李孜愣了一下，照例把那些现成的说辞搬出来，什么公正之心，还有法律精神。

Ward打断她，直截了当地说：“你把你最可贵的品质丢哪儿去了？”

李孜一时语塞，她至今记得那一瞬间的感觉，就像行骗被识破，又像是被人戏弄。她带着些羞恼，干脆放弃了那些冠冕堂皇的理由，照实回答：“因为这是个好职业，收入也不坏，所有人都希望我这样选择。要是我不晕血，也可能去做医生。”

Ward大笑，又问了些不相干的问题，然后站起来和她握手告别。

那个时候，李孜觉得自己原本前程似锦的人生突然退去光华，显出如同敝屣的本色。不是因为眼前这个傲慢的胖子，而是因为不管是说英语，还是执业做律师，她都说不上喜欢，除了谋生，她找不出一个理由来说服自己、说服旁人。

不知道是不是因为她的“诚实”，她终究还是得到那份工作了，在同一间办公室、同一张桌子上，一干就是三年。

在这三年里面，她鲜有机会和Ward共事。整个事务所上下都知道，Ward对刑事重罪诉讼有种近乎病态的迷恋，这样的案子的确能带来名声（好的，或者坏的），却没有多少油水。作为资深合伙人，他有这份资历和实力去选择自己喜欢的案子，而李孜则没有，人家塞给她什么便是什么，时年二十七岁的她在“食物链”的最底层埋头苦干，做着那些大同小异的事务性工作，那些没有激情、不善言辞的律师最擅长做的烦琐事情。

而作为那段回忆的副产品，李孜也连带着想起一些私人的事情。那个时候她跟Terence（特伦斯）交往半年有余，她从学校毕业，搬来纽约，和他一起住……现在他们就要结婚了，回想当时，仿佛还是昨天似的。

一刻钟过去，车子只前进了不过十米，Ward打开车门下车，抛下一句：“走过去吧。”

李孜赶紧付了车钱，想问司机那段音乐的名字，收据却已经递过来了。她下车，追上在前面路口等红绿灯的Ward，耳朵里却还带着那段音乐，嘴里还含着那个未曾发出的问句。

“我听说你干得很不错，所有人都说你干得很好。”Ward边走边说，“但我也听说你提出辞职了。”

“不必为此自责，不是因为你。”李孜回答。

Ward大声笑起来：“你倒还有些冷幽默，不过，别搞得好像我逼你做什么事，我只想让你帮我看一个人。”

“你不是看人很准吗？”李孜冲了他一句。

Ward倒是无所谓，回头对她狡黠地笑了笑，说：“没错，但我也需要其他人的意见，尽管只是偶尔。”

“可你还没给过我任何跟这案子有关的资料。”李孜提醒道。

“我不想影响你的独立意见。你只需要知道他被控杀人。等一下我跟你一起进去，然后我离开，你跟他单独待一会儿，试着跟他聊聊，然后告诉我，你觉得他是有罪的还是无辜的。”

“我以为破案是警察的事。”

“我这人不是什么正人君子，但我不为有罪的人做无罪辩护，也不想让无辜的人在疯人院度过余生。这无关道德，只是个原则罢了。”

李孜想要嘲笑他几句，最后却只是说：“二月十五日是我在这儿最后一天上班，在那之前，我会尽力帮你。”

“倒不用那么久。”Ward笑道，“这案子月底就要上庭，如果到时候还是没有发现有利的证据，应该很快就会宣判的，你只需要忍受我不到两周而已。”

在“坟墓”，他们被带到一间灰地白墙的房间里等候。那是一间约十五平方米大小的屋子，摆着一张桌子、四把折椅，桌上有个刻着“City of New York Department of Correction”字样的金属烟灰缸，电暖气的热流扑面而来，叫人昏昏欲睡。

Ward问李孜：“你喜欢芭蕾吗？”

她一时不知道怎么回答。十几岁的时候，她经常听着柴可夫斯基、斯特拉文斯基或者莫里斯·拉维尔的曲子做白日梦。她喜欢那种简单、澎湃、戏剧化的音乐，这样的人应该也是喜欢芭蕾的。但是，阴错阳差，她从未走进剧场去看过一场真正的表演，时至今日甚至连电影都很少看。

“干吗问这个？”李孜反问。

Ward回答：“因为你马上就要看到一个芭蕾舞演员。”

他话音刚落，门就开了。狱警带进来一个穿着橙色囚衣的男人，因为还是嫌疑人，所以没系腰带，看起来二十五到三十岁，亚洲人，左眼眉骨和下眼眶带着伤，没看他们，更没打招呼，安安静静地坐下了。倒是Ward站起来，问狱警：“他的眼睛怎么了？”

狱警漠然地回答不知道，如果要验伤或是追究责任，可以去哪里申请，填些什么表格。

Ward转头告诉李孜，他要去打个电话，又对桌子对面的男人说：“Han（韩），这是我的助手Liz，她也是从中国上海来的，我想你可能愿意和她谈谈发生的事。”

就像他们事先说好的一样，Ward跟她一起进去，然后就走了。

—// ∧ \\—

房间里变得很静。

“你好，Han，我叫李孜，他们都叫我Liz，你如果愿意也可以这么叫。”很烂的开场。

对面的男人抬头看看她，露出一个淡淡的笑，表情平静而又清朗。如果Ward这时候回来，李孜一定会告诉他，这个人是无辜的。

“你愿意跟我说一下事情的经过吗？”她受到那个笑容的鼓舞，继续问下去，拿起笔，摊开记事本，等着。

Han没说话，又笑了一下，那是个更加不易察觉的冷漠的笑，就好像在说，算了吧。

那个无声的笑之后，房间重新陷入沉默，只剩两个人呼吸的声音，李孜，还有Han，透过墙上的无缝玻璃可以看见狱警面无表情地站在房间外面。

李孜不记得上一次这么紧张是在何种场合，她手忙脚乱地去翻Ward留在桌子上的那一沓纸，但要临时梳理出头绪并没这么容易。她在心里暗骂Ward，甚至猜想那个胖子是要在她离职之前再损她一把，好让她知道，自己确实不是干这行的料。

开始的时候，她还一边看一边问上几句，比如：“你是一九九二年来美国的？”“事情发生在去年九月？”但所有的提问都没有得到回应。Han，或者如他的身份证明文件上显示的Han D H Yuan，只是安静地坐着，仿佛她不存在。潜意识里，她想当然地推定，面前这个人有着与她极其相似的童年和少年时代——都是第一代移民的孩子，十多岁时突然发现自己身在异乡，半路离家，很长一段时间没有朋友，英语说得很烂——即使在那之后有怎样喜人的变化，那段日子所造就的深层次的性格早已经印进DNA里了。

她索性静下心来慢慢地看那些字，心里希望，最好看到一半Ward就回来了，但事情并不如她所料想的那样。

“最后的双人舞。”Han突然开口说道。

“什么？”

“最后的双人舞，你哼的曲子。”他也哼了一遍。

正是她在出租车上听到过的那段旋律，她不记得自己发出过任何声响，不过，整个早晨，那个熟悉而陌生的调子始终在她左肩上方回旋，她很可能不经意地哼出声来，自己却不觉得。

“《吉赛尔》第二幕，最后的双人舞。”他又一次重复那个名字。

李孜看着他，他却没看她，目光落在她身后的某个地方。

“愿意跟我说说事情的经过吗？”她又问了一次。

他好像被她说话的声音吓到，一阵慌乱。

“说中文也可以。”李孜先说了句中文。

他显然听懂了，却还是用英文说下去：“去年九月，我跟随芭蕾舞团去巴黎国家歌剧院表演，剧目几乎全都是乔治·巴兰钦的交响乐作品，比如《珠宝》……”

I know you're leaving in the morning when you wake up,

Leave me with some kind of proof, it's not a dream...

—*The Only Exception* Paramore

我知道早上你醒的时候就离开了,

但你留下了一些痕迹,这不是梦……

——《唯一的例外》Paramore乐队

02

最后的双人舞

五个月前，巴黎。

八月底的一个早晨，芭蕾舞团到达巴黎戴高乐机场。夏末的阳光穿过机场的玻璃幕墙照进来，落在这样一群人身上，俊美优雅，脚步轻盈，趾高气扬。Han Yuan走在队伍中间，是男演员中唯一的亚洲面孔，没有笑容，也不讲话。

当天晚上，媒体采访之后，剧团经理告诉他们中的几个人，有一本时尚杂志想要找他们拍几张照片，做一个“时尚与文艺”的专题，构想其实很简单——模特们穿舞衣，舞蹈演员穿Prada、Tim Hamilton或者Ute Ploier[①]。时间是次日下午四点钟，约在城西的一个

① Prada、Tim Hamilton、Ute Ploier都是世界著名服装品牌。

地方。

第二天，Han和他的同事们一起如约去了那里。那是一座古典复兴主义建筑的顶楼，内里的装饰却是彻头彻尾的现代风格，白色房间，适合跳舞的淡黄色榉木地板。红发的女助理把他们领到更衣室换衣服。Han站在帘子后面，隐约听到外面传来讲电话的声音，是个年轻冷淡的女声，一连串的法语，他只听懂了最短的一句："这不是真的……"抱怨的口气，说完就是把电话扔到桌子上的声音。

等他从更衣室出来，房间另一头靠窗的地方已经摆开了一张半米宽的白色长条案，一个穿芭蕾舞衣的年轻女人站在上面，两条胳膊抱在胸前，扭头看着窗外。摄影师叫她Ballerina（芭蕾舞演员），仿佛她生来就是个舞伶，现在，将来，以及过去。他看到她钟形纱裙下面的小腿和足踝，裹着白色不很透明的紧身袜，肉粉色足尖鞋的缎带绑在脚腕最细的地方。他突然有种感觉，许多年之后，有一天，他认不出那张脸了，也一定认得出这双脚。

他站在原地，条案上的女人转过头来，目光落在他脸上，愣了一下，然后低下头，说了一声"他妈的"，声音很轻，语气出奇平静。他也很快地低了一下头，忍不住牵动嘴角露出一个短暂而冷淡的笑。在那之前，他从来没想过，如果他们有机会再见，相互之间会说些什么，即使想过也肯定猜不到她会说"他妈的"，而他会默不作声地冷笑。

摄影师一只手端着照相机，有点不耐烦的样子，提高声音对他说："请到这里来好吗？"然后，又对桌子上的女人说，"请竖起脚尖。”

他记得自己走过去，说了一声“对不起”，不确定是对谁说的——摄影师，还是桌子上的女人。随后的时间，他任人摆布，眼前始终不变的是条案上那双穿足尖鞋的脚。他一直没有抬头看她，因为那不是摄影师要他看的地方，也因为不敢，即使不看，他都已经觉得喉咙哽住了，如果这个时候讲话，声音都会是不一样的。

眼前的那对脚尖竖了很长时间，直到摄影师说：“好，可以了。”一只手伸到他面前，他伸手握住，她从条案上下来，几乎没发出任何声音，像排练了一千遍。

“过得好吗？”他轻声问。

Ballerina微微扬起脸，回答：“不能再好了。你呢？有孩子了吗？”没等他回答便从他面前走过去了，吐出来的那几个音节轻擦着他耳边。

他又被叫去和其他人一起拍照。她去更衣室卸妆，换掉身上的舞衣，出来的时候身上穿了条黑裙。他知道她没走，就站在他们身后那扇铅灰色金属大门边上看着他。只要有可能，他就回头看她，她也对他笑，或者自觉不自觉地眨下眼睛。

但是，大约一个半小时之后，拍摄结束的时候，他回头，她已经不在那里了。

他抓住那个红发的女助理，问：“她去哪儿了？”

“谁？”女助理反问。

“Ballerina。”

女助理笑起来："这里满屋子的Ballerina。"落地窗边上，四五个女模特全都换好了舞衣，白的、粉的，轻纱薄雾的一片。

他知道自己的法语程度不足够解释，跑进更衣室，用最快的速度换好衣服，冲出去。他下到底楼，电梯门打开的时候，刚好看到她在门口上了一辆黑色轿车，车身后面嵌着一个纹饰图案的徽章，隐约看得出一个花体的"R"字。她坐在后排座位上，扶着车门回头看他，好像一点儿也不吃惊他会追出来找她。她做口型跟他说再见，然后关上车门。车子启动，在路上划出一条圆润微妙的弧线，沿着那条四车道的马路朝东驶去。

徒劳地追了两条街之后，他漫无目的地在路上走。夏天的巴黎天黑得很晚，白日和夜晚之间，了无尽头的黄昏像一个醒不来的噩梦。不知多久之后，夜幕终于落下，他走过圣厄斯塔什教堂——许多人聚集在那里，孩子般欣喜地等着。

那天晚上，是月光电影节的最后一夜，放映Christopher Honoré（克里斯托弗·奥诺雷，法国导演）的《在巴黎》。他没听说过这片子，也无意去看，却还是站在街角，远远地看着巨大的充气银幕在广场上慢慢展开，直到一只手放在他肩上。

"我原本不想去的。"Ballerina站在他身后说。

他回过头，握住那只手，看见路灯的光映在她脸上，周围都是陌生人快乐无忧的面孔、音乐、电影对白，混杂着笑声、说话声。光影、声音、气味组成复杂的印象，穿过夏夜柔软潮湿的空气扑面而来，在那一瞬间，几乎让他落泪。

—//∧\\—

“今天的工作，我原本不想去的。”她又说了一遍。

“为什么还是去了？”他问。

“因为报酬不错。”她笑起来，声音半带沙哑，像个刚哭过的孩子为了一点点不起眼的东西破涕为笑——就跟从前一样。

她从他手里抽出手来，跑了几步穿过马路，走进卡森广场上的人群，直到完全湮没在里面才停下来，回头看着他挤过来，然后又转身去看电影。她手里什么东西也没拿，两只手插进连衣裙侧面的口袋里，始终保持那个姿势，就像在告诉他，不要靠近。

过了很久，她轻声说：“四年前，你在米兰的那一次，我去看了。”眼睛仍旧盯着银幕。

那是他重回芭蕾舞团之后第一次名字被印在节目单上，演出《吉赛尔》全本，他是阿尔伯特的仆从。

“为什么没来找我？”他问。

“你知道为什么。”她伸出右手，手指插进他左手手指中间，举到面前，侧过头看着他无名指上一个四毫米宽的戒指，抛光的表面已经有了点划痕，并不很亮。

“算好吗？”

“戒指？”

他摇摇头：“我说芭蕾，米兰的那次。”

“那个阿尔伯特空转落地之后的五位做得不及你好。”她回答，而后又摇头，“算了吧，我又不是批评家。”

“没人能像你那样跳。”

她又那样笑起来："那么久的事情了，我老早就忘了。"

电影放了两个多钟头，他们就那么并肩站着，没再说话，也没拉手。直到深夜，电影散场，他们随着人流不辨方向地走了一段。他告诉她，自己就住在附近一家老式酒店里。

她却跟他说再见，离开他朝另一个方向走过去。他追上去叫她，她没回头，只说："别让人看见我们在一起。"

他不明白，巴黎根本就没有他认识的人。

"走吧，别让人看见你跟我在一起。"她又说了一遍，像是在求他。

"为什么？你在怕什么？"

她停下脚步，转身看着他说："不是我，是你，我不能让他伤害你。"

"谁？"他抓住她的手臂。

她看着他，没回答。

"Eli York（伊莱·约克）？"他追问道。

"我只想看看你。"她轻声说，然后挣脱他的手朝后退了几步，转身穿过人流，折进一条小路。

他紧跟着跑过去，但她已经不在那里了。

很久，也可能只是一瞬，Han醒过来，发现自己躺在一张老式四柱床上，没换衣服，床上暗铜色的罩被也没有除去。他花了很久才弄明白自己身在何处，努力回忆昨晚的事情，却记不起自己是怎么回到旅馆的，又是什么时候回来的。他一心想到外面去，重新走一遍那条路，弄明白究竟是怎么回事。

之后的那几天，他都在做同样的事情，去那间摄影棚，圣厄斯塔什教堂，以及卡森广场旁的那些小路，花了许多时间在他们重逢的地方找她，结果却一无所获。因为这种徒劳无功的寻找，他几乎每天都不能准时到场排练。他知道导演和编舞都对他颇有微词，其他演员都只当他又开始发疯了。所幸他原本就是行事古怪的人，所以也没人特地来过问。只有Lance Osler（兰斯·奥斯勒）来找过他几次，但他都故意避开了。

直到那一周的星期五，黄昏时分，他在排练间隙离开剧场，顺着和平路一直走到旺多姆广场上那一长排支着墨绿色遮阳篷的老建筑前面。他在一扇玻璃门上又看到那个图案，那个花体的“R”，代表Hotel de Ritz（法国巴黎里兹酒店）。

里兹酒店，旺多姆广场的里兹酒店，距离歌剧院不过两条横马路而已，离他住的地方就更近了。如果她真的住在那里，那么过去的几天他们都离得如此之近，近得可怕，却不知道为什么，一直都遇不到。

饭店门口的门卫迎上来说了句法语，见他没有反应又马上换了英语讲话：“能为您做什么吗，先生？”

他不知道要做什么，随口问了一句：“休息室在哪里？我要等个人。”

门卫替他开门，指了指大堂的西面。他径直走进去，在一个能同时看得到大门和电梯厅的位置上坐了很久。落日的余晖穿过古色古香的黑色铸铁窗棂照进来，在镶嵌着金线的米黄色大理石地面上投下浅淡却炙热的影子，时间似乎在他身边飞逝而过，一转眼，天已经快黑了。窗外仿造老式煤气灯样式的吊灯亮起来，再加上路灯和霓虹灯，整个广场上流光溢彩，像是个什么节日似的。

直到七点钟，他才想起来那一晚将是他第一次在巴黎登台。他赶回歌剧院，早已错过了最后一遍彩排。像往常一样，主剧场的后台看起来就像是个凌乱破败的仓库，舞台上银白的眩光透过深红色丝绒幕布的缝隙和边沿照进来，在无数面化妆镜之间往返折射。穿背心和旧牛仔裤的工人们拿着道具和布景板穿行其间，女演员们身穿精美到不真实的舞衣，肩膀上却又披着一件再真实不过的混纺开衫，下摆起了毛球，前襟沾着油渍。

导演看到他，张开双手，不是拥抱，纯粹为了表达情绪："您能不能学会回电话，或者，退一步说，让什么人替您回一个？"

Han愣了一秒钟才回答："我不知道我的电话在哪儿，对不起。"

Lance Osler从他身后不远的地方跑过来，把手机塞到他手里，在他耳边轻声道："在这儿。"

他在第二幕时上台，那一幕的主题是红宝石。大部分时间，所有人的目光都聚焦在一个身着深红色舞衣的女演员身上，只有第十一排左侧靠近过道的位子上，一个男人始终盯着他。那个人隐身在幽暗的观众席里，Han看不清他脸上的表情，只知道他身旁的位子始终空着，红色丝绒椅套在黑暗里显得犹如烂熟的葡萄一样甜腻而浓郁。幕间休息之前，那个男人站起来，了无声息地走了。大约有两秒钟时间，Han忘记了舞步，垂手站在台上，看着观众席尽头那扇包着黑色皮面的门，一尺宽的白色光线亮得晃眼，却又在那道门后面戛然而止。

他不记得那之后发生的事情，紧接着的记忆片段是次日早晨，他被一阵敲门声惊醒，他起来开门，门外站着Lance Osler。

“所有人都在等你。”Lance对他说。

他想起上午九点钟开始的彩排，跟着Lance穿过旅馆几乎密闭的走廊，坐电梯下楼。

电梯轿厢三面都是镜子，他和Lance都尽量避开彼此的眼睛，却发现这很难。他们走出酒店大门，Han循着模糊的印象朝两条街之外的那个广场走过去，那和他们排练的剧场是完全不相干的方向。时间可能已近中午，但因为是个雨天，光线依旧冷而暗淡，路上行人不多，偶尔有一把色彩艳丽的雨伞在水幕中展开，闯进他的视线。

“你这是要上哪儿？”Lance恼怒地问他。

“替我请个假好吗？”他只抛下这么一句话，在雨里继续朝错的方向走。

Lance追上来抓住他：“你到底是怎么回事？能谈谈吗？有件事……我想告诉你。”

Han停下脚步，回头打断他：“不是现在，真的，不要现在讲。”

他脸上的表情让Lance做出了一些退让，但却还是跟着他，喋喋不休地问：“你没事吧？你要去哪儿？要干什么？”

“Lance人不错，就是话太多了。”Han突然想起这么一句评价来，许多人都这么说过，包括他们俩在芭蕾舞学校的老师卡拉曼洛夫斯基先生，还有Esther（埃丝特）。他尽量强迫自己不去想Esther。他想甩开Lance，但路口的红灯亮了，他被迫停下来。

对面街上开着一家以售卖瓷器闻名的婚礼用品商店，店门口蔚为壮观的雨棚被雨水冲刷得光润洁白。细密的雨雾之间，Han看到一辆同样挂着“R”字标记的黑色轿车转过街角，慢慢地滑行进那巨大的雨棚下面。一个穿黑衣的男人从车上下来，走进店里。Han认出了那个人，不顾一切地穿过马路，朝那边跑过去。一辆蓝色计程车紧贴着他身后驶过，紧跟其后的车子发出尖锐的刹车声，周围有人惊叫起来，Lance被拦在了后面。

店门口穿褐色制服的门童惊愕地看着他，但仍旧带着职业化的礼貌问：“需要帮助吗，先生？”门童犹豫着是不是该拦住他，因为他浑身都湿了，看起来像是疯了。

他没理睬那个问题，推开黄铜装饰的玻璃门，径直走进店堂。那个穿黑衣的男人就在几步之外跟一个中年女店员讲话，背后的柜台上摆的全是透白镏金的瓷器和水晶酒杯，听到他进来的声音，两个人同时转过头来看他。

“你好，Han。”黑衣男人开口说道，脸上露出一个奇异的表情，像是一种笑容，却又不知是为了什么。

Han跳过了那句问候，只是喃喃地念出那人的名字——Eli。

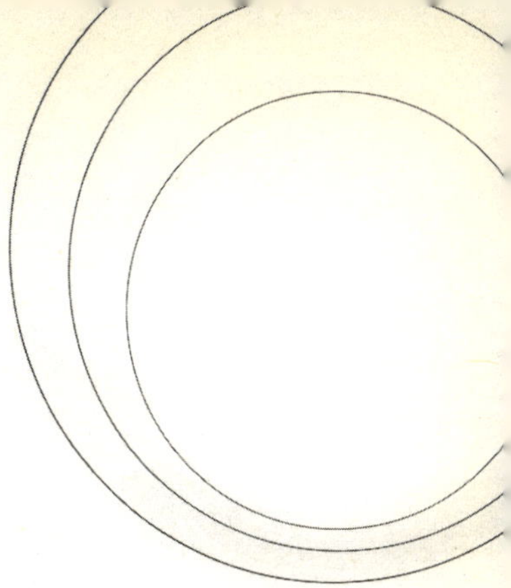

If you hear someone is coming near,

Just close your eyes and make them disappear...

—*Now that I Know* Devendra Banhart

假如你听到有人靠近，

就闭上你的双眼，让他们消失……

——《我现在知道了》德文德拉·班哈特

03

交 替 的 记 忆

Eli York，李孜记得自己看到过这个名字，公诉书上被害人的名字。去年九月十日凌晨，Eli在西四十二街一栋高层公寓的第四十九层中毒身亡，根据大楼监控显示，Han Yuan那天晚上也去过那里，而且很可能就是最后一个跟Eli接触的人。李孜不明白那个寻找Ballerina的过程与这场谋杀之间有什么关系，但听Han的叙述，却不觉得冗长。

“能说说去年九月九日夜里到九月十日凌晨发生的事吗？”她问，想要把谈话拉回主题。

Han看着她没说话，脸上也没有什么特别的表情，就好像根本没听懂她的问题，两秒钟之后才回答：“对不起，恐怕不行，我不知道那天晚上发生了什么。”

李孜不明白他的意思。

“事实上，我一直试着回想那天的事情，但每次想起来的事情都不一样。”他自嘲地笑了一下。在身陷囹圄时，那是个不同寻常的表情，让李孜不禁在心里打了个冷战。

“无论你想起了什么，都可以对我说。”她说道。

“Ward之前的那个律师告诉我，如果我不能肯定，就什么都不要说。”

“你可以告诉我，我不是警察。”

他犹豫了一下，还是说了：“有时候，我记得是我把胶囊拆开溶进酒里，有时候又看到是他自己吃了那些药。”

“药是谁的？”

“我不知道。”

“你为什么会在那儿？”

“我不记得了，好像是因为她。”

“她是谁？”

“Ballerina。”

“她有名字吗？”

“当然，她叫G。”

“当时她也在场？”

“有时候在，有时候不在。”他低下头，似乎被逼到记忆的绝境。

李孜换了一个话题：“你怎么认识他们的，York，还有那个G？”

他沉吟了片刻才回答：“大约六年前，我住在康涅狄格一所医院里，她去那里看一个朋友，我们就这么认识了。她是个模特，Eli是她的经纪人。”

“你跟G交往过？”

“对，有段时间我们在一起，大概四个月。”

“后来呢？”

“后来她去了别的地方，欧洲。工作上的原因，我们就分开了。”他一字一句地回答，十分简略。

“去年八月份之前，你没再见过她？”

“见过一次，我婚礼前夜的派对，她也来了。”

就在这时，Ward从外面进来，打断了他们的谈话。李孜站起来对Han说了声对不起，又跟Ward说：“我跟你说句话。”伸手把胖子推去了门外走廊里，关上门。

她透过铁门上手掌大小的玻璃窗，又看了一眼坐在桌边的Han，把Ward拉到一边，说：“他应该接受精神鉴定。”

跟她料想的不同，Ward一点儿也不惊讶，只笑了笑，回答：“两次，他受过两次司法精神鉴定，两次的结果都是正常的。”

“这不可能。”李孜肯定，任何一个哪怕受过一点点心理专业教育的人都能看出来他叙述当中出现的问题。

“这不是没有可能，在你之前，他没有跟任何人说起过这段经历。”

李孜不解地看着Ward。

“案发之前，有证人看见Han在巴黎一家商店里打了Eli，并威胁要杀了他，两个人打碎了大约价值一万五千欧元的瓷器。”Ward停顿了一下，似乎肯定李孜会发出惊叹，但却什么都没等到。他笑了一下继续说下去，“纽约这里有Han在案发当天尾随Eli进入公寓的监控录像，公寓里有他的指纹，但没有口供——Eli死了，而他什么都不说。”

李孜很容易想象出Han面对警方的样子。因为，在她面前，他仍旧保持着那样的态度——不急于辩白也没有反抗，带着一种旁观者般释然的态度，仿佛灵魂出窍，飘在房间一角的半空，对着自己的耳朵幸灾乐祸地低语轻笑：这下你要怎么收场？

“那他怎么接受的精神鉴定？”她又问。

“他很配合，各种各样的测试都很配合，只是拒绝谈发生的事，他说全忘了。”

李孜突然明白过来为什么Ward点名要她来——她是事务所里唯一的华裔，Ward想当然地觉得她能问出点什么来。想到这里，她不禁有些气恼，却还是尽职尽责地回答：“他也是这么告诉我的，但多少还是说了一些。不过，那些记忆，尤其是关于那个G的事情很混乱，其中有一些细节又很真实，很可能是发生了什么让他不能接受、不愿意面对的事情，所以他篡改了自己的记忆，拼凑出一段新的。”

“那个G？”Ward特别挑出这三个字来问她。

“他反复提到的一个女人，模特，或者Ballerina，还说Eli York死的时候，她可能也在场。”

Ward低头想了一下，说：“警方的调查记录里并没有第三个人。他说过更多关于这个女人的事情吗？”

“他说他婚礼前夜的派对，那个G也来了。”

Ward看着李孜，突然说：“你总在她名字前面加个定冠词，好像不肯定她是否真实存在似的。”

李孜不得不承认，潜意识里她确实是这么想的。

“不管怎么说，我们得试着找到她。”Ward说道，表情变得有些严肃，转而又笑起来，问李孜，“想见见他妻子吗？”

从“坟墓”出来，Ward给Han的妻子打了个电话，约好下午三点钟在她工作的地方见面。

时间已过中午，他提议在附近一家咖啡馆吃午饭。李孜只简单吃了点东西，便把刚才记下的东西拿给Ward看。胖子一边吃一边窝在卡座的角落里读她的笔记，看到最后，突然问：“关于那家商店里发生的事情，他没有详细讲？”

李孜摇摇头，回答：“Han只说他看到Eli走进那家商店，他追进去问G在哪儿。之后两人发生了口角，他打了Eli，几个店员和他芭蕾舞团的同事Lance Osler把他们拉开了。”

“Lance Osler。”Ward摸了摸下巴，感叹道，“这个Lance Osler也是个奇怪的角色。”

“为什么这么说？”李孜问。

“Han的妻子告诉我，Osler和Han曾是同学，后来又做了同事，Han结婚的时候，他是伴郎。”Ward说，“但在这桩案子里，他是检方最有力的人证，几乎可以说是他亲手把自己的朋友送进了监狱。”

“证人是宣了誓要说实话的。”李孜提醒他。

“即使一样是实话，也有好多种方式去讲。”Ward强调，“如果没有他，这案子会简单许多，那几个法国店员未必能出庭做证，就算来了，随便放一段奥普拉的脱口秀，他们至多只能听懂一半，而Han和Eli吵架一定是说英文的，这样的证言很可能不被采信，没有了死亡威胁，也就不存在谋杀。但现在，就是有这个Osler……”

“可能他和Han有过矛盾。”李孜胡乱猜想。

“可能，只可惜没证据。”Ward点点头，摊开手傻笑了一下，合上笔记本还给李孜，对她说，“做得不错，我早说过我看人很准。”

这话把李孜气得够呛，她回了一句：“其实你根本不用费心夸我，我心里很清楚为什么突然要我接手这个案子。”

“为什么？”Ward脸上带着些笑意，看着她问。

“为了把我从那个制药公司的大案子里踢出来。”李孜耸耸肩回答，在Ward面前她总是懒得去掩饰，“我辞职了，他们不想让我继续接触那些保密文件，所以就把我塞到你这儿来，做这件无关紧要的Pro Bono[①]。”

“如果你觉得一条人命和四十年监禁都是无关紧要的，那我也

---

① Pro Bono，拉丁语，意为“为了公共福利”，此处意为在册的执业律师必须履行的义务性法律服务工作。

无话可说了。”Ward打断她，做了个无可奈何的手势。

“我不是那个意思……”李孜试图辩解。

但Ward却只是露出一个嘲弄的笑，纠正道：“这案子不是Pro Bono，被告的妻子可是花了大价钱请我的。”然后就不由分说地站起来，付了饭钱，走出去了。

从餐馆出来，他们拦下一辆出租车去切尔西见Han Yuan的妻子。一路上，Ward尽量简略地为李孜叙述了一下案情。

二○○九年八月二十三日，Han Yuan随芭蕾舞团到达巴黎。根据他同事的说法，他从第二天下午开始就有些不正常，独自一个人外出，排练时迟到，没人知道他去了哪儿。但他一直就是行事古怪的人，所以也没人去追究。

八月二十九日晚，Han登台演出，当天的剧目是乔治·巴兰钦的作品《珠宝》。据那场演出的导演回忆，Han在第二幕红宝石主题中错了三个拍子的舞步。台下的观众未必能看出其中的不同，但剧团里的人都知道出了纰漏。演出结束之后，导演曾找Han谈话，他只说了句抱歉，没做任何解释。

第二天上午，也就是八月三十日，Han仍旧没能准时参加彩排。他的同事Lance Osler去旅馆房间找他，但他并没有跟Osler去剧场，而是朝和平路走过去。他在路上遇到Eli York，并尾随其进了一家婚礼用品商店。在那家店里，Han和Eli发生了争执。Osler赶到的时候，看到Han把Eli打倒在地，并威胁说：“如果她有什么事，我会杀了你。”商店的店员报了警，警察到场之后，Eli表示不想追究，所以两人只是做了笔录，并赔偿了商店的损失，就离开了。

离开那里之后，Han告诉Osler，那几天他一直在找一个人，他从前的女友，Eli York知道她在哪里，所以他会一直跟着Eli，直到找到她。

九月七日，芭蕾舞团按原定的计划搭乘美联航的航班返回纽约，但Han没去机场，也不在酒店，错过了那班飞机。根据法国航空公司的记录，他在当天下午另外购买了一张九月九日晚上飞纽约的机票，而Eli York早在八月三十日就预订了这个航班。

九月九日晚七点十分，Han和Eli乘坐的班机从巴黎戴高乐机场起飞，整个飞行时间约八小时，因为时差的关系，在纽约落地的时间是美国东海岸时间晚上九点十分。

约五十分钟之后，Eli York回到曼哈顿中城的住所。物业的监控录像显示，Eli进入大堂的时间是十点零五分，Han就跟在他身后。

九月十日凌晨一点三十五分，也就是差不多三个半小时之后，Han一个人离开了那里。

九月十一日，星期五，上午十一点，女佣从工作通道进入四十九楼E座做例行打扫，发现Eli York躺在客厅的沙发上，已经死了，身边的茶几上放着一瓶打开的威士忌和两只玻璃杯。

尸检之后，法医认定死亡时间是九月十日凌晨，死因是超量服用抗抑郁药文拉法辛，饮酒加剧了药效。根据验尸报告，死者一次摄入了超过两千毫克的药物，由于文拉法辛本身是缓释胶囊，很有可能是吞食的时候弄碎了，或者是存心去掉外壳化在酒里服用的，药效在极短的时间内达到最大，导致昏迷、癫痫、呼吸抑制和心脏骤停。

一开始，经手这件案子的警察倾向于自杀或是误食致死，因为这些年吃抗抑郁药致死的事情不胜枚举。他们只是按照程序找死者的亲友来认尸，但Eli York离开美国很久了，似乎没有什么走得很近的亲友，最后只找到他在纽约的律师Guary Criton（格尔·克赖顿）。Criton听到Eli的死讯非常意外，他告诉警方，几天前刚刚收到Eli从巴黎发出的一份快件，是一份遗嘱，另外还附有一封短信，解释说自己受到死亡威胁，为以防万一，想交代一下身后的财产归属。在此之后，警方才开始朝谋杀方向展开侦查。

九月十四日，Han在他的住所被拘捕。警方调查结束之后，地区检察官根据几项关键证据同时对他提出了一级谋杀和二级谋杀的指控：

第一，Han曾公开威胁过Eli。

第二，Han对Osler说，他会跟着Eli，后来也的确为此更改了回纽约的航班。

第三，可能是最致命的，导致Eli身亡的文拉法辛，Han从几年前就开始断断续续地服用这种抗抑郁药。一般情况下，他只能从医生那里拿到不超过一周剂量的处方，但这一次，因为他要在巴黎待两周，而文拉法辛在连续服用六周以上的情况下，一下子停药可能会带来一些副作用，所以，他的心理医生破例给了他两周的药量。按每天一片一百五十毫克来算，十四天刚好是两千一百毫克。

这个案子的预审是在去年的十二月，当时为Han辩护的是他丈人的家庭律师。此人是个有些名气的律师，谨慎且识时务，他认为检方的证据链完整充分，很难反驳，所以一开始就极力主张Han精神不正常，无须负上刑责，而应该被送去精神病院接受治疗。他试图说服Han及其家人接受这样的安排，以后每年接受一次精神病患委员会的审查，如果委员会认为Han已康复，便可以重获自由，不留刑事案底。虽然Han的妻子一直坚信丈夫是无辜的，但是最终还是被说服了，而Han也带着一种听之任之的态度默认了这样的安排。鉴定结果却出乎他们的意料，控方传召的精神病专家并不认为Han有精神分裂症，反而认定他在案发时有完全的行为能力。那次法庭聆讯持续了两天有余，大陪审团确定检方有足够的证据要求Han接受审判。因为是重罪指控，法官驳回了保释申请，把初次庭审定在一月底，也就是说控辩双方有大约一个月的时间收集并开示证据。于是，那个律师便又试图说服Han与检方达成协议，接受二级谋杀的指控，以免更长的刑期，将来还可以申请假释。

也正是在那个时候，Han的妻子坚持要换掉那个律师，她找到Ward接手这件案子。按照Ward自己的说法，原因是他既不谨慎，也不识时务。

说到这里，他们乘坐的出租车刚好行至中城，Ward凑到窗边，透过冬日午后的阴雨薄雾，指给李孜看着远处两座紧挨在一起的银色大厦。

“就是那儿，我最喜欢的案发现场之一。”他说，低头看了一下表，问李孜，“想去看看吗？我们还有些时间。”

“如果可以，当然好了。”李孜回答，好奇Ward究竟要怎么把她带进去。

Ward指示司机朝西四十二街驶去，直到那两座银厦近在咫尺。两人付了钱从车上下来。李孜记得案卷上写着，案发的那套公寓在E座，但Ward却径直带她走进B座的大堂。她知道此人总有些超出常理的门道，便只管跟在他后面。

当班的物业管理员是个中年男人，黑色西服，别着名牌，看到Ward进来，朝他点点头，显得十分熟稔，很有默契地把他们带到大理石影壁后面，乘一部货运电梯上到四十九楼。电梯门打开，外面便是消防通道。Ward也不多解释，走到通道尽头，推开一扇气窗，从包里拿出一个小巧的数字式望远镜，调好焦距，让李孜看西面E座的房子。

镜头里刚好能看到案发的那个客厅，那个房间整面外墙都是玻璃的，白色的薄窗帘只拉了四分之一，室内的情形看得十分清楚，连靠窗那张条案上的摆件也能看得到一个大概——有水晶方尖碑，纯白镶银边的骨瓷人偶，也有青花器皿，还有只粉彩镏金的小盅，上面描着一朵无根漂浮的白莲花。房间像是刚刚装修过，空落落的，没有丝毫人气，又摆着那么些易碎的瓷器，根本不像曾经发生过命案的地方。

“那是Eli York的产权公寓，他五年前离开纽约之后一直委托物业公司出租，去年夏天才收回来的。”Ward在一旁解释，转而又问管理员，“那房子现在还空着？”

管理员点点头，回答：“据我知道的，根本就没挂牌租售，好像是因为遗产继承的事情还没落实。再说，现在空房子多得很，谁会要住死过人的地方。”

“价钱便宜些总会有人考虑的。”Ward道，“这样的位置，这样的风景，换作是我也愿意住在那里。”

“你要是真有兴趣，我可以帮你去打听……”管理员说。

Ward连忙笑着说不用了，免得老婆当他金屋藏娇。两个男人说笑着，只有李孜还端着望远镜在看——的确，从那间客厅的落地窗看出去，便是哈德森河的码头，天气好的时候，能看得到埃利斯岛，甚至更远的地方。到了夜里一定是一片灯海，像是飘浮在星空里。换作是她也愿意住在那里。

离开银厦，李孜和Ward如约去找Han的妻子。他们来到切尔西，按照地址找到哈德森河公园旁一栋战前建筑的顶层阁楼，这里已改成一家画廊，不是很大，却布置得精致高雅。

Han的妻子跟李孜差不多年纪，也是纤小的华裔女人，递过来的名片上写着她的名字，Esther Poon，头衔是画廊经理。她请Ward和李孜去二楼她的办公室里坐，那是一间半开放式的房间，透过落地窗可以看见河岸的风景。这样的天气鲜有船只出航，泊在码头的小型轻钢游艇清一色盖着靛蓝油布，上面再覆着一层糖霜似的薄雪。窗边的白色玻璃柜里陈列着许多老式照相机，既有看起来就很值钱的古董，也有波普时代流行的宝丽来和Lomo。一旁的办公桌上摆着几只镜框，李孜注意到其中一张Esther和Han的合影，照片里的两个人看起来不会超过二十岁，像一对初绽的花儿一样，年轻、漂亮、犀利。

而眼前的Esther看起来憔悴了许多，但还不至于彻底乱了方向。她穿着简单，却不随便，英语说得无可指摘，只有极少一些词还是可以听出来她并非是出生在美国的。

Ward简单叙述了一下上午在拘留所里的事情，说Han提到一个新的证人。

李孜在Esther脸上看到一种复杂的表情，介于两种毫不相干的情绪之间，是宽慰，也是紧张。她很想知道那表情背后的东西，便接过话头问Esther："他提到一个人，一个名叫G的女人。事情发生的那天，她可能也在场。你认识她吗？"

Esther摇摇头，这一次，脸上并没有什么特别的表情。

"他还提到你们结婚前夜的派对G也来了。"李孜继续说。

Esther回答："那天晚上有差不多一百五十个人，你说的那个人可能是他那方面的朋友，我完全没印象。"合情合理的解释。

"他说他们在巴黎又遇到了，有家杂志给他们拍了一些照片。你知道这件事情吗？"李孜又问。

Esther想了想，说稍等，起身走出去，回来的时候手里拿着一本很厚的铜版纸杂志。她坐下来，翻开其中的一页，交到李孜手上，说："法国版，去年的九月号。"

差不多十个版面的跨页照片，每张照片下面都标明了模特和舞蹈演员的名字。Han在第四页，穿着白色衬衣，灰花呢西装，黑色西裤，黑色皮鞋，站在象征时装展示的白色台阶上，脚边坐着一个身穿白色芭蕾舞衣的女人，金发，一个俄国名字，不是G。李孜又翻了一下那个专题其他的照片，没有亚洲面孔的女模特，也没有相似的名字。她感到一阵莫名的失望，她曾经觉得G不是真的，现在却是完全不同的感想。

李孜抬起头，刚好碰到Esther的目光，她不甘心线索就这样断掉，试探着说："Han说他和G是六年前在康涅狄格一所医院里认识的。"

Esther低头做出一个苦笑，过了很久才回答："如果他那样讲，那个人很可能是不存在的。"

李孜不明白她的意思，等她解释。

Esther欲言又止，倒是Ward先开口了："那不是普通的医院，对吗？"他挪了一下身体，屁股下面那张转椅的关节发出难听的声响。

Esther轻轻咳嗽了一声，回答："对，那是家精神科康复医院。他在那里大约住了八个月。"

Ward做了一个"噢，我的天啊"的手势："你应该一开始就告诉我的。"

"我以为根本不相干，那是许多年以前的事情，他已经完全好了……"Esther慌乱地解释。

"两次司法精神鉴定你都是知道的，精神病史很可能左右鉴定结果。"Ward继续说，"我需要他所有的就医记录，然后再申请一次精神鉴定，不管怎么说……”

Esther站起来，不让他说下去：“我和Han，我们十四岁就认识了，我了解这个男人，他不可能杀人！他不应该为这件事失去自由，哪怕不是在监狱里！”

而Ward仍旧四平八稳地坐在那里，看着Esther的眼睛，回答：“这是最坏的打算，但你必须承认它有可能发生。”

“不如直说吧，你根本就不相信他是无辜的，或者说你根本就无所谓，只想要他认罪，然后进精神病院了事……”Esther看着Ward大声喊叫，几乎要哭了。

李孜打断他们，努力把这场对话回复到客观平静的状态，她问Esther：“你自己也不相信他，不是吗？否则你不会这么肯定G不是真实存在的。”

Esther静下来，垂手站在那里看着李孜。

李孜也迎着她的目光，说道：“告诉我所有你知道的，如果你真的想帮他。”

If only life was this good...

假如生活如此好……

04

舞会皇后

十五年前，曼哈顿。

许多年过去，人们渐渐忘记了她原本的名字，甚至连她自己都记不起那三个汉字背后的意思了，它们只静静地存在于某一页移民文件的最后，笔画匀称，语音悠扬，身边却没有几个人会读。有人故意忽略，有人嫌发音太难，在他们眼睛里，她只是Esther。甚至连姓氏也按照广东读音写成Poon（庞），毕竟没人希望自己姓Pan（平底锅）。

只有他记得，她是潘筱颖。但是，在开始喜欢他之前，她花了太长时间来无视他。

他们第一次见面是在林肯中心那个芭蕾舞学校的排练厅里，那时Esther十四岁，来考暑期班，他比她小一岁，却已经是正式的学生了。

他看见她，用中文问了一句："你好，你从哪里来的？"

她看看他，用英文冷淡地回答："我就住在曼哈顿。"

暑期班开始，Esther又在走廊里遇到这个男孩子，这一次，他仍旧用中文对她说"你好"。

不知为什么，这让她很生气，索性恶作剧似的用法语道了声"日安"。

他不明白，她便冷着脸，用英语揶揄道："你跳芭蕾，却不会说法语？"

他倒没生气，反而一本正经地回答："Panché，Arabesqué，Pirouette[1]……我会说的法语词恐怕就只有这些了。没错，我是不会说法语。"

而后，有几秒钟时间，他就那样静静地看着她，Esther还记得那时他脸上的表情，友善的，同时又带着那么点嘲笑，她搞不懂那究竟代表了什么，气鼓鼓地走了。

不久之后，她偶然间看到一堂男生中级班的课，他站在十几个男孩子中间，每个人都是白衫黑裤，全都优雅地扬起头，但只有他浑身带着一种特别的光晕，不很亮，也不透明，却是纯粹白色的。她听别人说起他的名字，Han Yuan，说他是为跳舞而生的。那个时

① Panché，Arabesqué，Pirouette都是芭蕾术语，因为芭蕾起源于法国，所以这些法语词一直沿用至今。

候，她只是撇撇嘴，不愿意相信。

暑期班结束之前，她爸爸来学校参加家长日的活动，碰到一个熟人——四十几岁的男人，开一辆小型货车，车身上写着个俗气的中餐馆的名字“采莲斋”，衣服上带着一股油烟和甜酸酱的味道。Esther怎么也想不到此人会是她爸爸在普林斯顿读大学时的同学，同时也是Han Yuan的父亲。

她记得爸爸问那个男人：“你太太好吗？还在老地方教书？”

“死了。”男人回答，“两年前，车祸。”

和面熟的陌生人聊天，最怕就是触碰到此类话题，若是对方突然痛哭流涕起来，都不知道说什么才合适。不过，他们面前的这父子二人却都没有流露出什么特别的情绪，就好像这只是段寻常的往事，倒是Esther的爸爸说了许多悼念的客气话。

Esther心里想，这家人可真够怪的。那次之后，她再看到Han，总觉得他身上平添了一分神秘。

她装作不经意，向爸爸打听Han家里的事情。似乎也没有什么特别的故事，只是一个倒霉的鳏夫，事业上也不甚得志，原本拿了基础物理博士学位，在大学研究所里做助理，妻子死后，他既要工作，又要照顾家里的事情，在实验室疏于职守差一点惹上了官司，丢了工作，房子也卖了，最后只落得用亡妻的保险金入股一家中餐馆，蛰居在新泽西的一个小镇上，独自抚养两个未成年的幼子。

这些事情，她听过就忘了，只记得爸爸说，Han的母亲生前曾是普林斯顿中国留学生圈子里有名的美人，性格又好，还拉得一手好琴。只可惜老公是一个很平常的人，她除了在社区学校教一班华裔小孩子拉大提琴，还要打几份零工，用以补贴家用。爸爸还说，Han长得看起来更像他的母亲，他在舞蹈学校的成绩，也应该是遗传了他母亲艺术上的天分。

没想到这番话却激起了Esther的妈妈无尽的好奇心，当即提出来要请Han到家里吃饭，冠冕堂皇的理由是：老同学的儿子一个人在纽约，总要照应一下。私底下却只是想见识一下那个“有名的美人”的儿子。

Esther觉得这样的企图很讨厌，而且她又是个极其骄傲的人，自以为跟Han是有过节的，若要她主动开口去请他，绝不可能。最后，还是爸爸去学校接她的时候，向Han发出了邀请，对他说：“Esther的妈妈想见见你。”

“好的，我很愿意。谢谢您，先生。”Han回答得有礼有节。

过节归过节，有一点Esther不得不承认，Han长得很漂亮，而且总是很安静，从不惹是生非，在他这个年纪的男孩子里面是极其罕见的，所以，他很讨大人喜欢，尤其是女人。Esther的妈妈也不能免俗，吃过第一次饭之后，就开始时不时地请Han到家里来。他有时来有时不来，话不多，却很有礼貌。Esther跟他始终都没有很深的交情，只是喜欢暗地里观察他的表情和一举一动。她相信他平静礼貌的外表下面藏着许多不为人知的东西，她有些好奇，却又不愿意贸然去触及。

十六岁之后，Esther不再上芭蕾课，生活的另一面逐渐在她面前展开。她家搬去了一个更好的社区，她进了一所有名的私立学校读书。从那里毕业的学生绝大部分都能进名校读大学，几乎每一届都有女生受邀去参加克里翁舞会[①]，但至于是真的受邀，还是家里大人存心花了钱张罗的，就不得而知了。那个时候，此类学校里还看不到几个中国人，出生在大陆的更是少之又少。一开始，Esther在学校里默默无闻。不过，她总算是名门之后，自有一种区别于旁人的气度，习惯了被瞩目、被议论。她苗条漂亮，伶牙俐齿，成绩全优，很快就又成了明星学生，畅畅快快风风光光地过了三年。她牢记着Daphne Guinness[②]说的话——“有钱的好处就在于，你可以实现许多事情”。是的，她拥有美丽的衣服、鞋子，在最好的学校读书，和最抢手的男生约会。

唯一的不幸是，最抢手的男生真的被抢走了，而且就在毕业舞会之前。她哭了一场，检索了一遍交际圈子里的男孩子，一无所获。最后还是她妈妈想起了Han Yuan。

在Esther的印象里，那几年她和Han经常见面，却没说过几句话。Han总是很沉默，非常安静。Esther身边那些同龄的男孩子总喜欢取笑他，笑他学跳舞，到处说他是神经病。她始终冷眼旁观，她知道他们笑他并不真的是因为他跳舞，或者因为他的沉默。他们憎

---

① 克里翁舞会，名门少女的成年舞会，每年在巴黎举行。从1991年开始至今，已被产业化经营成了一场高级时装首饰品牌的“时尚盛典”。

② Daphne Guinness，英国名媛，1999年与希腊船王之子Spyros Niarchos离婚之后跻身时尚界，其头衔有时尚偶像、高级定制服收藏家、设计师等。

恨他与众不同，所有人都没办法无视他的与众不同。并不是说他怎么怎么好怎么怎么出众，她心里很清楚，他不过是一个靠助学金上学的少年，母亲死了，时不时地还要去看心理医生，吃些莫名其妙的药，到了假期还要在父亲的小饭店里帮忙做事情。在他们这群快乐无忧的人中间，他本应是个悲惨的笑话，但是，他身上就是有那么一种说不清道不明的东西，既有吸引力，又拒人于千里之外，让所有人都着迷，既爱又恨。

她打电话给他，问他两周之后的那个日子是否有空。这样的事情，她只空前绝后地做过这么一次。

好在他答应了，说不上高兴，但也没表现出为难。这样就足够了。

那天晚上，夜幕降临，门铃响了，妈妈在楼下喊她，说："Esther，他来了。"

她从楼上下来，经过楼梯的转角，看见他站在门厅水晶吊灯下面。她在那里站了一秒钟，看着他，心里知道，这一夜，哪怕那些跟她比风头的女同学真的带个王子过来，他也不至于露怯。至于跳舞，就更不在话下了。他就是为跳舞而生的。

Han开来一辆很旧的蓝色雪佛兰，并告诉她这是他爸爸店里用来送外卖的车子。他是故意的，眼睛里带着点笑，等着看她的反应，紧接着又凑过来打开副驾驶位子上的抽屉，从里面拿出一个透明的塑料盒子，扔在她大腿上。盒子很冰，里面装着一朵白色的玫瑰花蕾，花萼下面系着一条纤细的白缎带。她打开那个盒子，想要自己戴，却很难。他拉过她的手，帮她打那个结，低头看着她手腕细薄的皮肤下面青蓝色的静脉。

舞会在学校的草坪上进行，他并不总跟着她，却也没让她落单。他带着她跳舞，步法和她学的有一些不同，但很快他就让她忘记那些所谓的步法，那些左右旋转步、前进步，或者踌躇步。她任由他带自己旋转，跳出了那一小方地板。她记得鞋子的细跟踏在柔软潮湿的草地上，记得那种感觉——站在泥足深陷的边缘，然后被一股不可违逆的力量带走。

回程的时候，他像以往一样很少说话，最后还是Esther打破了沉默："他们说你是为跳舞而生的，我以前还不相信。"

"别相信那些话。"他冷笑了一声，看上去不像是故意谦虚，"事实是，时间久了，你根本不知道自己为什么而跳，但如果不跳舞，对许多人来说，我就一钱不值，比方说，你母亲。"

Esther有些生气，却又没办法全然否认，她父母，包括她自己，习惯于给身边的每一个人贴标签：

A先生是会计师，一家声誉良好的事务所的合伙人，儿女成绩很好，很有希望考进常春藤联盟学校。综上所述，此人是"成功者"，可以在一起聊聊儿女教育、地产投资，或者全球经济形势。

B先生到美国之后一直不甚得志，无论是职业、头衔还是家庭住址都不能响亮而大方地说出口来。所以，B先生不幸成为"失败者"，偶尔见面也只能谈谈天气。

Esther不用仔细掂量，便知道Han的父亲就是个B先生，之所以她母亲会对Han加以青眼，不过就是因为他在全美最好的芭蕾舞学校学舞，一般的学生通常要参加两到三年的暑期班，才会被接受在秋季学期开始前参加入学考试，而他只上了一次暑期班就被正式录取。更因为身穿白衫黑裤、长相古典的卡拉曼洛夫斯基先生，手指梳过一头金发，曾经操着带些东欧口音的英语，当着许多学生家长的面说："Han Yuan是个天才的舞者。"

这些念头让Esther心里很不舒服，她是个骄傲的人，相信自己不至于这样俗气。于是，她故作潇洒，问Han："如果不跳舞，你今后想做什么？"

"做个厨师，开间小餐馆。"他回答。

她以为他又在捉弄自己："我知道，你以为我是个庸俗势利的人。去你的吧。"她第一次当着别人的面说出一句脏话。

而他只是摇头，说："我从没这么想过。"

她转过头，看着路上纷乱变幻的灯影映在他脸上，问："那你觉得我是什么样的人？别想当然。"

他翘起嘴角，笑了一下，说："我知道你是谁，你是潘筱颖。"这句话说得不知所谓，却足够在她心里留下长久不灭的印象。

午夜时分，她回到自己的房间里，舞会礼服被草地上的露水洇湿，裙摆和鞋子上沾着泥土和青草的碎屑。那一夜发生了许多事，有人在幽暗处贩卖禁药，有人在软饮料里掺进烈酒，许多颗心被交出去，许多个吻，许多人彻夜无眠。

那个夏天之后，Esther去读大学，然后又去考研究生院。而与此同时，Han也从舞蹈学校毕业了。

毕业演出上，他是《吉赛尔》里的阿尔伯特。演出终了，Esther去后台找他，当着许多人的面忘乎所以地吻了他。直到一个上了年纪的老妇人走过来，打断了他们。Esther不认识那个女人的面孔，但看到她手上的白手套便知道她是谁了，一个著名的芭蕾评论家，见舞者的时候总是戴着一副丝质手套，免得碰到他们汗湿的身体。评论家跟Han握手，祝贺他，发表在第二天报纸文艺版上的评论更是充满了褒扬的话，称赞他的动作“干净而不着痕迹”，说他“每一个两周空转之后的五位都做得几近完美”“尾声时的两脚腾跃相碰令人窒息”。Esther偷偷保存着那张剪报，每次回想起那场演出，都会觉得宛如梦境，却又欣欣然地沉迷其中。

不久之后，像所有人期许的那样，Han进了本地最好的芭蕾舞团，合同条件十分优厚，每年保证九个月的演出和排练，三个月悠长的假期。

随后的那几年，他们两人时聚时散，关系变得有些微妙。其间，Esther也交过几个男朋友，既有学校里打冰球的运动员，也有画家、学究和职员。但兜兜转转，她每次都会回到Han这里。他仍旧是那个样子，很安静，穿着朴素，尽可能地显得普通，尽可能地湮没在人群里。但熟悉他的人都知道他行事古怪，比如他戴手表，时间从来不调，表盘上显示的日期也总是和真实世界相差一周以上。有时候，周遭的一切对他来说仿佛都是不存在的，他低着头大步前行，若非必要可以一整个礼拜不说一句话。

相比那些凡尘俗世，跳舞是他那个小世界里面唯一的中心和永恒不变的重点。他有毋庸置疑的天赋，但每一次登台之前，仍旧会一遍又一遍地练习，仿佛不知疲倦。只要有时间，Esther便会去看。对她来说，那不是普通的体验，他的每一个脚步，一次又一次的跳跃，以及紧跟其后轻盈无声的触地，充满热情和力量，同时又有扎实的技法，曼妙的起承转合，和滴水不漏的构思，融汇于其中。Esther最喜欢那些很考功底的部分，尽管都已看到烂熟了，但每当他的动作与她的记忆契合，那样丝丝入扣，又不着痕迹，还是会叫她一个激灵般警醒。待到高潮处，似乎其他一切都不存在了，没有旁人，没有上下左右，没有将来，也没有过去。每次他跳，她的心也跟着悬起，飘浮在原本应该在的位置之上半英寸的地方，呼吸和心跳似乎成为一对共生的矛盾体，她似乎也跟着在动，透不过气，心跳每分钟一百二十次。

等到正式演出的时候，她总是紧张得不行，为他紧张。虽然她知道自己蠢得可以，他是不会紧张的，更不会怯场，她从没见过他出什么纰漏，至少没有能让她看出的。她根本分不出来，是为他的舞蹈震撼，还是为他本身而激动，也觉得没有必要去区分，因为这两者在她看来是一体的，因为，他就是那样一个人。

那个时候，许多人也和Esther一样，就是这样被Han吸引着。他们说："只要你看到他动起来，你的眼睛就难以离开了。"当然也有人抱着怀疑的态度，谈起他的时候总是会说："他才华横溢，但是……"却又无法具体说出来那个"但是"代表着什么，可能只是因为他有些古怪吧。而绝大多数人认为，作为一个有天赋的人，性格上的缺陷甚至怪癖也是可以被原谅的。于是，Han的沉默和傲慢也变得招人喜欢了。各种各样的预言和传闻纷至沓来，有人说他会成为芭蕾舞团最年轻的明星演员，也有人觉得他天生就是齐格弗里德、阿尔伯特或者弗洛里蒙德，甚至断言若是由他来演贵族，只有Roberto Bolle（罗伯特·波尔，意大利芭蕾演员）可以担纲王子的角色，否则一定会被他抢了风头。

但Han对待这一切褒扬的态度却有些消极，他对Esther说："我还是跟从前一样，只是没人知道罢了。"并且半开玩笑地为她举了个例子：

那一年，他去卢森堡参加过一个比赛，在当地住了几个礼拜。每天训练结束，他都会去剧院对过儿的小咖啡馆里买一瓶两百五十毫升的矿泉水，一饮而尽。那家店里的几个女招待，不管年轻还是年老，都想引他说话，却始终没成功过。同样的戏码每天都在上演。

他走进店里，女招待对他说："晚上好，您要什么？"

他指指柜台下面的一排蓝瓶子。

她拿了其中的一瓶递给他，笑着问他："您是舞蹈演员吗？"

他也回了一个微笑，把钱给她，一边拧开瓶盖一边转身走出去。

"还要别的吗？咖啡？巧克力？再见，晚上好！"她在他身后说。而他就好像没听见似的，不回头也不回答。

她们在背地里叫他"王子"，打赌什么时候他才会开口，甚至打趣说他是不是个哑巴。

其实，他不说话，只不过是因为他不会说法语罢了。

Esther不太明白他的意思，却无暇去深究，她只是满心欢喜地活着，渐渐地把自己的东西搬去他的小公寓。所有人都以为，有一天他们会结婚。

二〇〇二年的春天，芭蕾舞团去欧洲巡回演出。Han将要在《舞姬》当中扮演一个不可或缺却无甚个性的炫技角色，有一段变奏，整整两分钟的独舞，对于他这样年纪和资历的演员来说是非常难得的机会。他身边的人要么为之欢欣鼓舞，要么就是妒忌得要死。Esther的父母在他出发之前请他吃了一次饭，主菜平均一百二十块一道的法国大餐，Wedgwood的瓷器，那些微笑、干杯、握手和拍肩膀的动作，百分之二十的小费，都暗示着（或者说预示着）他们两个人的锦绣前程，就在不远的未来，几乎触手可及了。

面对这一切，Esther应对得无可挑剔，她兴冲冲地为Han打点一切琐事，效率手册上记着两个人的日程安排，脑子里定下未来三十年的计划。但Han却做不到。

从前，他每天总是七点钟起床，做一个钟头的力量训练，九点钟开始排练。那段时间，他起床的时间提前到了五点，甚至醒得更早。他没有告诉过任何人，直到有一天，Esther在他那里过夜，凌晨时分，她被卧室外面的一点响动吵醒，她起床去看，发现Han已经起来了，穿好衣服，坐在起居室飘窗的窗台上，看着外面最近的那个十字路口，交通信号灯在微蓝的晨光里每隔三十秒变一次颜色。

“你在干什么？”Esther睡眼惺忪地问。

他肯定听到了，却依旧静静地坐着，静得好像根本没有呼吸似的。

很快，失眠及其带来的焦虑和紧张开始影响到他的工作。不久之后的一次排练中，Han和一个女演员搭档表演一段双人舞，那是一连串合着慢板音乐的舞步，托举、平衡和旋转，应当做得舒缓而优美。一个托举放下再拥进怀里的动作，总共做了十余次还是不能让导演满意。Han没有反驳，放下那个女演员，径直走出了那间练功房。那出戏的导演也曾是个舞蹈演员，极其律己的一个人，他无论如何也不能想象有人会这样不负责任地在排练的中途离开，他发了狠话，对Han说："你这样的人最好还是不要指望以芭蕾为终身职业！"

Han没有回头，只平静地抛下一句："我无所谓。"

那几步路他好像走了几年，偌大一间练功房里安静得叫人耳膜发胀。当他走出门口，关上门，门后面传来演员们的窃窃私语和导演说话的声音："回到原位，从变奏开始，再来一次。"

Esther从Lance Osler那里知道了事情的经过，但她本身是个神经正常到不能再正常的人，坚强、固执、做事有条有理，始终不太能理解这些"非正常"的举动。她立刻就跑去看他，直截了当地问："你这是怎么了？"

"没什么。"他回答。

"发生了什么事？"她继续追问。

"我不可能二十四小时随时都想讲话，我做不到！请到此为止好吗？我不想弄得不愉快。"他看着她大声说道。

Esther愣住了，转身就走。房门在她身后“咣当”一声摔上的时候，她禁不住颤抖了一下，突然意识到那是他第一次用这样的语气跟她讲话，像是争吵，却又那么吝惜言辞，到头来她还是什么都不知道。

冷静下来之后，Esther花了很长时间去想这件事，她以为是演出给他带来的压力太大，试图再心平气和地跟他谈谈，而他也的确变得平和了一些，却仍旧什么都不愿意说。她开始指望情况会随着时间的推移好转，但过了很久，他仍不见好，还是失眠，即使在一天高强度的排练之后也睡不好，拿做爱或者争吵来发泄也无济于事。他一直保持着紧绷的状态，从未放松下来，有时候还神思恍惚。

就这样一直到了那年的九月，有一天，他们两个人正在路上走。路口的红灯亮了，Han两手插在裤袋里看也没看就径直朝马路中间走过去，Esther伸手拉了他一把：“当心！”一辆深蓝色的中型货车几乎贴着他的鼻尖开过去。

她惊魂未定，等到了对面人行道上才开口对他说：“你有没有想过，如果受了伤，你跳舞上的事业很可能就玩完了？”

“我有什么事业吗？”他笑着反问。

“现在是没有，很快就会有的。”她说得很严肃。

他却没有搭腔，继续朝前走，过了很久才极其平静地回答：“不管那是什么，我不想要，这对你重要吗？”

她停下脚步，看着他，努力不把那些荣耀和他们两人之间的感情混为一谈，却发现这很难做到，便只是烦躁地说：“你只是太累了，亲爱的，一切都会好的。”

数周之后，Han随团去了伦敦。在那里，他的情况愈演愈烈，一连几天都没能准时到场排练，身上、脸上总是带着可疑的伤痕，用粉底勉强盖住才得以登台表演。别人问他怎么了，他总是淡漠地笑笑，什么都不说。

就在芭蕾舞团即将离开伦敦转道都柏林的前夜，负责巡演的经理接到一个医院打来的电话，说有个演员被人打伤正在急救。经理赶到医院，在急诊症室里找到Han，他伤得不轻，但看起来已经清醒，说自己只是不小心。不过，送他入院的那个调酒师却说，那些日子，几乎每天晚上都能看到他在那一带故意寻衅找人打架，一般情况下他总是能赢，但这一次他招惹的人太多了。而医生也不觉得这只是“不小心”，处理完伤口，又给他做了尿检，以确定他是不是嗑了什么药。

三天之后，Han一个人提前回到纽约，去见芭蕾舞团的执行总监，然后便开始了无限期的休假。

直到这时，Esther才真正明白，他说他不想要，是认真的。

05

谁是李孜

“那是二〇〇三年的事情。”Esther说，“Han从伦敦回来一个月之后，上东城的一个心理医生因为滥用处方药被吊销了执照，几个在他诊所看过病的人因此受到牵连，Han也在其中。警察发现他用那个医生的处方分别在几家药房买了超过限制剂量十几倍的安非他命类药物。他很可能只是想用那些药结束自己的生命，结果却受到持有第三等级致幻药物并具有贩卖意向的指控。我为他找了律师，又通过我父亲的一些私人关系同检方达成协议，指控在上庭之前被撤销了，但Han必须去指定的专业医疗机构做康复治疗。这就是为什么他会在精神科医院，也是我没有把这件事讲出来的原因。”

Ward沉下脸来，的确，暴力倾向，外加持有致幻药物并具有贩卖意向的指控，牵扯出这件往事会使当下的情势更加不利。如果检察官在这件事上大做文章，到时候他们就会很被动。

Esther继续说："Han总共在那所医院住了八个月左右，出院后又休息了一段时间，然后就回芭蕾舞团了。之后一切都很好，我们住在一起，一年多以前结了婚。"

"你不认识那个叫G的女人？"李孜又提起那个名字。

"一无所知。"Esther回答。

李孜和Ward交换了一下眼色，站起来，在桌上留下一张名片，对Esther说："如果你想起什么，打电话给我。"

离开那家画廊，Ward还要去另一个地方办事，李孜则回到事务所，完成这一天耽误下来的案头工作，然后又仔细读了一遍Han Yuan那件案子前前后后的资料，下班的时候已是晚上十点左右。她换了两条地铁回家，拿钥匙开门，房间里黑而安静，只有门口留着一盏小灯。她脱掉外套走进卧室，脚步声吵醒了正躺在床上睡觉的Terence。

"回来了？"Terence问了一句，脸仍旧埋在枕头里，床边的地毯上杂七杂八地堆着几本书和讲义。

"嗯。"她回答，走进浴室，关上门。

她脱掉衣服，站在淋浴喷头下面，温热的水雾落在她肩上，那种不轻不重的压力却让她觉得非常疲惫。那不是一天的奔波积累下来的身体上的疲劳，也不是因为眼睛或者脑子。她决定置之不理，因为她知道，有些事可以控制，只要她足够认真、足够努力，另一些则行不通。

第二天早晨，她去Ward的办公室找他。胖子向她道早安，告诉她，今天上午就会向法庭提出第三次司法精神鉴定的申请。

—// ∧ \\—

“那么，就这样了吗？”李孜有些失望。

Ward摊开手回答：“暂时是这样。”

李孜想了想，又问：“你记得Han说过Eli York曾是G的经纪人吗？他工作的经纪公司里应该会有G的资料。”

Ward点点头，说：“如果真有G这么个人的话。我可以找人去查一下，不过Eli离开美国有五年了，而且那一行不像普通职员工作那样固定，可能需要几天时间。”

李孜站起来告辞，Ward看着她说：“你看起来精神不好。”

她伸手揉了下额头，解释：“可能是前一晚没睡好。”

“真投入啊，夜里躺在床上还在想案子。”胖子调侃道。

她便也半真半假地回答：“是啊，我记起Esther Poon说的那些话，一直在想一个问题，什么时候也能遇到一个人，告诉我，谁是李孜？”

这不经意的一句玩笑话却触动了她自己的神经，很久都沉浸在毫无意义的伤感当中。过去的这三年，她越来越不确定自己到底是什么样的人，又究竟想要怎样的生活。工作，睡觉，日子周而复始，她在事务所里很受欢迎，不是因为她才华横溢，而是因为她勤奋刻苦，而且从不在意功劳被上司抢去，只要她能得到合理的报酬就行了，荣耀和成就感对她来说都是很虚的东西。她需要钱，尤其是一年多以前，Terence失业之后。和许多在金融危机的第一波冲击中就丢了工作的人一样，他回学校读书去了，虽说他是有些积蓄的，并不真的要李孜来养，但她这人没什么安全感，变本加厉地做出八面玲珑的样子，削尖了脑袋地往那些油水丰厚的案子里钻。那段时间，李孜总是忙得不可开交，无暇去考虑这些很文艺的问题，现在，她终于有时间反躬自省——她还是他当初爱上的那个人吗？她不能确定。

紧接着那一天是马丁·路德·金日，股市休市一天，昔日熙攘的办公室变成了孤岛。但并非所有事情都停滞下来了，李孜仍旧忙得脚不沾地，去取戒指、试衣服、打电话。她印了大约八十份请柬，一半粉一半白，粉色的寄给长辈，白色的寄给同辈的朋友和旧日同学。她讨厌粉红色，觉得既廉价又幼稚，却不能免俗。许多人对她说恭喜，问她开心吗，什么感觉。她笑着回答，谢谢，还好吧。

有时候，她也会有些畏缩，比如突然想起许多年前在多丽丝·莱辛的小说里读到过的一个句子——不是所有婚姻都是真正的婚姻。有时候却又觉得那只不过是一句模棱两可、毫无意义的话。

至少，所有人都在对她说：Terence看起来跟你很相配，在金钱上宽容，乐意分担家务，走路总是走在靠马路的那一边，上楼走在后面，下楼走在前面，吃东西总是把你喜欢吃的部分留下……所有那些平庸的书里写到的标准他都符合，但极少数不平庸的书里可能还提到了更多的东西，她知道一定有，却不肯定究竟是什么。

李孜早已经不记得是否体会过所谓“情人眼里出西施”的感觉，她心里很清楚，Terence长得不好看，有时候有些偏执，有些地方却又邋遢懒散。总的来说，他就是个普普通通的男人，人们通常说的可以相伴一生的那种类型。今后的生活，除了和他搬去另一个城市生活，重新找一份工作，其他和现在并没什么两样——躺在同一张床上读不同的书，沾着肥皂沫黏在一起的浴帘，没放下的马桶圈，周末早晨等待清洗的内衣……不甚精彩，不尽如人意，却也不必提心吊胆，一切都平实简单，容易掌握。

直到深夜，她躺在黑暗里，记起一个细节。就在不久之前，有天晚上，Terence去接她下班。他刚刚从学校办的鸡尾酒会上出来，穿着租来的黑色无尾礼服站在她的事务所楼下，看见他的那个瞬间，她有过一种目眩神迷的感觉。她走过去吻他，假装自己是个电影中的人物。那是一个八十分的亲吻，直到他不自觉地往后退了一点，以免衬衫沾上她脸上的妆。那一次之后，她再也没有主动靠近过他。

这段记忆让李孜多少有些凄然，她觉得自己时刻忍受着一种审时度势般的冷酷，不仅在办公室里，也在与家人相处的每一分钟。一整个星期，她和Terence清醒地在一起的时间不到一个钟头，心不在焉的吻，十分钟的性交也逐渐变成一种负累，所有细节都让她不能确定Terence是不是还像他们初识时那样为她钟情。不过，李孜是个务实的人，她相信凡事都应该有一个开头，一个结尾。结婚，就是他们的结尾，至于其他，她并没期冀过更多的东西。

节日之后的第一个工作日，Ward又带李孜去拘留所见Han。

坐在会见室里，李孜觉得这个地方就像是一个凝固时间的容器，无论外面发生什么事情，这四面围墙里面总是一成不变的样子。狱警把Han带进房间，他眼睛上的伤口已经消肿，只留下一点青紫。目光可及的地方也没有新的伤痕。

Ward告诉他法庭批准了第三次司法精神鉴定的申请，并让他签一份协议，同意把和精神科医生的谈话录像作为物证呈堂。Han仍是极其淡漠地全盘接受。

“Liz把你上次说的事情都告诉我了。”Ward看着他笑道，“黑巫师绑架了公主，逼她结婚，听起来太过童话了，不是吗？”

虽说李孜多少也有同样的感觉，却又觉得Ward大可不必这样刻薄。她有些生气，Han倒丝毫没有过激的反应，他摇了摇头，对Ward说：“她不是什么公主，她只是她自己。”

Ward看着他沉默了一下，没再说什么，示意李孜继续上次的谈话，便起身离开了。

房间里又只剩他们两个。

李孜问Han，过得可好？

他回答说，还行。

李孜做出一个微笑，拿出笔、记事簿和录音笔，准备开始谈话。

“恭喜。”Han突然说。

“恭喜什么？”李孜不明白，随口反问。

“你订婚了，不是吗？”他说，“你手上戴着戒指，上次还没有。”

李孜下意识地低头去看自己的左手，知道此刻脸上的表情一定很尴尬。这是个很奇怪的场面，一个被控一级谋杀的人还有心思去关心旁人身上的细枝末节，而一个刚刚订了婚的女人被人问及结婚的事情却没有半点欣喜的感觉，只觉得尴尬。

“谢谢。”她佯装写字，低着头回答，随后便把话题引开，详细解释了一下精神鉴定的事情。

他耸耸肩，没说好也没拒绝。

“能再说一些关于G的事情吗？”李孜问，想让Han知道他们并没放弃这条线索。

但Han只是摇摇头说：“事实上，去年在巴黎的那两周，我一直在找她，但都没有结果。”

“所以你跟踪了Eli York？”

“算是吧。”他似乎已经习惯用模棱两可的词描述含混的记忆。

“你说Eli York曾经是模特经纪人，你知道那家经纪公司的名字吗？”李孜试着问。

出乎她的意料，Han很快回答：“Clef，在东二十三街上。”

她赶紧提笔记下那个名字，而他继续说下去。

06

银山

六年前，康涅狄格州，银山医院。

一月，一个普通的日子，既非周末也不是节日。Han Yuan站在Harris（哈里斯）医生办公室的窗前，隔着玻璃看一辆黑色旅行车沿着砾石车道渐渐远去。那是Esther的车子，来了又走了，他们没见面，更没说话。他不知道自己这样做对不对，却又想不出更好的办法。

“今天怎么样？能谈谈吗？”Harris医生在他身后开口问道，那种平静的启发式的语气，就好像戴着职业化的面具。

“我什么都感觉不到。”他回答，仍旧看着窗外，目光被一个红点吸引。那个点在蜿蜒虬错的树枝之间跳跃，越来越近，直到他看清楚那是一顶深红色的护耳帽，戴帽子的人却湮没在树丛里看不真切。

“什么都感觉不到？快乐？不快乐？愤怒？内疚？因为幸存而产生的内疚，要知道许多遭遇事故失去亲人的人都有这种心结。”

“什么都没有。”

“你把自己隔绝得太久了，Han，你今天的所做所想都跟你过往的经历有关。”

“我看不出有什么关系。”

这样的对话每个礼拜都要重复一遍，只除了遣词造句上有些许的不同。每次，Han都只是坐在沙发上，默默地听Harris讲话，然后依次在几张表格上签字，至于那些纸上写的是什么，他一个字都没有读。除了谈话，就是药，说明书上信心满满地写着：本药剂治疗范围包括非内源性抑郁，具有恐惧、疑病、强迫症状的非典型抑郁症，能改善病人的情绪，提高对事物的兴趣，减轻焦虑、紧张不安，能增加活动等，亦能治疗失眠……但不管是谈话，还是药，两者都没有用，也毫无意义。

过去的几个月里，所有认识他的人都以为他分不清现实和想象，活在混乱和痛苦里面。而事实上，对他来说，这却是他记忆中最宁静的一段日子。时间好似被鲸鱼吞噬，他在黑暗的消化道深处生起一堆篝火，海底生物的骨骼、潮湿的木柴在幽幽蓝焰里噼啪作响，照亮周围的一小块地方，视力可及之处弥散着烟味、火药味，以及海水的腥咸。他只是他自己，没有别的什么。一切都停滞下来，他第一次有时间也有精力想一些事情，他的过去、将来，以及他的那些梦境。

已经有很长一段时间了，他反反复复地梦到自己杀了人。他从来都记不起杀人的原因以及过程，只有结果，梦开始的时候就已经有人死了，有时候是一个，有时候很多。他看到自己用镐棒撬开地板隐藏尸体，或是去陌生的地方丢弃死者的头颅。漫长的旅途，头颅在他的背包里逐渐萎缩，却仍然能够开口告诫他："你逃不掉的。"

他意外地发现自己并不觉得害怕，只是尽一切可能在别人面前拼命掩饰罪行——那些他爱的，他不爱的，他觉得无所谓的人，以及其他所有受不起惊吓的人。他们发现他的秘密之后，脸上出现的骇然的表情才是最让他恐惧的东西，一次又一次地让他在半夜里惊醒。

半个小时之后，Han从医生办公室出来，经过底楼休息室的门口，不经意地朝里面扫了一眼，又看到了那顶红帽子，这回是塞在一个黑色托特包里，露出大半。那只包随随便便地放在地上，旁边的平绒沙发椅里窝着一个黑头发亚洲面孔的年轻女孩，正低头看一本书。可能是感觉到有人在看自己，她抬起头朝他站的地方看了一眼。没有对视，他收回目光继续朝前走，留在脑子里最后的印象是她脚上穿的鞋，那是双半旧的运动鞋，平实而舒服。他对自己说，所以她可以那样轻快地走路。那个时候，他脑子里总是反复地转些毫无意义不知所谓的念头，这一次也是一样的。

一个星期之后，差不多的时间，他又看到她，这一次是在医生办公室的门口，正和一个住院的女孩子讲话。之后的几个礼拜，她都来了。不知是无心还是有意，他总在等着她出现。她从来不在周末来，有时是星期三，有时是星期五。但是，就在他开始想当然地以为她每个礼拜都会来的时候，她突然就不来了。

就这样一直到三月末，他又在休息室看到她。她旁若无人地躺在靠窗的长沙发上，那天是初春难得的好天气，阳光透过玻璃照在她身上，她戴着一副遮掉半张脸的太阳镜，看不出醒着还是睡着了。沙发旁的地毯上丢着一部手机，正在放音乐，一段熟悉的提琴曲，从细小的扬声器里传出来便立刻飘散了。他以为那是某支斯特拉文斯基的曲子，走近了仔细听却又不是。

他想不起来，便看着她问："这是什么曲子？"那是个极其普通的问句，却是他四个月以来第一次主动开口讲话。

她转过头，撑起身体，伸手把太阳镜推到头发上面，午后的阳光让她眯起眼睛。她看着他，看了几秒钟，没回答他的问题，只是对他笑了笑，说了声"你好"，就像一个熟识的朋友。

他突然有种奇怪的感觉，觉得很久以前就曾见过她："我们从前见过吗？"他问道。

"当然。"她回答，"我们遇到过几次了。"

他有些茫然，不知道她指的是什么。

"我看到过你，在休息室，还有走廊。"她微笑着补充，英语说得并不好，却很有趣。

他有点开心，她也记得他。"你是来看什么人的吧？"他又问。

她笑起来，故弄玄虚地反问："为什么这么肯定？说不定我也住在这儿，只是你不知道罢了，这地方很大。"

“我看到过你和你的朋友在一起。”他指指她扔在脚边的黑色大包，“而且，这里的人都不带包。”

她点点头，算是承认了。

“你很久没来了。”他突然觉得自己有些唐突，刚说出口，便觉得尴尬。

她倒没多想，答得很自然：“我去别的地方了，去工作。”

他看着她不知道再说些什么，愣了一会儿才想起最早的那个问题：“你在听什么？调子很熟。”

“《吉赛尔》，第二幕最后的双人舞。”她回答，“曲调跟第一幕里的一样，但却是中提琴，很特别，不是吗？”

他难以解释自己怎么会记不起来，下意识地问：“你是舞蹈演员？”

她笑起来，摇着头反问：“为什么这么说？”

他耸耸肩，说：“很少有人对芭蕾伴奏这么熟。”

“我刚刚看过一场《吉赛尔》，在巴黎。”

“觉得好吗？”

“当然。”她转过头去看着窗外草地尽头的什么地方，像是在回忆剧场里的情景。

她似乎不想说，他就换了个话题，说：“你的朋友呢？”

“我不知道，可能在称体重，也可能在呕吐。”她回答，“其实我们算不上是朋友，至少对她来说，我不是她的朋友，她不想看见我。”

—//∧\\—

“但你还是每个礼拜都来看她？”

“我喜欢这地方，而且，在纽约也没什么人跟我讲话。”她自嘲地笑着回答。

他们又聊了些无关紧要的话题，比如春天的天气，比如她怎么来的，她说是长途汽车加出租车，有时候也能碰到个好心人捎她一程。直到分手的时候他们都没有交换名字，也不知道会不会再见。

日子一天一天过去，春天逐渐深入周围的每一个细节，阳光变得有些许炙热，背阴处则略显清凉。

四月的一天，午餐时间，Han又在医院的餐厅看到她，如果周围没有那些护士和身穿睡衣拖鞋的病人，那里看起来就跟平常的餐厅没有什么两样。她跟那个住院的女孩子坐在一起，正在讲话。他朝她们坐的地方走过去，想跟她打个招呼。他走到中途，那个住院的女孩子突然站起来，把面前的餐盘推翻在她身上，大声叫道：“我真的是厌了，我不知道你干吗还要来？！”然后转身跑出了餐厅。

她一动不动地坐在原地，过了很久才站起来，去洗手间擦掉撒在身上的食物。

半个小时之后，Han在一片茸茸新绿的草地上找到她，她坐在一棵树下，仍旧戴着那副遮掉一半面孔的太阳镜。

“你究竟做了什么，让她把整盘鲜奶油意粉倒在你身上？”他走过去，大声问道。

她回头看见他，两手捂着脸，狠狠地甩甩头，叹了口气，不太认真地回答："两女一男的经典故事。"

"你抢了她的男朋友？"他笑着问。

她摇摇头："我们的故事恐怕没有那么典型。"

Han在她身边坐下，安慰道："别放在心上，住在这里的人脾气都很怪的。"听起来像玩笑，却也是实话，因为他自己也曾对他爱的人说过许多残忍的话。

他的话引得她笑起来，那笑容使他越发觉得她似曾相识。

"可能我根本不能有朋友吧。"她说，"Ming（明）人不错，至少在她不觉得饿的时候是很讲道理的。我离开家之后，她是第一个……"

"第一个什么？"

"我不知道，说不清。"她想了想，"在Ming之前，我身边全都是些过路的人，遇到一次，就再也不会见面了。或者是工作上认识的人，没有任何其他的瓜葛。但她一头扎进来，就好像小孩子捏着鼻子，闭着眼睛，一下跳进游泳池，叫我措手不及，没办法拒绝。"

她回忆她们第一次一起工作，结束之后，Ming突然叫住她，要和她一起走，去吃夜宵或者喝点什么。Ming脸上的表情让她喉咙一下子发紧，她说自己早已经不习惯与人形影相随，Ming让她受宠若惊。"我在心里盘算着怎么拒绝她，说我约了男朋友，他很难看，见不得人？我没办法对她说'不'，只能对自己说，管它呢。"她笑着告诉他。

"为什么要强迫自己拒绝呢？"他这样问，心里却知道自己很多时候都在做着同样的事情。

“Life is short, love only lasts for an instant（人生如此短暂，爱情只有瞬间），当一切结束时，我不想让太多人难过。”

“那夹在你们中间的那个男人呢，你不怕他难过？”

“他跟我在某些方面很像。”她想了想，慢慢地回答，“他需要女朋友经验，而我需要男朋友经验，各取所需，就这样简单，只可惜作为假恋人，我们两个都很不称职。而且，他看上去像是一个不会被伤到的人。或许，他根本就没有心。”

“没有人是没有心的。”他用一句拗口的话纠正她。

她愣了一下，然后笑着挑衅：“我就没有。”

他不懂那句话的意思，只是说：“毕竟她愿意见你了，这是个好的开始。”

她沉默了一会儿，点点头，伸手拍拍他的肩膀说了声谢谢。

他们在晚餐之前道别，他终于问起她的名字。

“G，他们都叫我G。”她回答，“你呢？”

“Han。”

“很高兴能和你聊天，你很会开导人。”她评价道。

“久病成良医，防御机制、反向作用、无意识动作、幻觉和心理创伤，弗洛伊德的那些东西我多少也懂一些。”他笑着说道，“但我才是那个住在精神病院里的人，下一次应该是你来开导我了。”

G离开之后，Han花了很长时间反反复复地回忆那个下午的所有细节，他惊讶自己同一个陌生人说了这么多话，而且还开玩笑了。

—// ∧ \\—

有那么短短的一瞬，他想到医院之外的生活，朋友、恋爱、工作，心里升起一丝怀念，但对于他这样一个病人来说，一切都太急促也太复杂了。

他不知道是什么触发了这种变化，只是觉得跟她讲话很容易，非常容易，只需张开嘴，把滑到舌尖上的音节吐出来就可以了，其他什么都不用考虑。但这种随意可能只是他单方面的，因为“G”这个名字显然不是真名，她还是很谨慎的。不过，他并没有太多的犹疑，他的名字又何尝是真的呢？他想起自己初到美国的三年里，曾经转了三次学，搬了两趟家，每次都改一个名字，或者换一种拼法，就像是个犯重婚罪的人每到一个地方就换个新身份。很可能G也和他一样是被嫁接的人，顶着个假名字，说着词不达意的话。

那一周，他又去见Harris医生，躺在那张苔绿色半美式半维多利亚风格的长沙发上面，谈起这种变化。虽然那并不是医生最想要了解的心结，却也觉得是个不错的开始。

接下来的整个四月，Han每天都花不多不少的时间，去猜想那个叫G的女孩子在做什么，什么时候会来，会不会有什么事情什么人把她拖住。幸好每个礼拜她都会出现，有时光彩照人，有时带着一夜未睡的疲倦，有时快乐，有时又有些厌世。有时候，他们像老朋友一样随随便便地问好，另一些时候，又好像心有灵犀似的玩起“装陌生人”的游戏——在餐厅或是休息室里远远地看着彼此，却又故意视而不见，或是在走廊上一前一后地走着，不对视、不笑、不打招呼、不讲话。有人隔在他们中间，但那些人的面孔在他的视线里是朦胧不清的，他们发出的声音对他来说仿佛隔着一层无形的水雾，只有她是很近的。他没有碰过她的手，却像有过更深的身体接触，就像是进到了一部描写维多利亚时代的英国电影里，总能听到中提琴如泣如诉，黑管和双簧管交相辉映，总是老调重弹，却又足以扣动心弦。

Han记不起是哪一天，只知道那是又一个她疲惫厌世的日子。他带她穿过草地，沿着河岸走了很长一段路，他引她说话，要她给他看车票，告诉他一路上的所见所闻。直到走进树林深处，河在那里变成一支浅浅的溪流，他们踩着石头到达对岸，坐在一棵一百岁大的糖枫树下。

“今天见到你朋友了吗？”他问她，“你们和好了吗？”

G点点头，说见到了，但一切都不同了。“我问过她，是不是认识你。”她换了一个话题。

“她怎么回答？”Han笑着问。

“她不认识你，但她说这里的人无外乎两种，瘾君子或者神经病，要么两者皆有。”

足够犀利的答案，他想。“我看起来像哪一种？”

G浅笑了一下反问：“哪种更糟糕一点？”

“我不知道。”他也笑起来，“下一次看医生，我会问问他，不过医生也不一定能回答，他说过我很复杂。”

那是长久以来的第一次，他没有牵绊地笑。他发现她有种特别的表情，不管是笑，是皱眉，还是得意或者怅然，似乎在他看到她之前，那种表情就已经藏在记忆的某个角落里了，也正因为这个，他才会觉得曾在哪里见过她，虽然，他知道那不可能。

“你究竟为什么被关在这里？”G又问。

“因为内疚。”他想了很久才回答，“医生说是因为内疚。”

“为什么内疚？”

是啊，为什么内疚？他也这样问过自己许多次。他摇摇头，慢慢地告诉她：

许多年以前，他家有四个人——爸、妈、弟弟Russell（拉赛尔）和他。

爸爸在大学研究所做助手，很辛苦，职位卑微，收入不多，在妈妈嘴里却是个了不起的科学家。

弟弟Russell总是问，爸爸工作的时候是不是也穿医生那样的白大褂？

妈妈就会笑着回答，不是白色，是海军蓝，因为爸爸的“段位”比医生高多了。

他不像Russell那样天真，知道爸爸并不是什么大人物，却也企盼着实验室的家庭开放日，好去看看爸爸工作的地方。

Russell很聪明，也很有天赋，六岁生日时，妈妈送给他一把儿童尺寸的大提琴，槭木和云杉造的，每个音品上都贴着动物图案的粘纸。为了那把琴，妈妈攒了很长时间的钱，但那笔钱花得真的很值。因为Russell练习很用心，只学了几个月便会拉两个八度、三个八度和四个八度上的音阶和琶音，还会拉一些儿歌和一首摇篮曲，每到周末的晚上就会为全家人演奏。

至于妈妈，妈妈是他们家的灵魂，有时候几乎像个超人，要照顾两个孩子，负担家务，还要打好几份工。她总是笑着自嘲，自己是哪里有钱就到哪里去。“但是你们——”她这样对他们说，“如果你们有梦想，一定要去追啊。”

“那你呢？”G打断他，轻声问。

“我？”Han茫然地反问，“我是无可救药的那一个。”

“为什么这么说？”

“如果那个时候我不是那样任性……”他没头没尾地说，却是这许多年里他第一次揭开那些尘封的往事——十二月的雪夜，从曼哈顿到新泽西的高速公路上车流穿梭，风卷着潮湿的雪花扑面而来，落在地上，融成水，再结成冰，别克旅行车的仪表板上电子时钟显示是晚上七点二十五分，女人温和疲惫的面孔，刹车声，车灯的眩光，撞击，风挡玻璃破碎钢板弯折的声音，大提琴琴身断裂发出的共鸣，冰冷的风灌进来吹乱他的头发，细小的雪花钻进眼睛和嘴巴……回忆如一连串快进画面涌向他，来不及招架。

他不知道自己究竟怎么了，只记得G伸手抱住他的肩膀，在他耳边反反复复地念着：“没关系，如果你不想说……”直到他逐渐平静。

他抓住她的手，握着晃了晃，轻声说：“有你在这儿，太好了。”

她摇摇头，示意他不要讲话。他们静静地坐着，听周围传来细密的声音——风吹过树叶、虫鸣和鸟扇动翅膀的声音。很久以来，他第一次想到印在医院宣传手册上的那句话：银山医院是个可爱的地方，冬天积起白雪，春天绿荫芬芳。

他们就那样坐了很久，不知道什么时候，她靠在他肩膀上睡着了。晚春的天气，树林里还是很冷的，他伸手把她拥进怀里。她被这动作吵醒，但没睁开眼睛，嘟哝着说了声："对不起。从昨天下午直到今天凌晨，我穿着高跟鞋走了很长的路，头和耳朵都很痛。"

"走路去哪里？"他也低声地问。

"哪里都不去。"她笑了一声，仍旧闭着眼睛，"就是来来回回地走，这就是我的工作。"

"那为什么还要走这么远的路到这里来呢？"他明知故问。

"我喜欢发疯的人，他们从不让人厌倦。"她贴着他的身体回答。

他突然想起她说过的那句话"当一切结束时，我不想让太多人难过"，于是就问："当一切结束时，你会让他们难过吗？"

她直起身子，睡眼惺忪地看着他，伸手拍拍他的脸颊，笑着说："他们本来就是疯子，不可能变得更糟了。"

那个下午，G在他怀抱里睡了很久，两个人走回去的时候已是傍晚了。她像个负责任的家长把他送回医院的主楼，经过活动室外面的走廊时，她指着告示板上一个写满名字和数字的表格问："这个是什么？"

"计分板。"他回答。

"这里还真像个学校。"

“的确，只是学科和普通学校不同罢了，有人研究厌食，有人专攻忧郁。”他笑着说，“三分可以打一次电话，五分可以去镇上买东西，十分可以单独外出一次，午夜前回来销假。”

“你现在几分？”

“负数吧，我从来记不住这些东西。”他开玩笑，指给她看他的名字，“在这儿。”

Han Yuan -2

“怪名字。”她评论道，“你最好加加油，如果你能拿到十分，我借辆车，带你去米尔福德港海滩吃海鲜。”

“听起来不错。”

“是啊，但我有点怀疑你是不是能拿到十分这么多。”她说完就走了。

三个星期之后，他拿到了。G也没食言，开来一辆铁灰色的软顶敞篷捷豹，那是一辆二十世纪五十年代产的古董车，精心改装过，保养得也很仔细，从车身的油漆到上面镀铬的银色饰边都闪着恰如其分的光。Han不知道她这样一个不到二十岁的女孩子从哪里弄来这么一辆十多万美元的车子，车子的主人竟然还让她一个人开到这么远的地方来。他随口问了，她却不肯好好回答，笑着说：“你只当我是偷来的好了。”

那时已是五月，他们在午后出发，天气很好，路上风很大，却一点都不觉得冷。手排挡的车她开不好，他说他可以，两个人换了座位，继续朝米尔福德港前行。她的头发随风飞舞，用墨镜别住也不管用，她抬起胳膊把头发拢了拢，在脑后绾成一个低低的发髻。眼睛的余光里，他看到她的侧脸、耳朵，以及后脑脖子一直到肩膀的轮廓。有那么一瞬，他似乎忘记了眼前的一切，同时也记起许多久远的事情。

到了米尔福德港，已是傍晚，他们把车泊在镇外一道偏僻的防波堤边，在车里跷着脚仰面躺着，看水鸟飞过，如飞机在高空留下细小的白色痕迹，周围安静得几乎能听到云飘过的声音。

G告诉他，她刚刚搬了家，新家在东村那个小剧院附近。她签了租房合同，要付房租、水电费，楼下信箱上还有她的名字，房间里有个角落可以坐在地上看书，靠着窗就能听到楼下马路上汽车引擎发出的声音，自行车的铃声，邻居在说话，孩子们又笑又叫，所有东西都如此真实而平凡，每日周而复始一成不变，没有意外，没有尽头。

她描述这一切，然后转过头，微笑着看着他，好像在说：你知道这有多好吗？

是的，他点点头，他知道这有多好。

天黑下来，他们在游艇码头附近的小餐馆吃晚饭。那时还不是旅游的季节，店里只有零星几桌当地的客人，唯独他们是远道而来的，很安静，却也有种淡淡的落寞。每当海风穿过店堂，餐桌上的烛火以一种缓慢的节奏摇曳闪烁，橙黄色温暖的光映在她身上，就好像是看得到的心跳。

晚餐之后，他们回到车里。那个钟点是Han每天固定吃药的时间，他从口袋里拿出离开医院前护士交给他的白色药盒，里面装着两粒胶囊，一粒粉色，一粒深橘色。这个细节打破了若有若无的幻想，让两人重又回到现实里，想起他是个疯子，她也迟早是要走的。他打开那个盒子，把药倒在手心上，深橘色的那一粒从他指缝间滚落，掉进了座位下面的缝隙里。他俯下身去找，G也蹲下去帮他，却怎么也找不到了，这小意外倒是冲淡了一度充斥在车厢里的恶俗的忧伤。

“不吃那粒药要紧吗？”G蹲在他脚边，一边找一边问。

“你指什么？”Han半开玩笑地反问，“突然发疯，大开杀戒？”

她笑起来，说：“对啊，会吗？我也好有个准备。”

他停下来不找了，极其平静地向她解释：“那是一种中枢神经兴奋剂，掉了的那一颗是大约三分之二的剂量，我不会大开杀戒，只会觉得忧郁。”

他说完这些，她刚好抬起头面对着他扬起脸，两颊的皮肤在路灯和月光的映射下显得格外光润干净，眼睛的颜色比白天的时候更加深沉，闪着安静柔和的光。他突然又想起Harris医生对他说的话来：“你不能总站在岸上看着别人游泳。”在这个夜晚之前，那只不过是个不伦不类的比喻，但是，到了这个时刻，他不得不承认，自己唯一能做的就是向着那片沉静的棕黑色的湖水投身下去，哪怕它深不见底。他伸手握住G放在他膝盖上的左手，低下头，在近到可以感觉到她鼻息的地方停下来。半秒钟难以察觉的停顿之后，她颤抖了一下，似乎朝后面退了一点，试图避开他的目光。他没有放手，慢慢地吻了她。

那个吻之后，她什么都没说，坐回到副驾驶位子上，侧着头看着远处漆黑的海岸，他看不到她的表情。

“去海滩上散步好不好？”他轻声问。

她仍旧沉默着，没拒绝也没说好，跟他下了车。

那天晚上是阴天，没有一点星光，一线银白的下弦月偶尔在浮云背后出现，很快又隐去了。他们沿着海滩一直走到很远的地方。那里没有灯，几乎什么都看不到，只有一英里外峡角上矗立着的灯塔，还有风和海的声音。

G突然变得有些严肃，一边走一边说：“我不知道你是什么样的人，你也不知道我。我不是那种快乐的、阳光的、无忧无虑的人，不是人们通常喜欢的那种人，我不纯洁，怀疑一切，害怕承诺，什么都不能保证……”

他跟在她身后，用同样严肃的口气说着玩笑似的话：“我就喜欢这样的人，不纯洁，怀疑一切，害怕承诺，什么都不能保证，他们从不让人觉得厌倦。”

她转身停下来，似乎在黑暗里笑了笑，伸手抚过他的脸颊，反问道：“真的有这样巧？”

从海滩上回来已是深夜，回程的时候，他把车开得很疯，有那么一会儿几乎飙到时速一百二十英里。一辆警车鸣响警笛从后面超上来，他们以为会被抓到超速，结果却不是。又开了一段路，他们看到一辆深蓝色福特撞毁在隔离带上面，路肩上停着一辆救护车。

他没有停车，只在后视镜里隐约看到身穿藏青色制服的急救员正在给一个躺在担架上的女人做例行的心肺复苏，女人单薄的身体随着除颤器跳起来，又重重地落回到担架上面。

他朝副驾驶位子上看了一眼，G也在回头看，直到远得什么都看不见了，才回身坐好。他不知道她在想什么，只在那一瞬间体会到一种久违的情感，不是唏嘘，也并非悔恨，因为死其实并没有人们通常想象的那么坏，但活着，真的是值得庆幸的事情。

他们在医院门口道别的时候，时间早已经过了午夜。

他下车时向她建议："下一次你可以试试看坐火车，在斯坦福换车，一路上很美。"

她看着他，短短的一瞬，而后说："以后我可能不会再来了。"

"为什么？"

"Ming，就是那个女孩儿，她就要出院了。"

"要是我想要你来，这理由够吗？"他半真半假地说。

"不太够。"她也半开玩笑地回答，朝他挥挥手，发动汽车，一跌一撞地走了。

07

白帐篷

Life is short, love only lasts for an instant.

李孜在笔记簿上写下这句话，用笔反反复复地描着。

“那次之后，她没有再去过银山医院。”Han说，“我只知道她叫G，在东村租了一间小公寓，离市立剧院很近。”

李孜不自觉地露出一个微笑，问：“后来你就去找她了？”

“是，也不是。”他回答，“大约一个月之后，我离开医院，不知道能不能再见到她，也不确定她是不是想看见我。她说过的那个地方离纽约大学很近，我曾以为她是那里的学生，便在附近找了份厨师的工作。”

“但你们真的又遇到了？”

他点点头：“那年六月份，在我工作的地方。”

狱警进来提醒李孜，探访时间到了。她站起来和Han道别，走出拘留所，便在手机上查那家经纪公司的名字，Clef。搜索结果里有一个黑人灵歌俱乐部，两三间连锁琴行，还有一个专营公关和模特经纪的公司，地址正是在东二十三街和百老汇大街的交界处。

她打电话给Ward，没头没脑地便是一句："我知道那家经纪公司的名字了！"

"让我猜猜。"电话那头Ward的声音和平常一样带着些反讽，不紧不慢，却又抢在她前面，"Clef，我也是刚刚知道，真巧，不是吗？从二〇〇一年开始直到离开美国，Eli York都在那里工作，并且一度持有那里百分之三十的股份。"

李孜冷笑着应对，心里却没觉得扫兴。Ward也查到同样的名字，说明找对了地方，他们离真相又近了一步。她好像很久都没有这样兴奋的感觉了，跟Ward约好在中城的一个地方碰头，两人循着那个地址，找到东二十三街上的一栋办公楼。

那家叫Clef的公司在第十六层，电梯门打开，纤尘不染的玻璃门后面是纯白的前厅，配上白色灯光，像极了《2001太空漫游》里的情景。白色影壁上嵌着四个银色无衬线字体的金属字母——Clef，一张弧形长桌后面坐着一个硬摇滚风格装扮的金发女孩。李孜上去跟她说话，Ward自顾自站在一边，手伸进桌子上一个玻璃大碗里，拨弄着里面大大小小的透明假水晶。

那个摇滚女孩并不像看起来那么冰冷，听李孜说明来意，含含糊糊地答了声"稍等"，便在面前那台拉风的白色电脑上输入李孜告诉她的名字——G。李孜满怀希望地等着，结果却没有任何相关的资料跳出来，而且摇滚女孩说，就她记忆所及，Clef并没有这么一个从中国来的模特。

李孜不甘心，又问："那Eli York呢？我知道他从前是这里的经纪人。"

女孩子仍旧摇头，然后补充道："我只是实习生，在这里工作不过九个月，做这行流动性很大，你们最好找其他人谈谈，他们可能知道得更多。"

"找谁？"

"其实你们最好去找Ming谈谈，她也是从中国来的，我想她们或许会有个小圈子什么的，当然，前提是她愿意跟你们谈。"女孩子答道，想了想又说，"不过今天你们恐怕谁都找不到，所有人都出去了。"

Ming，李孜记得Han提到过这个名字。"能给我她的电话吗？"她问。

"恐怕不行。"女孩子笑起来，好像这是个荒唐的请求，"她是这一季炙手可热的亚洲面孔，如果我给你们她的电话，一周之内全岛的人都知道了。"

Ward站在一边没说话，伸出食指弹了一下玻璃碗的边沿，发出一声清越的嗡嗡声，引得李孜和摇滚女孩都转过头来看他，却见他正把一张折成小方块的绿色钞票插进那堆烁烁发光的玻璃块中间。

摇滚女孩瞥了他一眼，抿着嘴唇踟蹰了片刻，从面前一个小盒子里拿出一张印着公司名字的卡片，低头在上面写下一个地址，递给李孜，“你们可以去这个地方，今天下午Ming应该在那里彩排，所有人都在那儿。你一个人进去，就说是Clef的人去给她送东西。至于她愿不愿意跟你谈，我可不能保证。”

李孜接过那张卡片看了看，上面写的地址是布赖恩特公园滑冰场旁的沙龙。她不太懂那里要彩排什么，倒是Ward揽过她的肩膀，对她说：“我们走吧，去看看白帐篷是不是都支起来了。”

李孜不明就里，跟着他朝外走，等到了地方才有些明白，Ward说的是时装周。只可惜时日尚早，此时公园里尚且不见白帐篷的踪影，溜冰场也仍旧在营业，男人、女人、脸色鲜活的孩子飘然而过，脚底下的冰刀和冰面碰擦发出爽脆欢快的声音。

“曼哈顿很少见到你这样年纪的女孩子，一点都不关心这些事情。”Ward又开始嘲讽她，“你平常到底拿什么做消遣啊？”

“看看书，看看电影，偶尔也去徒步旅行。”李孜冷着脸回答。有短暂的一瞬，她想到自己很久都没读过一本新书了，去年一整年只看了《星际迷航》这一部电影，其中的人物她十五岁的时候就熟得不能再熟了。至于旅行，她跟Terence曾经很迷这个，他们就是在旅途中认识的，但现在两个人都只顾着为读书、工作、结婚、找房子疲于奔命，差不多忘了旅行是怎么回事了。

幸好她是个心里装不下许多事情的人，很快便转回到案子上面。她让Ward在外面玻璃幕墙的咖啡馆里坐等，自己则照着人家教的办法冲进那间沙龙。里面法国式装饰的大厅早已经布置停当，正在播放一支Leona Lewis[①]的歌曲，几个瘦高的女孩子依次从一个不易察觉的暗门里出来，在那些座位之间穿行，有人对她们呼呼喝喝，也有人在一旁拍手打着节奏。

一个戴眼镜手里捧着一本厚纲要的女人走过来，李孜抓住她问：“我在哪儿可以找到Ming？”

“Ming？她不在这儿。”

“Clef的人告诉我她在这里彩排，我有些东西要带给她。”

“她不参加彩排，可能四点钟才会来。”

李孜在最末一排的角落里找了个位子坐下等，半个小时里被不同的人轰了两次。直到四点差十分，房间里变得越来越热闹，李孜又去找人打听，那人叫她去化妆室看看。Ming果真已经在那里了，高瘦的中国女孩，细看二十四五岁的样子，很有几分姿色，坐在靠窗的一张折椅上，微微抬着头，一个戴了一手半宝石戒指的男人正给她画眼线。

“是什么东西？”Ming保持着那个姿势，问李孜，“支票还是合同？”

李孜连忙解释自己的身份，说自己是律师，手上接到一个案子可能同她认识的人有关，并问她是不是认识一个叫G的中国模特。

“没印象。”Ming回答得很干脆，“秀七点钟开始，我现在要化妆，如果没其他的事……”

“那Eli York呢？”李孜赶在她下逐客令之前打断了她。

---

① Leona Lewis：利昂娜·刘易斯，一名英国的Pop、R&B创作型歌手。

“Eli？”Ming重复了一遍那个名字，冷笑了一声问，“那家伙犯什么事了？性骚扰，还是支票诈骗？”

“他死了。”李孜回答。

化妆师从镜子里看了她们一眼，低下头继续画眼线，但Ming的眼睛眨了一下，彻底毁了那条本应该一气呵成的细线。她轻声骂了一句，又对化妆师说了声抱歉，怀疑地看着李孜，开玩笑似的问道：“G杀了他？”

李孜没想到她会这么问，愣了一下才回答：“G可能会是个重要的证人，但你刚说过不认识她的。”

“别总抓我话里的错。”Ming站起来，看起来有些烦乱，跟化妆师说了几句，便把李孜拉去一个僻静的角落讲话。

Now that I've lost everything to you
You say you want to start something new
And it's breaking my heart you're leaving
Baby, I'm grieving
But if you want to leave, take good care
I hope you have a lot of nice things to wear
But then a lot of nice things turn bad out there
—*Wild World* Cat Stevens

如今我失去了你的一切
你说你想开始新的旅程
你的离开深深地刺伤了我的心
宝贝，我伤心到了极点
如果你真的要走，请保重
我希望你带走一切美好的东西
一切美好的东西，把痛苦统统留给我
——《冷酷的世界》凯特·斯蒂文斯

08

冷酷的世界

七年前，曼哈顿。

七年前，Ming刚满十八岁，初到美国，读大学一年级。

开学之前，一个偶然的机会，她在校园里被人捉住，为一本少女杂志拍了几张照片，事后拿到一百块钱的报酬和一家模特经纪公司的电话号码。

当天晚上，她仰面躺在宿舍的床上，试图以一个经济学专业的学生应当具备的分析能力，列出自己在这一行混迹的正反两面。

正面：二十块一小时的收入，做其他的兼职工作几乎不可能拿得到。如果做得好，她就可以不用再问家里要钱，自己负担学费和日常开销。

反面：这不是一份普通的工作。各种各样的传闻逸事，让她不能确定自己究竟会面对些什么样的人和事，能得到些什么，又将失去什么。

那个时候的Ming，既不了解这座城市，也不太懂时尚，这两样东西都使她仰慕，同时也叫她害怕。她以为这份工作会是开启这两样东西唯一的钥匙，她没办法对这个机会说“不”，第二天就去参加了那家经纪公司的公开选拔。

那天上午十点，Ming来到东二十三街上那间华美的白色办公室，填了一页纸的申请表，然后就跟另外几个女孩子一样，坐在门厅正中央的沙色卵形沙发上，等着别人叫到她的名字。

她把两只手垫在屁股下面，明知这样做有些孩子气，而且显得有点傻，但却很难控制自己。一个穿深色西服的男人走过她身边，停了一下，对她说：“把头发梳起来，你脖子到肩峰的线条很美。”

Ming抬起头，眼前是个三十多岁的男人，栗色短发，棕绿色眼睛，个子很高，穿着时髦洗练。她从来没有跟这样的人打过交道，不知道该如何回答。那个人也没有为她停下脚步，只回头瞟了一眼就继续朝前走，推开门厅尽头一扇乳白色的磨砂玻璃门，很快消失在门后面。他脸上那种不太认真的表情给她带来的挫败感让她几乎落荒而逃，直到听见秘书叫她的名字，才放弃了逃跑的企图。她被带进门后的那间办公室，发现刚才跟她说话的那个男人就坐在办公桌后面。他正是她此行要见的人，Eli York。

Eli例行公事地问了她几个极其寻常的问题，给她看一份固定格式的合同，又避重就轻地解释了其中的几项约定。

在她挣扎着试图看明白那些条款的时候，他靠在椅背上长时间地打量着她，然后开口说：“我手头有个工作，你应该去试一下。”

还没来得及搞明白那是份什么样的工作，Ming便被送去面试。她什么都不懂，也毫无准备，连模特卡也只是一张写着身高三围的宝丽来相片，结果却被雇用了。她欣喜若狂，觉得自己既美丽又幸运，一定会在这个行当里有一番作为的。

直到两天之后，Ming在一个场面大到骇人的路演现场见到G，才知道为什么他们会要她来做这份工作——那天在场所有的人都说，她和这个叫G的女孩子是如何如何相似，种族、国籍、年纪、三围、鞋码，头发和眼睛的颜色。也正是因为这些相似的地方，她们被雇来扮演一个人和她在镜子里的影子。两人穿上硬纱刺绣的连衣裙，所有露出的皮肤上都扑着珍珠色的香粉，站在一个镏金黄杨木画框的两边，看起来就像一对并蒂双生的白木莲。可能只有Ming自己觉得她们并不是很像，她装作不经意地观察G，暗自指出那些不同的地方，搞不懂为什么会有人分不清她们谁是谁，甚至还会叫错名字。

排练的间隙，Ming想在盘杂交错的消防通道里找个地方偷闲，她推开一扇浅绿色的玻璃门，却发现好几个一起工作的女模特都躲在那里面，有人打牌，有人聊天，还有一个只穿着条牛仔裤，光着上身，头发垂下来刚刚可以遮住胸部，正对着光亮的不锈钢墙面摆各种姿势，并用一架小照相机拍下来。

尽管都是十七八岁的年纪，同样颀长羸弱，有几个仍旧是一张娃娃脸，乍一看还像是容易受到惊吓的孩子，这些女孩子都比Ming

成熟许多，她们似乎已经老于此道，习惯了独来独往，自己找乐子。没人招呼她，Ming想要退出去，幸好终于有人抬起头，对她笑了一下，说了声“嗨”，那表情和声音平实自然，让她不由得喜欢——那人正是她的“双胞胎”，手里捧着一本书，坐在门后的角落里。

Ming也露出微笑，走过去问：“你在看什么？”

“一本旧书。”G合上书，让她看封面。

许多年过去，那本书的名字Ming早已经忘了，只记得书很旧，付梓的年代可能还没有轻图纸，姜黄色的书页很软很重，散发着图书馆特有的味道。

“你也是Clef的？”G问，“谁让你来的？”

“Eli。”Ming回答，“你呢？”

“同一个奴隶主。”G笑道。

Ming盘腿在她身边坐下，感觉终于找到一小块地方容纳自己。她告诉G，她是刚刚开始做这行，这一次几乎可以说是她第一份像模像样的工作。

“噢，你还是个小孩！”边上其他的女孩子们笑着感叹，她们说话的样子并不像最初的印象里那样冰冷，有人还伸手过来拍了拍Ming的肩膀。

G则笑着问：“你怎么回答他那个问题的？”

“什么问题？”Ming不明白。

“就那个经典问题，Eli那家伙总是会问，‘你为什么想做模特？’你是怎么说的？”

“因为钱，我想赚些钱付学费。”Ming回忆了一下，回答。

有人笑起来，不等G开口，就有个女孩子插进来告诉Ming，这个问题其实是有标准答案的——

问：为什么想做模特？

答：因为我对时尚产业很有兴趣，而且我觉得做模特会是一段宝贵的经验，能学到很多东西，等等。

Ming并不觉得自己的回答有什么不对，她撇撇嘴说：“我只是实话实说。”

G安慰她，说：“放心吧，那只是个没用的套路罢了，他不会对你有什么看法的，他那个人对自己之外的任何东西都无所谓。而且，我的答案可能比你的更差。”

她告诉Ming，Eli问她这个问题的时候，她说想要赚很多很多钱，拥有世界上所有美丽的东西，过公主一样的生活。说着她就笑起来，向着天花板张开手臂，好像真的有金币和绿色的美钞从天上落下来似的。

Ming也笑，觉得这也是个不错的答案，可能她俩真是一对失散的双胞胎吧。

那天的工作一直到凌晨才散，拿到工资单之后，Ming叫住G，问：“你住在哪儿？”

G回头看着她，显得有点意外。

Ming有些不好意思，又多问了一句：“能跟你一起走吗？”

—// ∧ \\—

G似乎犹豫了一下，Ming以为她会拒绝，但她最后还是笑了笑回答："当然，走吧。"

她们上了一辆出租车，Ming报了大学宿舍的地址，又问G："你住在哪儿？"

"中城。"G只说了个大致的地方，"先送你吧。"

Ming在华盛顿广场附近下车，有些依依不舍，希望很快能再见到G，却又隐约察觉到人家并不像她那样热络，可能这种好感只是单方面的吧，她不得而知，也拉不下面子去问。

那天之后，Ming又接连做过几份模特工作，许多同样初入行的姑娘都羡慕死了她这么快就能崭露头角，但对于她来说，这最初的模特生涯在她记忆中留下的印象却只是浑身酸痛和无尽的困倦。长时间工作带来的疲惫和紧张，让她头昏脑涨，觉得恶心，从肩膀、后背到腰、屁股、大腿、小腿无一不酸痛。而且，她又是初来乍到，英文程度尚不够跟人深谈，也没来得及在此地交到新朋友，学校里的同学都不过是一些浮泛的交情，只有打招呼和讨论功课的时候说几句话。工作上遇到的人更是不跟她讲什么多余的话，只除了Eli偶尔会打电话过来交代一些琐碎的事情，关照她不要迟到，记得修面，不要晒得太黑，不要吃得太多，两份工作之间务必把妆卸干净……

这样的日子周而复始，唯独G在这冷酷的背景中凸显。Ming总是盼望看到她，但在这个特别的行当里，两个相似的人注定很少会同一时间出现在同一地点。大多数日子里，她们搭乘地铁穿梭在城市各处，面试、试穿、摆姿势、走步，偶尔在地铁站、快餐店、经纪公司或是某个面试的地方遇到，花上几分钟聊天。

那时的Ming常常对G抱怨她脚痛，在做模特之前，她几乎没穿过后跟一寸以上的鞋子，穿高跟鞋走路让她脚上水泡不断，每走一步都像是踏上陆地的小美人鱼。看别人都穿得好好的，她甚至开始怀疑自己的脚长得有些畸形。

G只不过比她早出道几个月，却已经很有经验，教她用消过毒的针将水泡刺破，用清水冲洗伤口，再涂上安息香酊使患部的皮肤硬化，最后在四周抹上一圈凡士林，就像芭蕾舞演员一样驾轻就熟。

“你从哪里学来的？”Ming问她。

她却避而不答，只是得意地说：“要是模特做不成，或许我还可以去唐人街做个专门看脚的江湖医生。”

Ming至今清楚地记得那个下午，她们俩坐在她宿舍的单人床上，G手里捏着她左脚的样子。或许就是从那个时刻开始，她第一次意识到自己心里奇怪的依恋，只可惜她对面的人没有回应。

慢慢地，她对G有了更多一些的认识——G喜欢去格林尼治村的古董书店淘旧书，或者在宠物商店把所有体重三十磅以下的小狗抱个遍。没有工作的时候，总是梳一个随便的马尾，或者干脆披着头发，弄丢了隐形眼镜（经常丢），就在鼻梁上架一副黑玳瑁色的角质框眼镜，一手拿一个黑色手提包，另一只手里抓着一本卷了角的旧书，低着头，走路脚下生风，看上去就像一个居于尘世却又不染尘嚣的书生。这一切都让Ming为之着迷，她知道G并不比她更聪明或者美丽，却似乎更有魅力。

—// ∧ \\—

但在许多其他人眼里，G不过就是一个怪胎罢了。传闻中，她是个诡异的悲观分子，喜欢存钱，会仔细去读那些银行的合同和保险条款，而不像其他正常的女孩子一样抱怨每年的保险费不如去买双鞋来得实惠。还有人告诉Ming，G这个人小气得很，说她本来租住在Clef的模特公寓里，有一次，一个同住的女孩子从她箱子里拿了一条旧裙子穿着玩，她看到了大发脾气，把那条白色纱裙点上火扔进抽水马桶里烧尽，然后就带着自己的箱子走了。

Ming对这些指控不以为然，认为她们之所以那样觉得，只不过因为G是与众不同的，因为她从不喝酒、不吸烟、不沾药品，没有男朋友，也不想要男朋友。所有这些，Ming都很能理解，尤其是男朋友那部分，因为她自己也没有，也不想要。

她们的工作和外表注定会招来各式各样的男人搭讪，不同年纪，不同肤色，有的很穷，有的装作很富，却都不约而同地把她们当成应召女郎，或者好骗的傻女孩，对她们说“你真漂亮”，或是许以锦衣玉食，或是以为只凭半瓶波本威士忌、一件干净的浴衣便可以带她们回家去。刚开始时，Ming碰到这样的事情总会觉得心惊胆战，G却好像早已习惯了。偶尔也有各方面都很不错的男人出现，也曾有过一两次像模像样的约会，但到头来都会不了了之，被她们拿来当笑话讲。

就像那年七月，G接到一份工作，在巴黎待了半个月左右。她不会说法语，也不认识路，拿着一张蜘蛛网般错综复杂的地铁地图，带着她的影集和高跟鞋，在萨布隆站坐上一号线。刚好遇上了早上上班的人潮，一路上都很挤，她身边一个职员样子的年轻男人看到她手里的地图，用带着法国口音的英语问她是不是需要帮助。她皱着眉头说，自己要在半个小时之内赶到乔治五世大街三号。他告诉她，在富兰克林·罗斯福站转九号线，到阿尔玛·马索站下车，从那里出站离她的目的地最近。那个男人在戴高乐星型广场转车，临下车塞给她一张名片。G跟他说再见，笑得很甜，转头就把名片扔进了地铁站的垃圾桶里，甚至连名字都没看清。

或者就像那天中午，Ming在曼哈顿下城办公楼林立的街区过马路，一个穿西装的男人追上她，拍拍她的肩膀，一本正经地给她看一个掌上电脑之类的东西，上面用英文写着一句话：你真漂亮。而她就好像拒绝站在街边发小广告的卡通人一样，随口回答："谢谢，我不需要。"

再比如，某个下午，G走累了，在五十七街四季酒店的大堂里歇脚，一个小个子的亚洲男人在她身边踟蹰了很久，终于走过来坐在她旁边，用带着些古怪口音的英语向她问好："你好。"

"你好。"她回答，继续看她手里的那本书。

"日本人？"

"不是。"

"我猜你是模特？"

"不是。"

"那你应该试试这一行，你看起来就像个模特。"

"没兴趣。"

“我在这里看见过你几次了……”

她厌烦了，却突然有了一点开玩笑的心情，转身对他说：“你猜得没错，我的确是做生意的，不过，通常选择的客人比你要……”她皱起眉头，上下打量他，好像不知道该怎么解释，“怎么说呢，算了，忘了吧。”

然后低下头，继续看书。

有时候，Ming觉得日子永远都会这样继续，她和G，是徜徉在纽约城里的魅力猫，美丽、自由、无忧无虑。或许再加上Eli吧，因为少了他，她们难免会周期性地失业。Ming把这荒唐的念头讲给G听，叫她欣慰的是，G没有嘲笑她们俩“友谊地久天长”的部分，只是调侃她是典型的斯德哥尔摩综合征，居然还想要Eli永远跟她们在一起。

直到今天，Ming都会时不时地回忆起那时的自己，那么稚嫩而不羁，喜欢化妆却懒得卸，穿不惯高跟鞋，满脑子疯狂的不切实际的想法，碰到摄影记者却只会摆中规中矩的姿势，被镁光灯一照就会失明外加失忆。而现在，她征服了许多人，同时却也被这冷酷的世界驯服。如今的她懂得如何抓住所有人的注意力，如何应对恭维和诱惑，即使穿上十二厘米高的鞋子也能在任何地面上走路，有时候又会脱掉鞋子，光着脚在大庭广众之下悠闲地散步，被记者拍下来称作“特立独行的天使”。她知道哪些理想是可能的，哪些荒诞不经，却很难解释为什么自己会如此怀念那段日子，那时的她除了有些傻、有些土气之外，什么都没有，但一切都各得其所，不多不少不远不近不疏不亲。如果可以的话，她希望时光停留在那时，永不逝去。

那年初秋，大学里的一个女同学想找人一起去大西洋城看演唱会。Ming根本不喜欢那个过气的电音乐队，却立刻就报了名，还央求G跟她们一起去。让她高兴的是，G答应了，说自己发了一笔小财，那次演唱会的门票、路费，还有住旅馆的钱都是G请的客。

当天晚上她们投宿在一个小旅馆里，那是个可以睡三个人的房间，结果却挤了五个人。

Ming和G，还有另一个姑娘睡在一张四尺半的小双人床上，三个人盖一条毯子。Ming不是个睡得很沉的人，第二天早晨，她第一个醒，睁开眼睛，G就靠在她的肩头，嘴唇随着呼吸的节奏翕动，左手小指上涂着一点珊瑚色的指甲油。

细薄的眼帘，蜷着身体的样子和剪得短短的指甲，让她看起来就像一个小孩子。Ming低头在她脸上亲一下，又亲了亲她的嘴唇，她还是没有醒。那只是个单纯的孩子般的吻，她嘴唇的触感在Ming记忆的表层留下浅浅的痕迹，随着时间的流逝，逐渐变深，下沉，直到抵达心之深处。多年以后，Ming已无法确切地描述那种感觉，却很明白地知道，它就在那里。

那个吻之后，Ming记得自己从床上起来，推开窗，爬到外面的露台上。那时是早晨六点多，有些冷，却是个难得的好天气，远处赌场的招牌和熄灭的霓虹灯在清晨的阳光下显得格外落寞。从那个早晨开始，她对自己看得更清楚了，或许她只是在自欺，她并不想要时光停留，一切原封不动，她想要更近、更多。

无数次，她想问G：你喜欢我吗？

比如她们在宿舍里打枕头仗的那次，漫天飞舞的雪花慢慢落下，变回一床一地的白羽绒，细细软软的，光是看着就叫人鼻子发痒，一切突然由疯狂归为沉寂；或者是那个傍晚，她们坐在港口的防波堤上吃一支冰激凌，夕阳西下，潮湿的风将她们的头发纠缠在一起；有时候，Ming绞尽脑汁，想要说一些特别的话给G听，却不知道该说什么，只能喋喋不休地唠叨一些琐碎的事情，说家里养的猫怎么可爱，她怎么喜欢它，她爸爸怎么好。这些话题，G从来都不会附和，就好像她既没有家也没有过去，任由Ming在话音落下之后的沉默里觉得自己蠢得要命。

每当那些时刻，Ming总会看着G，在心里默念：你喜欢我吗？

最后又总是自问自答：你不喜欢。我知道的。

随着时间推移，Ming开始变得有些怨艾，她发觉绝大多数情况下她都乐于把自己当成一个男孩儿，粗鲁、随便、敢作敢当，只有面对G的时候，她才觉得自己是个女孩子，一个真正的女孩子——会突然变得脆弱，会控制不住自己的情绪，甚至为了一点点小事情落泪。她知道她们已经很近了，但可能永远都到不了她希冀的那一步。她搞不懂G究竟是怎么回事，她们一起吃饭、一起逛街，在一张床上睡过，见过彼此的裸体，一起笑过、一起哭过，互相叫对方“名模”，但G却从未说起过自己的过去，也不让Ming去她住的地方，仿佛在自己周围画了一条线，并不断地把越线的人推出去。

就这样一直到了那年的秋末，G得到一个工作，雇主是一家售卖沙龙香水的公司。路演当天，她代表东方，身着白色烟罗纱的裙子，看起来似乎被一束神秘的星光笼罩，身后的条案上数不清的香水瓶排成微妙的弧形，浅金色的液体与灯光辉映，宛若一架声势浩大的管风琴，奏着与东方香调匹配的梵音。

路演之后的派对上，许多美丽的男女，身份不明，口音各异，一些默默无名的小模特被拉去酒吧和舞池里充场面，Ming也在其中。午夜之后，G是所有人感官的焦点，她把几种香水点在鼻尖上，让别人去闻，说那是中世纪时普罗旺斯调香师品香的方式，谁能猜对是什么香，她便和那个人亲吻。所有人都想吻她，却没人猜对。她走过Ming身边，微凉的鼻尖贴着Ming的脸颊，唇齿之间吐出氤氲温暖的气息。那种感觉，难以名状，却让她至今记忆犹新。

一个男人突然切进来，伸手扶住G的双肩，贴在她脸颊边上轻声耳语："乳香和迦南香。"

Ming不知道这算不算是正确答案，只记得G蓦地转身，看到身后站的人是Eli York，她盯着他看了一会儿，没有食言，吻了他的嘴，开始很潦草，他却没有放手，最后变成了一个舌吻。

"你爱的人是谁？"他贴着她的嘴，低声问。

她伸手摸摸他的脸，对他说："不是你。"动作和语气显出一种超过她年龄的老练，冷峻、嘲讽，同时又带着些挑逗。

Eli又凑在她耳边说了句什么。

她推开他，笑了笑，摇头说："今天不行。"

—// ∧ \\—

短暂的一瞬，Ming突然明白，Eli是唯一一个越线的人。那天夜里，她不止一次地想要抓住G问，你跟他睡觉了是不是？却始终找不到一个发难的理由。

凌晨两点，Ming走到酒吧，要了一杯威士忌，她不懂酒，只是看到Eli要过这种酒。她拿出电话，无意识地把里面储存的联系人电话翻了两遍有余，最后停在Eli York上面，按了拨号键。

铃声之后，他的声音混杂着琴声响起来："什么事？"

"是我。"Ming说。

"我知道是你，什么事？"

"对，你知道。"她几乎没办法说出这几个字，喉咙深处带着一点不易察觉的哽咽，努力集中精神，好把话说下去，但背景里那首钢琴曲总叫她分神，她没听过那曲子，其中有一个短句不断地回旋反复，异常伤感而深情。她猜那是双黑人的手，所以琴声里才带着格外性感的音韵。

"你怎么了？"不知道是不是一种错觉，他说话的语气似乎和缓了一点。

"我可以去你那里吗？现在。"

电话那头好像沉默了很久才回答："当然。"

Ming挂断电话，将那杯威士忌一饮而尽，离开酒吧，看到G站在不远的地方正在跟几个打扮别致的男女讲话。G回头看到她，对她眨了眨眼睛，笑了一下。那是个友善的表情，而且G笑的时候，左边脸颊上总会现出一个可爱的笑靥，Ming也回了一个微笑，却是完全不同的心境。她站在原地看着G，就好像看着镜子里的自己，二分之一秒的静默之后，她转身穿过灯光闪烁的大厅，径直走出去。门口身穿烟绿色紧身连衣裙的金发女招待对她露出宁静、热辣，却又是意味深长的笑容，仿佛看穿了她。

一刻钟之后，Ming在两条街之外的那个路口和Eli碰头，觉得自己就像一个偷情的女人，感觉不好，却让她兴奋。

“你怎么对她的，就请怎么对我。”她说得简略而又坚决。

Eli没有说话，只露出一个嘲弄的笑，让她无从知道他是不是答应了。他没带她回家，而是把她带去了Clef的办公室，没有开灯，也没合上落地窗上悬挂的百叶帘，径直走到她面前，解开她连衣裙前襟的三粒纽扣，把裙子拉到大腿上面。她心里有些畏缩，却没有拒绝，什么话都没说，只是看着落地窗玻璃里自己的影子，很漂亮，略显忧郁。

半个小时之后，她重新穿好衣服离开办公室，Eli坐在靠窗的一张躺椅上面，点燃一支香烟，看着窗外，没跟她说再见。

外面即将破晓，Ming走出那栋大楼，坐上一辆过路的出租车。不知道为什么，她突然想起她认识的一个名字叫Lily的女孩子。Lily是艾奥瓦人，年纪很小，还不到十六岁，却已经跟许多男人上过床。她曾经得意扬扬地对Ming说，某人赞她的外形很好，大有前途，某人答应把她推荐给Steven Meisel（史蒂文·迈泽尔，世界顶级时尚摄影师），或是许诺要拿她的照片给欧莱雅的人看。

Ming记得当时还曾拿Lily来取笑，而现在，恐怕是她自己更可笑吧。她知道Eli对她并没有太大的兴趣，只把她当作又一个投怀送抱的女人，又一次免费一夜情，但如果将来她真的能出名，倒也不妨跟别人吹嘘一下这段艳遇。这种感觉很坏，但她却没办法让自己停止，就像是一种瘾头，一开始她极力抑制，最后就跟吃零食一样，她允许自己每个礼拜放纵一次。

不记得是第几次，Eli终于带她去他的公寓。之前可能是怕她嘴巴不紧，或者是个疯疯癫癫的神经病吧，她暗自猜想，脸上露出一个狡黠自嘲的笑，Eli的第一感觉是对的，她就是一个神经病。

她就像CSI（犯罪现场调查）里的探员，在他身上，在他的公寓里，寻找微弱的痕迹，G的痕迹——盥洗台上的一片假睫毛是G卸妆留下的，厨房里一整排青涩的绿苹果是G喜欢吃的，每次少了一个就代表她来过了，漱口杯上留着她细小的唇印，地毯的角落里一丝栗黑色的长发，还有她胡乱塞着几件内衣的抽屉……Ming抓住每一个机会，掘着这座宝藏般的坟墓，或者说，宛若坟墓的宝藏。

某个凌晨，Ming在衣橱最上一层找到一个旅行箱，硬壳的箱体上尽是刮痕，轮子坏了，看起来寒酸得和这飘浮在曼哈顿上空的华美公寓毫无干系。箱子手柄上航空公司的标签还没有撕干净，依稀看得出印的是中文字。她坐在地上，像一个野人粗蛮地撬开那只箱子，里面很空，只有两样东西——一个浅棕色镜框装着一张旧彩照和一双整齐地裹在一起的肉粉色舞鞋。Ming解开鞋子上的缎带，穿在自己的赤脚上，微蓝的月光下，那缎子的颜色像是染了血又洗掉之后的淡红色。她仰面躺在地板上，举起那只镜框来看，照片上一对中年男女站在一个穿芭蕾舞衣的女孩子两边，三个人笑得那么开心。Ming也跟着露出微笑，对着那个女孩子说："这就是你的秘密？"想象着自己化身成她，永不分离。

随之而来的那个深秋，是Ming最初崭露头角的风光日子，也是她有生以来最糟糕的一段日子。有时候，她努力朝好的方面去想，她并不讨厌这个跟她上床的男人，虽然他态度很坏。即使在他们有了肉体关系之后，Eli仍然会在她不舒服的时候对她说："如果你还想吐，找个我看不见也闻不到的地方。"半夜三更把她赶出门外，甚至给她一个耳光。Ming从没有为此伤感过，因为她根本不爱他。而且，他越是冷酷越是混账，她就越能肯定，他也一样得不到自己的所爱，也过着可悲的日子，并不比她好一分一毫，这样的念头总会让她感到一种幸灾乐祸般的安慰。

相比之下，她或许还算是幸运的，至少从这段关系里捞到了一些好处，虽然她心底里宁愿不要那些好处，甚至痛恨Eli把她介绍给那些大人物时的措辞，虚假地赞美她是多么"值得眷顾的一张新面孔"。这种深度的矛盾和工作带来的压力开始抽丝剥茧般毁坏了她的身体，她几乎准备退学，有时候一整天只吃六颗杏仁，喝一点苏打水，表面上却变得比过去任何时候都光艳照人。

很快，她就有了更好的金主，或者说"男朋友"，送她珠宝，带她去旅行。但她却还是跟Eli维持着一周一次的"约会"。

十二月的一天，Eli半躺在床上，看着她穿衣，脸上带着那种不太认真的浅笑，一如他们初见时的样子。

—//∧\\—

“你这到底是为了什么呢？”他问她，“千万别说你真的爱我。”

她半裸着身体，转身看着他的眼睛，同样不认真地回答：“你知道我是为了什么，从一开始就知道的。”

在下一次眨眼之前，Ming在Eli脸上看到一个难以解释的短暂的表情。当天晚上，她收到一条他发来的短信：“本来充满乐趣的，但是开始变得无聊了。”含含糊糊的并没有明白的意思，但她却很清楚，这就是他们的最后一次了。

Ming开始一厢情愿地猜想，这个游戏在女人堆里的男人也在心里藏了许多东西，不愿意被别人看见，哪怕被人猜到一丝一毫，也会让他难过得要死。她在心里祝愿，如果她猜的是对的，G能有个比她好一些的结果，虽然Eli是个浑蛋，虽然他不愿意放弃和别的女人睡觉的机会，但他却也有他的深情。在那个短暂的秋天，她不知道自己和Eli究竟谁爱得更深一些，却肯定同样热烈。

那天之后，Eli找了个机会把Ming介绍给了另一个经纪人，从此对她不闻不问。她和G也在面试的地方遇见过几次，但几乎没说什么话。在旁观者看起来一切都没什么异样，只有当事人知道他们之间终究不是原来的样子了。

不久，圣诞节来了，Ming和她的新男友从阿斯彭度假回来，臂弯里搭着一件银蓝十字水貂短大衣，在经纪公司的电梯厅里遇到G。

G过来跟她打招呼，看见那件皮草，捧起袖子贴在脸上，感觉那些细密柔软的针毛，欣喜地说漂亮极了。

这个十足孩子气的举动让Ming记起许多混乱的片段，亲吻、伤痕、痛与快乐，只不过是几个月，却又像有一生之久。她努力控制住自己的声音，收回那只袖子，说衣服是在巴尼百货商店或者波道夫·古德曼百货公司买的，她记不太清了，假装自若地发出邀请："有时间我们可以一起去买东西。"

G抿嘴笑了一下，回答："第五大道对我来说太贵了，你知道的。"

这句既亲近又疏远的话在Ming的心里生出混杂着爱与恨的酸楚，她带着些恶意地揶揄道："说实话，我也买不起，不过，你可以叫Eli一起去，他付得起。"

"为什么？"G反问，不像是装腔作势，倒像是真的觉得好笑，"他怎么会付钱给我买东西？"

电梯门开了，两个女职员从里面出来，她们手上拿的蓝莓玛芬散发出甜腻的气味，让Ming觉得一阵恶心，她弯下腰剧烈地呕吐，酸涩的胃液从喉咙里涌出来。G试图过来扶她，绾起她的头发，被她推开了。她支撑着站起来，去洗手间冲掉嘴边残留的呕吐物，也洗掉了脸上的妆。她知道G就跟在身后看着她，却一直都没回头，甚至不敢抬起头看镜子。她害怕看到G脸上的表情，怜悯？厌恶？或是冷漠？不管是哪一种，只要她们眼神相交，那么只需要短短的一瞬，她所有的面具和伪装都将一一碎裂。

"我没事。"Ming记得自己这么对G说，没等到回答就低着头逃出了Clef，坐上一辆出租车。她听到司机在反反复复地问："小姐，嗨，小姐，你要上哪儿？"却没办法开口说出一句话，心里充斥着最荒唐的想象——她如何絮絮地把所有的事情讲给G听。她会对G说，这没什么大不了的，现在的她既没有业余爱好，也没有固定住所，有时一天工作二十个小时几乎不吃东西，有时整天整夜地躺在沙发上面，毫无节制地吃任何看到、抓到的食物，然后再到厕所里抠喉咙吐掉，这对她来说已经是一种习惯了；也会告诉G，她的男朋友喜欢舔她的身体，却不愿和她接吻，甚至不会靠近她的嘴巴、听她说话，因为她嘴里满是呕吐的味道；她还要让G知道，她的身体状况已经影响到她的工作，她的经纪人刚刚给她下了最后通牒，如果情况没有好转，就不会再给她任何新的工作……而这都是因为你啊，我的爱，都是因为你。

在随后的日子里，Ming的情况没有好转，反而愈演愈烈。她在美国的一个亲戚受她父母之托来到纽约，带她去看医生，然后为她办了休学。那个时候，她的身体质量指数比正常值下限低百分之二十，差不多有四个月没来月经，牙齿被呕吐带出来的胃酸严重腐蚀，心电图也有些异样。亲戚不愿把她带回康涅狄格的家里，就送她去了附近的一所疗养院做康复治疗。

最初入院的时候，Ming整日穿着睡衣和绒布拖鞋，蓬头垢面，时而绝望时而易怒。G几乎每个礼拜都来看她，有时会带些自己煮的东西过来，做得最多的是从唐人街买原料回来炖的当归鸡汤。Ming不愿意让G看见自己的样子，却又做不到那么决绝，只好经常利用病人的特权要要脾气，心里却是有一些内疚的，毕竟所有的决定都是她自己做的，G根本什么都不知道。她们又像从前一样时不时地见面，在一起讲讲话，但对某些事情则是绝口不提的。

就这样一直到了四月份，一个星期三，G又过来看她。那天中午，她们坐在餐厅里，G照例把调羹塞到她手里，没有商量余地地要她把保温杯里的炖品统统吃完，一边看她吃一边说，自己小时候身体不好，妈妈几乎每天都有一炖盅的东西逼着她吃下去，她吃不惯那个味道，清蒸就又改成了红烧，再多放些姜片。一定要吃，当药吃，妈妈总是这么说的。

Ming放下调羹，看着G不动。

“怎么了你？”G问道。

“这是你第一次说你小时候的事情。”Ming回答，突然觉得很委屈，几乎落下泪来。

G伸出一只手扶住她的肩膀，又像从前一样避开那个话题，说起最近的天气，说她在医院遇到一个有趣的人。

Ming感到一阵莫名的气愤，重又变得冷酷，她对G说：“其实我看到过你妈妈的。”

G先是笑了一下，好像不相信，然后静止在那里。

“你留在Eli那里的箱子……”Ming颤抖着继续，心里却有一丝得意，直到那个寒酸的旅行箱、淡血色的舞鞋，还有那张全家福在她脑子里一样接一样地变得鲜明而具体，她没办法说下去了。

G低下头，过了很久才开口，说的话却不是Ming想听的：“我跟Eli，不像你想的那样，我原来不知道那会伤到你，不管怎么说你都要对自己好一些，他并不值得你这样伤害自己。”

Ming在心里说：对，我知道，他不值得。她脸上露出一个嘲讽的笑，问G：“既然你把他看得那么清楚，为什么还要跟他在一起？”

“我跟你不一样。”G的回答很冷也很坚决。

“我看不出来哪里不一样。”Ming提高了声音说道。你还是不懂，还是不懂，她在心里喊着，一下子站起来，动作大到把桌上餐盘里几乎所有的东西都掀翻在G身上，“我真的是厌了，我不知道你干吗还要来？！”

餐厅里的人都看着她们，两个男护士朝这里走过来。Ming低下头，转身就跑，一直到很远的地方才蹲下来大哭，护士们追上她，没人听得懂她在哭喊些什么，二十五毫克氯丙嗪让一切归于平静。

—// ∧ \\—

I could hold, your beautiful hands
And kiss, your beautiful eyelids
Throw open, your beautiful doors
And phone, your beautiful friends
—*It's All Over* Broken Family Band

我能将你的柔荑握在手中
能亲吻，你美丽的眼睑
甩开，你可爱的门
能给你可爱的朋友们打电话
——《都结束了》残破的家族乐队

09

婚姻的理由

Ming告诉李孜，她在那所医院待了将近四个月，情况很糟，但她到底还是过来了。对她来说，那是一段长大成人的经历，扭曲、变态，却又浪漫，至于后来她如何振作、如何涅槃重生都不重要了。如果有一天，她要写回忆录，就会从那个篇章写起。

天渐渐黑下来，沙龙的那个角落变得很暗。Ming坐在李孜的对面，前额的头发用两个大发卡夹到后面，脸上的妆化了一半，显得有些苍白。她回忆多年以前，断断续续地讲那些从前的事，极其简略，不带感情，就好像在说其他人的事情——被陌生人挑逗，也挑逗过陌生人；被抛弃，也抛弃过别人；曾站在镁光灯下面成为众人目光的焦点，也曾在雨夜里走，身边没有一个人；闻过特立尼达雪茄，尝过里海的鱼子，也住过十块钱一夜的寄宿公寓。也许这就是这个年代的生活，一切都没有定数，什么都长不了，靠不住。

这一番话，让李孜对Ming有了很好的感觉，虽然两人的背景差之千里，想法却很相近，都是很实际的人，相信爱情无常，友谊易逝。李孜问Ming，后来有没有听到过关于G或者Eli的消息。

Ming回答，只听见人家传说，五年前Eli带G去了欧洲，后来又卖掉了他在Clef的股份，结束了在纽约的一切。但Ming这些年每年都要在法国或者意大利待上两个月左右，从来都没遇到过他们中的任何一个。

“你认识什么人可能知道更多吗？”李孜追问。

Ming沉吟片刻，回答：“有一个人，叫Yoshida（吉田）什么的，我一直记不住他的全名，他是个摄影师，G从前跟他在东村合租过一间公寓。”

李孜知道Yoshida不过是一个很常见的日本姓氏，单凭这个要在东村找人是很难的，况且这么多年过去，Ming也不敢保证那人是不是还住在老地方。

好在Ming又想起了些什么，她告诉李孜：“你去买一本《都市之屋》，那上面总有他的照片，用他的全名应该能在网上查到他工作室的电话。”

那个戴眼镜的女人又走进来，远远看着Ming，抬起胳膊指了指手腕上的表。Ming站起来，李孜也很识趣地起身道了谢，留下一张名片，要Ming想到什么再联系她，说完就告别转身走出去。

Ming突然在身后叫住她，问：“你知道他现在在哪儿吗？”

李孜回过头，不知道那个“他”指的是谁。

"我是说Eli。"Ming补充道，口气倒很轻松，脸上也并没有什么特别的表情，只是画了一半的眼妆让她看起来有些怪异，"如果有可能，我想去看看他。他这样一个人，恐怕没人会想起来送把花给他。"

李孜看着她，摇摇头说抱歉，转而又说："不过，我可以帮你去问问看。"

Ming低头笑了一下，回答："算了，不用麻烦了，反正他也不配。"

走出沙龙，天已经全黑，对面那座玻璃幕墙的咖啡馆里早已经亮起了灯。李孜没进去，看到Ward坐在一个靠窗的位子上看一沓装订起来的文件，她走过去伸手敲敲玻璃，不等他结账出来，就径自走到街角的书报亭，买了一本《都市之屋》，借着路灯光，细看每张图片旁边的小字。

Ward跑过来问她在干什么，她没回答，抬起一只手叫他等等，直到在一幅跨页照片的左下角找到一个Yoshida开头的日本名字，她拿起书指给Ward看，把刚才听到的事情简略地告诉他。他们坐上一辆出租车回事务所，在车上，李孜用手机根据那个名字查到一个摄影工作室，当下就打电话过去。接电话的人听起来是一个年纪轻轻的男孩子，说Yoshida不在本城，而他也不能随便地把老板的手机号码告诉别人。

可能是因为对方比她更嫩些吧，李孜没有退让，坚持说是很急的事情，有关Yoshida的一个朋友，最后干脆对那个男孩子说：

“打给Yoshida，跟他说G这个名字，记下我的电话号码，他会给我回电的。”

男孩子不情不愿地答应了。放下电话，李孜不禁有些忐忑，倒是Ward在一旁半真半假地夸她说话越来越有气势了。

李孜讨厌他总是说这些没意义的话，突然想到Ming提起过的事情，就打断Ward问道：“你知道Eli York的尸体现在在哪儿吗？是在警察那里，还是已经落葬了？”

“警方调查结束之后，按照遗嘱由他的朋友领走了。”Ward回答，“我记得好像是一个姓Vernette（瓦亨奈特）的法国人，至于是埋了还是烧了，就不得而知了。”

李孜多少有些失望，却也只能放下这个问题，至少Eli还有个朋友可以托付后事，倒不至于像Ming说的那样连个送花的人都没有。

二十分钟之后，他们回到办公室，李孜的手机响了，屏幕上闪着一个国外的号码，信号很差，正是Yoshida打来的，绕了很久才弄明白自己不过是在跟一个陌生的律师讲话。不知是不是错觉，李孜觉得电话那头的那个人在短短几十秒钟里经历了期盼、困惑、失望到哀伤的过程。Yoshida告诉李孜，他会搭次日下午的航班回纽约，草草定下一个时间，让李孜去他工作室找他。

第二天下午四点多，Ward突然有些要紧的事情，李孜便根据黄页上的地址，一个人去赴那个约会。

Yoshida果然已经不住在东村了，而是租了格林尼治一栋老式建筑顶楼的跃层空中花园做工作室。李孜自己也租房子，稍微知道一些那里的租金，作为摄影师，只有特别混得开的才住得起这样的房子。Yoshida本人来开的门，他三十岁上下，长着一张不显老的孩子似的面孔，看起来十分随和。偌大一间房里看不到第二个人，透过落地窗可以看到露台上大片蓬松的积雪，傍晚清冷的阳光落在上面，几乎没有一点温度或者重量。

Yoshida问李孜要喝些什么，李孜没打算久留，说随意吧，但他还是去开放式的厨房里泡了茶。李孜站在窗边，看房间里的陈设。她身边那面墙上贴满了大大小小没有镶镜框的相片，有不少交叠在一起，看起来就像《越狱》里那堵满是玄机的迷墙。她仔细看了其中的几张，有一些还是很有意思的，乐摸照相机拍出的艳丽朦胧的画面，或是宝丽来随性记录下的影像，强烈的色彩、晕影、漏光，再加上暗角，看起来就好像是从老电影里定格下来的。

Yoshida端着茶杯走过来，拿出最中间的几张来给李孜看，说："这些就是最近拍的，我们在米兰，男装周，Jaco（雅各）是个时尚编辑。"

照片上，Yoshida跟一个和他差不多年纪、时髦清瘦的男人在一起，身后是充满意大利风味的街景，砾石路，还有轻型摩托车，两人脚上的红袜子格外显眼，其中一张宝丽来相纸下面空白的地方写着：Jan. 10, in Italy with love（1月10日，爱在意大利）。

李孜自诩是见过世面的人，不会因为看到一个两个性向不同的人就大惊小怪的，只是她原本以为Yoshida曾是G的男友，因为，根据Ming的说法，他俩一起租过房子。她知道Yoshida肯定不同，但也曾听人家传说，在这个圈子里，同性恋多，双性恋也是不少的。

两人在起坐间里坐定，李孜开门见山地说明了来意，Yoshida看起来很困惑，愣了一会儿，问李孜怎么找到他的，李孜照实答了。

Yoshida喃喃地重复："噢，你看了这一期的《都市之屋》……"接着便开始说起那个专题来，这一期的主题是书房，为此他去拍了许多作家书斋的照片，有的不过是朴素的一扇窗、一副桌椅，有的铺着磨出线的地毯，上面堆着旧书，也有装饰雅致、摆满了名师签名的古董家具的华贵书房……

李孜笑了笑，承认自己只顾着找名字，没有看杂志内容，想要把谈话拉回正题。Yoshida却先说了："这是很玄妙的事情，G一定会喜欢这一期的主题，我接下这件工作的时候就想到她，如果她在，肯定会扮成个助理，要我带她一起去……你通过这些照片找到我，真的是很玄妙的事情……"

"你知不知道她现在在哪儿？"李孜适时地问。

"欧洲的什么地方吧，我不肯定。我们最后一次联系是大约四年以前的事情了，那时她给我寄过几封信，好像是在巴黎。"

李孜禁不住有些失望，追问道："但你跟她曾经很亲近，不是吗？"

Yoshida点点头，带着那种想起老朋友来的亲切和得意："我们差一点儿就结婚了，只差那么一点点。"他伸出左手，用拇指和食指比画出那"一点点"的实际距离。

李孜没能完全掩饰住自己的表情。Yoshida看到了，明白她表情背后的意思，他俏皮地笑了笑，说：“婚姻嘛，除了喜欢对方身上的味道，而且能让彼此开心，还需要什么呢？”

李孜也笑起来，的确，动物性和人性的需求都考虑到了，还需要什么呢？结婚最苛刻的要求不过就是如此了。

Don't you remember

I was always your clown

Why try to change me

Why try to change me now

—*Why Try To Change Me Now* Frank Sinatra

你不记得

我一直属于你

为什么要我改变

现在为什么要我改变

——《为什么要我改变》弗兰克·辛纳屈

10

为什么要我改变

六年前，曼哈顿。

那个时候，Yoshida还是个二十岁出头的摄影助理。一个很偶然的机会，他被人喊去切尔西一间地下室里打乒乓球。在那里，他认识了一个做模特的女孩子，带她来的人叫她G。

那女孩球打得跟他差不多一样烂，几局下来，两个人就被彻底晾在一边。Yoshida开始觉得厌烦，自言自语地说不知道为什么会答应来这里。那个叫G的女孩子就站在他旁边，很自然地接过那句话，告诉Yoshida她是怎么来的：起先是去一个设计师那里试衣，蹲在地上缝裙边的男孩子对她说，周末他们两帮人，要打乒乓球，问她愿不愿意加入他们这一队。她摇摇头回答，乒乓球怎么打，她真的不懂。男孩子却说，没关系，你是中国人，胜算总大些的。

虽说她英文说得不好，故事却讲得很有趣，Yoshida被逗笑了。那个时候，他刚刚结束了一段晦涩漫长的恋爱，很久都没那样无所顾忌地笑过了。球局散了之后，两人相约去看了场电影，又在时代广场的日本餐厅吃了拉面，分手的时候互相留了手机号码。

过了几天，他们又见了一次面。闲谈中，Yoshida说起自己原先住的地方已经退了租，现在暂住在一个朋友那里，一边工作，一边找房子。G听了，看着他说，自己也有同样的问题，住的是经纪公司的房子，许多人挤在一起，租金却很高，她原以为不会在纽约待很久，一直没有动脑筋找自己的地方，结果一晃就是一年了。两人一拍即合，决定找一间公寓合住。

接下来的那个礼拜，他们在忙得四脚朝天的工作间隙看了几套房子，最后找到东村一套两间卧室的公寓。那是一栋战前建筑的顶楼，面积和租金都还合意，但装修跟设施都已经很旧了，墙上镶的穿衣镜布满了诡异的花纹，而且还没有电梯。

Yoshida跟房产经纪讲价，说这房子老得都快出鬼了。

经纪笑了笑回答，这个价钱，就是连同鬼一起打包了的。

G却好像根本没听到他们的对话，手插在衣服口袋里，一间一间的房间看过来，提高声音对Yoshida说："就这儿吧，我喜欢这里。"

多年以后，每每回想那个时刻，Yoshida都会感觉到一种莫名的冲动，好像他终于找到一个可以厮守一生的人，两人手牵着手来看房子。不过，现实，总是更现实一些，他眼前的室友不过是个认识不到两周的陌生人，如果放在今天，Yoshida断然不敢这样草率地找个陌生人同居。但那个时候，他年轻、大胆，运气也好得出奇，这个突然撞进他生活的陌生人并没有什么恼人的习惯或者骇人的过去。而且，也不像人们通常认为的那种做模特的姑娘那般自私和浅薄。当然，他后来才慢慢地知道，其实，她们当中很多人都不是那样的。

签过合同，Yoshida问G："你什么时候搬过来？"

她回答："越快越好。"

次日下午，Yoshida按照G给的地址开车去帮她搬家，那是位于西四十二街一栋新建的摩天大厦，有车库、有游泳池。G在高区四十九楼一间公寓门口等他，脚边放了一个二十五寸的旧旅行箱。Yoshida趁她关门的时候朝房间里扫了一眼，里面似乎没有其他人，打扫得整洁利落，看不到任何零碎的东西，荒凉得根本不像是许多女孩子合住的地方，倒好像一间时髦单身汉的公寓。客厅里一排落地窗可俯瞰城市街景，若是地产经纪带人过来看房子，一定会加上一句"景观无敌"。Yoshida在心里想，经纪公司什么时候肯为她这样无名的小模特租这样的房子了？话没说出来，却也有了自己的猜想。

虽然Yoshida是个间歇性地害怕寂寞的人，时不时地需要和人聊天，有时也会呼朋引伴，带着点主妇般的得意领人家参观他的新居。但在他们同居生活最初的那段日子里，G始终与他保持着不过分亲密也不太疏离的友好关系。

作为合租房子的室友，她无可挑剔，和他轮流打扫房间，采购日用品，按照约定的时间和数字分摊房租以及其他一干费用。她偶尔也会和Yoshida聊起一些平常遇到的人和事，但给他的感觉却是以一种居高临下的旁观者的角度看待那些事情、那些人以及他们的欲望与诱惑，仿佛隔着十四厘米厚的玻璃钟罩看另一个世界。其他二十岁不到的女孩子都在等待着人生开始，她却好像什么都经历过了，总是独来独往，没有男朋友，也没有女朋友。Yoshida只听她说每周都会出城去看一个生病的朋友，至于其他，她从哪里来，家里有些什么人，从前都做过些什么，在很长一段时间里，他都一无所知。他觉得奇怪，像她这个年纪的女孩子怎么会独自一个人过着这样的生活，连一个家里人的电话都不曾接到过。

就这样一直到了五月，一连几天都是明媚的天气，空气中渐渐可以闻到初夏的味道，阳光，汗水，樱花凋零，连果实也被鸟儿啄尽，树下绵厚多汁的三叶草丛开出粉红色的花。

那一天，G又出城去了乡下，Yoshida一个人出去闲逛，在咖啡馆排队的时候遇到他的旧情人Jaco。他来不及躲，只能佯装大方地说了声“你好”，意外地发现自己演技不错，真的能做到大大方方的。他和Jaco一起喝了咖啡，又聊了一会儿。

到了晚上，Yoshida回到家，打开一盏夜灯，躺在床上回想白天发生的事情，许多截然不同的念头掺杂在一起，让他直到凌晨仍旧没有多少睡意。不知道几点钟，他听到G用钥匙开门，然后便是她在客厅的地板上走动，又去浴室换衣服洗澡的声音。片刻之后，她从浴室里出来，敲了敲他的房门。

“我看到你开着灯。”她探头进来说，“能聊聊吗？”

Yoshida也憋了一肚子的话想找人倾诉，他坐起来，点点头，G踮着脚跑进来，坐在他床上。

他开始絮絮地告诉G所有关于Jaco的事情，几乎忘记了是她提出来想要聊天的，过了很久，才想起来问她："刚才你想跟我说什么？"

"其实没什么。"她微笑着摇摇头，伸手拧灭了那盏夜灯，在他身边躺下，沉默了很久才说，"今天，或者说昨晚，我和人约会了，我们去了米尔福德港的海滩，就在几个小时之前。"

"那人是干什么的？他怎么样？好吗？"Yoshida来了点精神，翻了个身，看着黑暗里她依稀的轮廓。

"不知道，时好时坏吧。"她自嘲地笑了一声，"有时候，我觉得好像很久以前就认识他。但是，算了吧，这根本就是件荒唐的事情，他是个疯子，一个住院的精神病人。我不会再到那里去了，都已经结束了，所以，也可以说什么事都没有。"

这个空空的回答让Yoshida有一丝伤感，他没再问什么，倒空了自己心里的事情，让他突然觉得那么疲惫，很快就睡着了。

回想当时，那个凌晨是他们真正成为朋友的开始，也很可能改变一些事情。G是个极好的听众，耐心，没有偏见，有时甚至能感同身受。但Yoshida却不行，那时的他完全沉浸在自己的事情里面，把其他全都抛之脑后。如果换在今天，他会是个更称职的朋友，但是，在G之后，他再也没有碰见过恰当的机会，或者合适的人。

几天之后的一个早晨，Yoshida正在厨房里做早饭，听到敲门声便去开门，外面站着一个三十多岁的男人。

“她在吗？”男人问。

Yoshida不习惯这种开门见山的说话方式，愣了一下，说：“G在睡觉，你是谁？”

那人看起来并不愿意向Yoshida多做解释，只是极其简略地说自己是经纪公司的人，有些事情要找她谈一下。Yoshida让他进屋到起居室里等，又去敲G的房门，她过了好一会儿才来开门，身上只穿着内衣，套了一件睡觉穿的旧T恤，看样子完全没有睡醒。Yoshida以为她会因为被吵醒而生气，但看到起居室里站着的那个男人，她似乎立刻变得清醒了一点，胳膊环抱在胸前，说了声“嗨”。

“这辆车不如就送给你好了。”男人把一把车钥匙扔到茶几上，对G说，“省得我哪一天因为藏毒被捕了还摸不着头脑。”

G似乎不懂他指的是什么，但也没出声。男人从口袋里拿出一颗小小的橘色胶囊，举到她面前，让她看了一下，然后就放在了茶几上。

Yoshida感觉到气氛有些尴尬，含含糊糊地打了声招呼，就又钻进厨房里去做他自己的事情了，隐约听到那个男人在对G说：“我不管你上个礼拜把车开到哪里去了，又是跟谁在一起，我希望你不要再去了，也不要再见那个人。”

男人很快就走了，Yoshida从厨房出来，G一个人站在起居室的窗前，看着外面发呆。

“那人是谁？”Yoshida试探着问。

G突然醒过来似的回头看了看他，随口回答："Eli York，经纪人。"走到茶几前拿起那颗胶囊，扔进厨房的垃圾桶里，很快就换了衣服出门了。

她离开之后，Yoshida突然意识到，这个Eli York是他们搬家之后第一个，也是唯一的一个登门来找G的人。虽说他始终都没弄明白这件事情的来龙去脉，但不管怎么说，这次突然造访终于让他完全放下心来，确信G不是灵异故事里面只有主角一个人看得到的幽灵。

私底下，Yoshida也曾对这个傻念头发笑，他对自己说，人总有不愿提及的秘密和最难解释的怪癖，就好像G不愿意解释那辆车、那颗药、那间宛若飘浮在云顶的公寓，或是她在床头柜里的那只医用听诊器，而他又何苦追问那么许多呢，毕竟她是个无可挑剔的室友，做过的最坏的事情不过就是在一个雷雨天的夜里，讲了一个半真半假的鬼故事吓他罢了。

那个故事不算恐怖，却让他记了很久。故事里说，有天晚上，Yoshida不在，她工作到很晚，到家已是凌晨。她在浴室的花洒下面俯身闭着眼睛洗头，突然觉得有人拉她的头发，一睁眼，就看到一个十岁左右的小女孩正站在她跟前，一对漆黑发亮的眼睛，只有瞳仁，看不到眼白，脸上、胳膊上满是深深浅浅的绿色和红色的苔藓，身上穿着一件格子图案的育克领连衣裙，已经脏得辨不出原来的颜色了。G刚想问："你是谁？"只一眨眼的工夫，小女孩就不见了，留下的只有那只小手冰冷坚硬的触感，以及那些青苔在皮肤上附着的粗糙感觉。

—// ∧ \\—

Yoshida不相信，但还是起了一身的鸡皮疙瘩，他反问道：“你没叫？”

G摇摇头，轻声说：“有一天，我死了，如果有人能看见我，也希望他能对我好一点。”故作玄虚的沉默之后，她露出一个恶作剧的笑。

这个鬼娃故事让Yoshida很久都不敢在淋浴房里闭上眼睛，时至今日，他都不知道那个故事究竟是真的，还是纯粹的玩笑话。理智上，他知道这不是真的，但他却又是个典型的悲观主义者，总觉得凡是他认为不可能发生的坏事情到头来都会成真。而且，他也隐约体会到这故事背后深重的忧伤，沉甸甸的，不像个玩笑。

Eli York来访之后的那个礼拜，几日晴热之后，天气开始变得阴晴不定。Yoshida记得G对他说，这春夏交替时的天气跟她出生长大的城市惊人地相似，好像刚刚才有些春天的意思，一场雨、一天的大太阳之后，夏天就来了，而且来了就不走了。

天气好的时候，公园的草地上，附近那些公寓楼的天台上，就会有形形色色的人摊手摊脚地躺着晒日光浴，女人们穿起鲜明艳丽的衣服，痴肥的男人满不在乎地露出粉红色的白肉。然后便是整整一个礼拜的豪雨，浴室的一面墙开始渗水，几乎能看见水珠从老旧的沙色墙纸间沁出来，聚成老大的一滴，承受不住引力，滚落到地板上。生活，或者说命运，也在这时开始了它的起承转合。

在那个短暂的雨季里，Yoshida最清晰的记忆是关于一家做世界料理的小餐厅的。那个地方离他们的公寓不过两条街的距离，总是营业到凌晨，名字很怪，叫Falling Slowly，听起来简直不像个吃饭的地方，却又有点意想不到的诗意。

有一天，Yoshida在那里吃晚饭，注意到店堂尽头半开放的厨房里站着一个年轻男人，那人说不上非常漂亮，却显得与众不同。倒不是说他不适合这盘盏交错的地方，恰恰相反，他身上那件白色厨师制服和他十分相称，即使沾上了油迹也别有韵致，但他脸上却总是带着一种不动声色的表情，让Yoshida不禁想起那些老套的乔装改扮的故事。那天之后，Yoshida又到那家店里去过几次，还总是跟G念叨起那个白衣的厨师，说一看就知道那人心肠很硬，却又让人忍不住要靠近。

“那Jaco怎么办？”G带着点揶揄，提起他那个分分合合的冤家。

Yoshida还没有从过往的伤痛中恢复过来，意气用事地说：“我只真正喜欢黄皮肤的人！”

“那个厨师是日本人？”G问。

“不知道。”Yoshida无可奈何地回答，“我还没跟他讲过话。”

这答案让G好一顿嘲笑，说是不是要她陪着一起去，Yoshida才能壮起胆子要到人家的电话。当天夜里，她便拉着Yoshida去那里吃夜宵。两人刚刚在靠窗的高脚凳上面对面坐下，Yoshida就注意到几米之外的玻璃墙后面那个穿厨师制服的年轻男人正看着他，那是从来没有过的事情，大多数时间，那人都只是低着头做事，或者漫无目的地看着店堂内外进进出出的客人。

Yoshida心里很高兴，低下头，压低声音对G说：“转身，十点钟方向，就是那个穿白衣的家伙，他是不是在看我？”

G脸上浮起戏谑的笑，装作不经意地回头，过了很久才说了一句：“不是，他没看你。”

Yoshida不信，只顾打着自己的小算盘，催问道：“快说，你觉得他怎么样？”

“他喜欢女人。”G低头喝了一口水，含着笑回答。

“不可能。”

“你尽可以去试试看。”她恶作剧般怂恿着。

Yoshida几乎就要下决心了，但抬头再看，那人已经不在那里了。他有些失望，四处张望，却连个影子都没见到。直到他们结了账从店里出来，才在门口又遇到那个人，他已经换掉了工作服，朝他们走过来，没有打招呼，只是很自然地对G说：“你头发颜色变了。”

而她也很自然地笑了笑，解释道：“工作的时候染的，我还是喜欢原来的。”

“我也喜欢你原来的颜色。”

“会洗掉的，要三四天。”G回答，又为他们俩互相介绍，“Yoshida，Han，如果我没记错的话。”说完就对那个被她称作Han的人笑了一下。

普普通通的笑，普普通通的对话，就好像一段时间没见的平常的朋友。但Yoshida是知道G平时的样子的，看得出她脸上的神情，以及眼睛里那种不同于以往的东西，甚至连说话的语速也比平常更快一些。他很自觉地朝G眨眨眼睛，找了个借口先走，把她跟那个厨师留在那个弥漫着青柠檬和茴香籽气味的街角。

第二天早晨，Yoshida起床的时候，G已经回来过，又走了。他去厨房做早饭，看到窗台上放着一个洗干净撕掉标签的果酱罐子，盛着清水，一束茉莉插在里面，不过十五厘米高，葱绿的叶子中间开着星星点点的白色小花，散发出带着点苦味的清香。

他看着那束花露出微笑，心里想一定要让G告诉他昨晚发生的事情。但那是个极其典型的忙碌的礼拜，他们住在一起，却总是碰不到。差不多两天之后，G在两个面试之间抽空回来换衣服，他正好在家，这才找到机会讲话。

"我走之后发生了什么？每一个细节都要！"他像个聒噪的女中学生。

G却只是轻描淡写，说她和Han沿着那条路走了一段，聊了些极其平常的事情。

Yoshida不甘心，继续逼问："你们怎么认识的？"

她开玩笑似的告诉他，这事说来话长，比一见钟情慢，却又比日久生情要快一些。过了一会儿，才反过来问他："还记得那天夜里，我跟你说过的那个约会吗？"

医院，米尔福德港海滩的约会，没有多少光华的下弦月，Yoshida很久才想起那天凌晨她说过的话。

"他就是我说过的那个人。"她说得很平静。

"你说的是真的？他看起来不像……"Yoshida回想Han的样子。

"不像脑子有毛病是吗？"她笑着反问，"很多事情不是表面上看得出来的。”说完就拿着一杯水走进厨房。那个时候，窗台上那束茉莉略微有些凋谢，却依旧芬芳。Yoshida以为她会换水，但她只是拿起来看了看，便丢弃在厨房角落的垃圾桶里了。

Yoshida以为事情就这样结束了，仅仅是一次艳遇，偶尔从记忆深处翻出来回想，就像一朵风干的花，夹在书页里，不管它原来是怎样叫人难忘，许多年过去都会变得没有多少分量。

几天之后，Yoshida因为工作上的事情在斯塔滕岛待了一个通宵，到家的时候已经快中午了。他进卧室去睡觉，经过G的房间，听到里面有轻微的声响。房门只是虚掩，Yoshida从门缝里看到Han正趴在那张靠窗放着的铁床上，睡得很沉，素白的薄窗帘不时被风吹起，扫过他裸露的背脊。Yoshida这才知道，自己刚刚听到的不过是那张旧床垫里生锈的弹簧发出的声音，却还是被吓得够呛。他不确定Han是怎么进来的，以为碰到了跟踪狂，然后破门而入的事情，赶紧跑到外面，躲在走廊里打电话告诉G。

“你没有报警吧？”G在电话那头大笑，接着又跟他道歉，说应该早点让他知道的，“Han住在泽西城，昨天太晚了，所以我让他留下了。”

挂掉电话，Yoshida去朋友那里挨了一整天，心里有些忐忑，又觉得有些气恼。好不容易等到晚上看到G，他尽可能委婉地提醒道：“你真的觉得这样好吗？我是说，你对他从前的事情一无所知。”

“他也不知道我的事情。”她回了一句，那个短暂的瞬间，她脸上没有笑容，但很快又开起玩笑，“他是你先想要的，我不会忘记，就算我欠你一份情，下次肯定让给你。”

Yoshida不知如何作答，也不能确定自己反对这件事情，究竟是出于对G的关心，还是单纯的忌妒，或许两者皆有。

又过了几天，他傍晚回家，看到Han正在厨房里做意粉，也不知道G有没有把他说的话告诉Han，觉得有些尴尬。

Han倒是表现得很自然，笑着跟他打招呼，说这意粉是给G做的，又问：“你要来点儿吗？”

Yoshida不好意思，尽可能礼貌地回答：“谢谢，不用了。”想要躲进自己房里，迟疑了片刻又退回来，开口问Han：“我听G说，你们是在医院认识的？”

“没错。”Han点点头，回答得十分坦然。

他犹豫了一下，接着问：“你为什么会在那所医院里？”

“你是说‘疯人院’？”Han笑着反问。

“随你怎么说吧。”Yoshida变得有些严肃，等着他回答。

Han便也认真了些许，放下手里做饭的家什，说：“为了变诚实。”

“你骗过许多人？”Yoshida问。

Han没有理会他话里挑衅的意味，只是笑了一下：“为了对自己诚实。”他做完饭就走了。

那天之后，Han不时出现在他们的公寓里，一般总是半夜里来，午后离开。等到G晚上回来，就会坐在起居室的窗台上吃他留下的晚餐。Yoshida仍旧对他心存芥蒂，总喜欢半真半假地调侃他们几句，G却没有丝毫气恼，笑着说：“他就是我的小秘密，那又怎样？”

Yoshida在心里努力说服自己，这对G来说是种好的变化，她似乎终于愿意敞开心扉，变得就像那些普通女孩子一样了——和喜欢的男人一起出去，向朋友描述他拥抱她时的感觉，以及她搂住他脖子的方式，他说的话、做的事，有时极端，有时有趣。但另一些时候，他又觉得G好像变得比从前更与世隔绝了，她经常和Han整日整日地待在房间里，不管是敲门还是电话铃声都不理不睬，充耳不闻，甚至连工作也变得比从前少了许多。

七月，夏天渐渐酣畅淋漓。G一连几天住在Han那里，周末的时候，他们邀请Yoshida过去吃早午餐。Han的公寓在泽西城一个墨西哥人聚居区里，卧室的窗子对着一片墓园，夏季的阳光下面，一眼望出去全是灰色、白色的平顶建筑，稀落的树和草坪，像极了电影里中美洲小城市的情景，既安宁又满是生活的味道。

他们三个人坐在一起吃饭，G穿着Han的衬衣，脸上不施脂粉，头发在脑后梳成松散的髻，桌子下面两个人的脚叠在一起。Yoshida格外喜欢这温情的画面，一直混到傍晚，才和他们告别，去坐车回曼哈顿。

G把他送到车站，一路上Yoshida假装成又厌烦又忌妒的闺密，玩笑道："你要是打算结婚，一定早点告诉我，我需要时间消化这消息。"

G便也顺着他说下去："如果真有这一天，你会是我的伴郎，反正我也找不到人来做伴娘。只不过，我从来不去想下个季节的事情，Han可能连明天的事情都没想过。所以，我恐怕只能答应你，如果我要去抢银行，一定打电话找你来望风；如果我杀了人，一定叫你来帮我分尸。”

Yoshida大笑，夕阳西下时，他登上回曼哈顿的巴士，坐在靠窗的位子上回头看。

G站在车站上朝他挥手，大声对他说：“记住，你是我的伴郎。”

在她身后，橙红色的太阳正慢慢落下，一群说西班牙语的小孩唱着歌穿过马路，曲调很熟却听不懂歌词的意思，一切都那么美好。直到车子走远，他又想起G刚才说的话，他不知道她说“不想明天的事情”是不是当真的，那句话带来的宿命的伤感一直伴着他穿过隧道，回到曼哈顿。

如果撇开那些短暂的忧伤，那年夏天是Yoshida记忆里最快乐的一段日子。

G和Han只是其一，随之而来的方方面面也都连带着变得悠然而美好，甚至连他自己也和老情人Jaco重修旧好，似乎只缺一个童话故事里的吻了。虽然他是个天生的悲观主义者，从来不相信什么有情人终成眷属，但却还是用一部老式胶片相机拍了许多照片，妄图记录下那分分秒秒。照片里全都是东村陈旧普通的景物、他的朋友和邻居，G和Han也在其中，画面上所有的人和物似乎都被他的好心情感染，长出轻快的翅膀，微微悬浮在半空。那些照片是他那几年里最好的作品，他很快卖掉了其中的几张，赚了一笔小钱。

到了八月份，他终于得空去度假，和Jaco在汉普敦镇的海滨合租了一间小房子，准备在那里度过夏天的尾巴。

汉普敦的日子总是那样的——整天整天的游手好闲、无所事事，每日起床之后，打着哈欠光着身子，在屋外放一把躺椅，晒太阳，看海，摇啊摇啊，听脚底下潮湿的松木地板发出咯吱咯吱的声音。不过几天的工夫，他已经看了许多页书、许多部电影，重拾起吃早饭的习惯，胖了足足五磅，渐渐忘记城市里烦忧的事情。他和Jaco惊讶地发现，这宛若孤岛上的日子并未让他们厌烦彼此，渐渐地便开始在心里默默地认定，此生，就是这个人了。

差不多一个礼拜之后，Yoshida接到G打过来的电话，说她接到一个活儿，在蒙淘克一座海滨别墅里拍一辑照片，可能要在汉普敦待上两三天。他很高兴，觉得这个假期再完美不过了，告诉G这里的地址，要她得空就过来住。

那天傍晚，他和Jaco骑车从菜市场回来，G已经等在门口了。他们一起做晚饭，辣菠菜，香草，各色番茄，加橄榄油、胡椒、海盐和无花果醋，再撒上一大把蓝纹芝士。三个人坐在屋外一边吃一边聊天，那是个晴朗的月夜，抬头就看得见星星，餐桌上还有长岛本地出产的红酒，G破天荒地喝了一点。

趁Jaco去厨房，她故意拿Yoshida调笑："看来也是我们俩拆伙的时候了，你跟Jaco这么好。"

"是你自己有别的打算了吧。"Yoshida也不示弱。

倒是G先不笑了，语气却还是很轻松地说："我，我们可能会离开纽约吧。我跟经纪公司的人谈了，不想干了。但我的护照还在他们手上，简直是奴隶制，不是吗？”

“为什么？”Yoshida问，他一直觉得她在这一行是有些前途的，“是因为Han？”

她笑着摇头：“那个时候，我只想离开家，这不过是个挣钱的工作，但是现在，每一天我都觉得一点点地变得不像自己了。”

“那以后你打算做什么？”

“我不知道，可能先试着过两个月……”

“然后呢？”

“如果好，就再试两个月吧。”她笑起来。

“就是因为Han。”Yoshida很干脆地给她盖棺定论，“因为他，你开始想下个季节的事情了。”

她伸手抓乱他的头发，笑着否认，岔开话题，说她今晚回蒙淘克住，明天一早就要开工。

吃过饭，Yoshida跟Jaco躺在沙滩上合抽一支大麻烟，G不喜欢那味道，一个人光着脚沿着沙滩走出一段路。恍惚间，Yoshida似乎听见有人在叫他的名字，声音很轻很艰难，几乎飘散在海风里。他听出来那是G的声音，从地上爬起来，看到她倒在几十米之外的沙滩上，泛着泡沫的海水混杂着海藻拥在她身边。

一开始他以为她被什么东西咬了：“嗨，你没事吧？”他朝她喊。

没有回答。

Yoshida一下子惊醒，跑过去把她从地上扶起来。她紧闭着眼睛，瘫软在他身上，脸色很差。Jaco也跟过来，他最见不得这样的事情，傻在一边，直到Yoshida朝他喊："快去打911！"他才转身去找电话。

Yoshida把G抱进屋，放在客厅的长沙发上，蹲在边上看着她，不知道该怎么办。她睁开眼睛，虚弱却很冷静，伸手碰碰他的手，轻声说："给我一块冷毛巾，一个枕头，垫高脚。"

几分钟之后，救护车来了，Yoshida随车去了镇上的诊所。一路上，G似乎好了一些。到了医院，她被送进急诊室做检查。

Yoshida在隔间外面等，医生一出来，就问："她怎么样了？"

"对不起，我不能说。"医生习惯性地回答，"她很清醒，你可以问她自己。"

他推门进去，G半躺在床上，看到他就笑了笑，就好像搞砸了什么事情。

"你觉得怎么样？医生怎么说？"他问。

"心肌酶和心电图都看不出什么异常，医生说可能就是急性焦虑性的发作，他让我今晚留在这儿，然后去找个心胸科医生做个二十四小时动态心电图，就是这样，没事的。"G笑道，"我晚餐时不应该喝酒的。"

她熟练地说着那些医学名词，让Yoshida觉得心惊，问她："要我打电话给Han吗？"

她摇摇头，说："不要，我回去自己跟他说。"

"那需要我通知其他什么人吗？"

“不用了，明天一早我就去蒙淘克开工，他们没必要知道。”

Yoshida没想到她会这样回答，他说“其他人”其实是指她的家里人，父母或者别的什么人。他突然意识到G从来没有提到过她的父母家人，像她这样年纪的女孩子一个人孤身在外，家里人应该是很紧张的，她却好像一个无牵无挂的孤儿一样，没有信、没有包裹、没有电话，更没有人来探望。

不管他是怎么想的，G却还是没有心事的样子。他坐在床边的沙发上看着她，心里总有种感觉，她做出那种满不在乎的自嘲样子既是安慰他也是在安慰她自己。G感觉到他的目光，不再说什么，闭上眼睛，好像睡着了。

第二天早上，G叫了一辆出租车准备一个人去蒙淘克，Yoshida坚持陪她过去。一路上，她看起来气色不坏，外面天气也好，倒好像真的是他想得太多了。

那座别墅坐落在一个幽静的山坡上，被茂密的树林包裹，一面背山，一面朝海。门前的车道很长，靠近房子的地方停着几辆车，有人正从车上搬衣服、道具和反光板之类的东西下来，Yoshida看到几张熟面孔，便跟G一起下车，找人聊天。

车道尽头，Eli York从一部黑色轿车上下来，朝G走过来，对她说：“你看起来糟透了，昨晚到哪儿去了？”没有问候，甚至没有叫她的名字，他的口气很冷淡。

她没有理会那种态度，脱掉薄风衣搭在手上，不带多少情绪地回答：“跟朋友一起，喝了点酒。”

等Yoshida跟人聊完天，G仍旧跟Eli在别墅一楼朝着海的沿廊上面对面地站着。Yoshida走过去跟她道别，隐约听到他们说话的声音。

“……他自己离开了医院，没有任何出院的手续，他父亲和未婚妻都在找他……”Eli对G说，语气里似乎带着些嘲笑。

“他现在跟我在一起，我想这个选择再清楚不过了。”G回答。

“选择？他是神经病！”Eli提高了声音，“你一厢情愿地为他辩护，但他什么都不告诉你。”

她愣了一下，反过来嘲笑他：“你从什么时候开始关心我喜欢谁了？”

“这跟你喜欢谁无关，我是很看重你的，只可惜你并不看重你自己。”Eli回答，伸手抓住她的手臂。G试图甩开他的手，但他却抓得更紧。

Yoshida担心G的身体，赶紧走过去，他的出现打断了他们的谈话，Eli松开手，转身走了。

“你没事吧？”Yoshida看着G问。

她有些恍惚，摇摇头，对他说：“你回去吧，Jaco一定在等你了。”

他想过要留下来，弄清楚究竟发生了什么事，但最后只是关照她当心身体，检查有了结果一定告诉他。

G露出一个微笑，开玩笑似的说：“这种时候总不能丢了工作，检查出来要是真的有什么，我的保险不知道够不够付账单的。”

Yoshida便也顺着她的意思笑道：“这个不用太担心了，你可以跟我结婚，我的保险条款很好，如果我娶个女孩子，我妈妈也会开心的。”

G笑起来，对他做了个鬼脸，说：“顺便让你知道，我要个盛大的婚礼，要有天鹅、大象、水晶鞋，所有你想得到和想不到的，只是Jaco要恨死我了。”然后她就吻了吻他的脸，跟他说再见。

Both of the black and the white

Dissolve into the crystal sky

It's a Blaze of the Future

A Bond of our Love

—*White Lie in Black* Ayako Shibazaki

黑与白一同

消散在水晶色的天空之中

这是照亮未来的烈焰

是我们爱之羁绊

——《黑白谎言》芝崎彩子

II

黑白谎言

“就在两个月之后，那年秋天，G离开了纽约。”Yoshida说，“但她不是跟Han一起走的。她告诉我，他们分手了。”

“发生了什么？”李孜问。

“G说她得到个很好的机会，要去欧洲，但Han不能去，所以他们就分手了。”Yoshida回答。

“那她后来去看过医生没有？你知道结果吗？”

“她告诉我一切都好，只是很小的问题。”Yoshida说，“那个时候，我跟Jaco相处得很好，工作上也排得很紧，连停下来想想事情的时间也没有，所以既然她这么说了，我也愿意相信她说的是真的。”

“你怀疑她没有说真话？”李孜问。

Yoshida点点头：“我有过怀疑，她来跟我道别的时候让我觉得像是永别，但我总是告诉自己如今这世界上根本不存在什么永别之类的事情，那是骑士时代的东西，现在已经没有了。但事实是，许多从没有说过永别的人，都不会再见了。”

李孜被他说的话触动了，但他只是自嘲地笑了一下继续：“那个时候，如果没有Jaco，我可能会想办法弄清楚她究竟出了什么事，如果没有Jaco……”他停了一下，似乎在估量那种可能性，“她走之前，我送给她一部照相机，那是我收藏的第一部宝丽来相机，读中学的时候花了一整年的零花钱买的，她答应会拍照片给我看，就好像记日记。一开始的半年她没食言，陆陆续续地寄了几张照片过来，想看看吗？”

李孜点点头，突然有种奇妙的感觉，当你已经听到过那么多关于一个人的事情，然后再看见她的样子，非常特别的体验。

Yoshida把她领到那堵迷墙面前，指给她看其中几张手掌大小的宝丽来相片。第一张似乎是在一个摄影棚里拍的，一个身穿热粉色小礼服的女孩子站在白色无缝纸前，垂着胳膊，右手手指上挂着一双和裙子同样颜色的漆皮高跟鞋。脸被截去了大半，看不清五官和表情，只看得到细腰、长腿和两只光脚丫。第二张还是那个细腰，那双长腿，脚上却穿了双过膝的黑色长靴，站在夜色里，漆黑的长发随风飘起。第三张是唯一看得到面孔的，但离得很远，还鼓着腮帮子做着一个鬼脸，身上穿着运动衫和牛仔裤，在秋千上荡得老高。

李孜有些失望，问：“只有这些吗？”

“之后就没有了，再后来我搬了家，就再没联系过。”Yoshida想了想，“还有她和Han两个人的，你等等。”说完便钻进旁边一个储藏室一样的小隔间，拿了一个棕黄色的纸筒出来，打开盖子，从里面抽出一卷大幅相纸，平铺在窗边的圆桌上面。

那是几张放得很大的黑白照片，似乎是用老式胶片相机拍的，背景模糊，略带颗粒感，但还是看得出来是在中央车站。画面上两个人相拥在一起，身后是不息的人流和月台上的大钟，指针静止在三点零三分和三点零四分之间。

李孜和Yoshida站在桌边，看着那些照片，有几秒钟时间，没有人讲话。眼前这个奇妙的定格的场景让李孜想到许多自己的事情。她在心里感叹，男女之间不可能总是不变，不会永远新鲜有趣，爱人也不可能永远无瑕，到头来总会充满了尴尬的冷场和寡味的琐事，倒是这照片可以留得长久一些。

“有人曾经出价想买这几张照片。”Yoshida的话打断了她的思绪，“但G和Han都没有签肖像使用同意书，所以就一直拖着，可能我也并不是真心想卖。”

“除了寄照片，她后来没有联系过你？”李孜问。

Yoshida摇摇头：“仅此而已，信封上也没有写发件人的地址，但邮戳是巴黎的。”他动手收起那一卷照片，“说起来也很玄妙，那个想买这几张照片的人也是个华裔女孩子，那时她在麦迪逊大街一家很有名的画廊工作，和我一样是个老式相机迷，对我的作品很感兴趣。她可以说是我的伯乐，如果不是她，我可能做不出现在这样的成绩。后来她好像去了切尔西什么地方工作……”

“Esther Poon？”李孜打断他问，“她的名字是不是叫

Esther Poon？”

“对。”Yoshida回答，“你认识她？”

离开Yoshida的空中花园，李孜在出租车上拨通Ward的电话，告诉他，现在至少可以肯定一件事情——G是确实存在的。而且，Esther看到过G和Han的合照，虽然不能确定她是不是存心在这件事情上撒了谎，但她一定隐瞒了一些东西。

而Ward则习惯把人性想得更加阴暗一些，并且把一句老古话奉为箴言：谎言总是需要更多的谎言去掩盖。所以，他相信Esther一定是存心说了谎，而且不仅仅是在这一件事情上面。

之后的那一天又是忙碌的日子，法庭指定的心理医生给Han Yuan做了第三次精神鉴定，结果尚未揭晓，但谈话的录像已经递送到了Ward手里，胖子便以此为由，打电话给Esther Poon，约她到事务所见面详谈。

Esther准时出现在Ward的办公室门口。打过招呼，胖子便开始他大段的独白：“要知道，我们转了个大圈子，去了经纪公司，见了名模，又去找了名摄影师，才有了这些新线索，到头来却发现这些事情你可能原本就知道的。当然，以我的经验来看，委托人总是倾向于犯这样的错误，无端地增加账单上的数字……”

李孜讨厌他这样油嘴，打断他的话，开门见山地问Esther：“你认识一个叫K. Yoshida的摄影师吗？”

Esther的眼神闪避了一下，停了一秒钟才开口：“我只是，不愿意说起那些事情。你们根本不知道那些事对我来说意味着什么。”

“我们不想指责谁，也无权那样做。”李孜淡然地回答，“但你不愿意说的这些事很可能会影响到你丈夫的案子，严格地说起来，他才是我们的委托人。”

Esther沉默了一会儿，抬起头，问李孜：“你知道什么最让我觉得低贱吗？”

李孜不知道答案，也明白这样的问题并不真的是要旁人来回答。

“不是忘乎所以地爱一个人整整十年，也不是为他做一切，过问他所有的事情，吃的穿的、心理医生、理疗师、排练和演出日程、收入以及报税。”Esther摇头苦笑着说下去，“真正让我觉得低贱的是，在这样的十年之后，那个人没有回应，甚至毫无知觉。”

这番话让李孜为Esther觉得难过，暂时放下工作时常用的那种极端客观的姿态，轻声问：“为什么不离开他呢？”

Esther回答：“如果你看过他跳舞，就知道为什么了。”

“算了吧。”Ward讪笑着插嘴道，“没有人跳得那么好，值得被这样对待。”

Esther并不反驳，只是看着Ward和李孜，又说了一遍：“你们什么都不知道。”

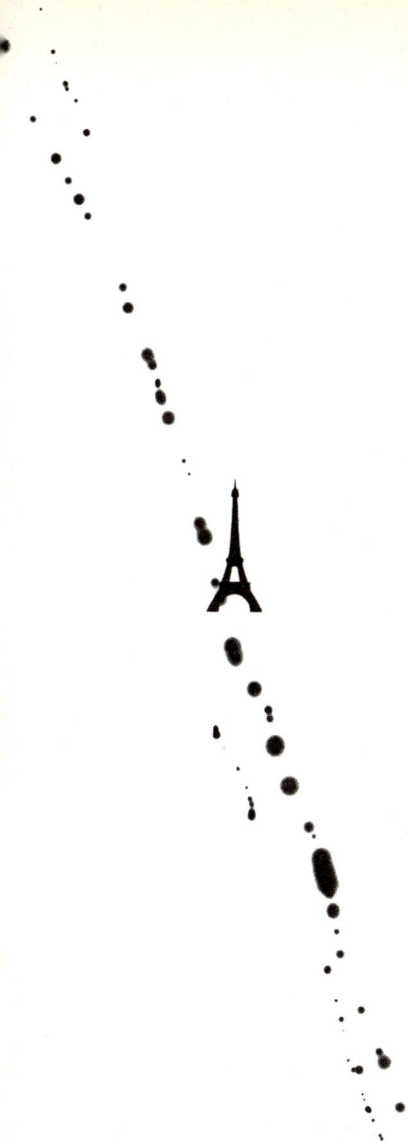

If my heart freezes
I won't feel the breaking
Why must I stay here
Rain comes I'm sitting here
Watching love moving
Away into yesterday
—*Winter is Blue* Vashti Bunyan

假如我的心结冰了
我就不会感到心痛
为什么我必须待在这儿
我坐在这儿，等着雨来
看着消失的爱进入昨天
——《冬季是蓝》瓦实提·布尼安

12

冬季是蓝

七年前，康涅狄格州，银山医院。

那个秋天，Esther每个周末的日程安排都是差不多的——放下手头所有的事情，开三个钟头的车去康涅狄格乡下一所精神科医院，探望她的男友Han。就像她生活中其他方方面面一样，她也尽量把这件事情做到无可挑剔——她按照医生的嘱咐，尽可能自然地和他聊天，打扮得随意洒脱，有时看起来像Amelia Earhart[①]，有时则模仿Sofia Coppola[②]，若是碰上阳光明媚的好天气还会带三明治和红葡萄

① Amelia Earhart，美国女飞行员，畅销书作家，1937年在飞越大西洋的航程中失踪，她清新率性的风格和生活方式一直为世人所倾倒。

② Sofia Coppola，著名导演Francis Coppola的女儿，作品《迷失东京》曾获奥斯卡最佳原创剧本奖。

酒过去，在医院的草坪上野餐。

在那段日子里，Han几乎从不主动开口说话，不管是对医生、护士、病友，还是对她。Esther不知道他是不是还在失眠，是否仍旧被梦魇所扰，但当他闭着眼睛仰面躺在草地上的时候，完全就是他们初识时的样子，精神看起来已经好了许多，心情似乎也不错。于是她便乐观地断定，圣诞节之前，他就可以跟她回纽约了。

但是，随着时间的推移，Esther开始意识到自己可能把这件事想得过于简单了，Han没有像她原先计划的那样很快好起来。用医生的话来说，他状态稳定，但始终没有明显的好转，他还是在做那些梦，却什么都不愿意说。他似乎安于这种状态，离开原来生活的圈子让他觉得更自在，这里没人知道他是谁，没人知道他做过什么，所以，他什么都不必想，什么都不必做。

感恩节之后，Esther渐渐失掉了她的耐心，她开始对Han描绘将来，说她要找一间新公寓，位置最好在她将来工作的地方和芭蕾舞团之间。她可以先一个人去看房子，再把照片发给Han看，他们必须抓紧一点，十二月之前就把地方定下来，然后花一个半月装修，新年就可以搬进去住了。她委婉地暗示，那将会是他们全新的开始，并为这个开始设下一个截止日——圣诞节，最晚不超过元旦，这样Han就可以在一月份回到芭蕾舞团，赶上春天的演出季了。

Han静静地听她说完，伸手碰了碰她的头发，开玩笑似的问：“如果我不再跳舞了，这件事还算数吗？”

“你为什么会这么想？”Esther觉得喉咙哽住了。

“如果我不再跳舞了，我们还有可能在一起吗？”他换了一种更坦白的方式重复那个问题。

Esther僵在那里，无数种不同的答案在她唇齿之间冲突碰撞，过了很久她才艰难地回答：“我没办法爱一个就这样放弃自己才华的人，我觉得这样很懦弱。”

Han看着她，像往常一样，没有多少情感流露，一字一句地对她说：“恐怕我就是这样懦弱。”然后对她说抱歉，以及再见，要她不要再来看他了，因为他对她来说不够好。

Esther不记得自己第一次听到这些话的时候有没有哭，那段回忆只给她留下一种窒息般沉重的感觉。那天之后，她仍旧每周都去银山医院。Han比她更坚决一点，不愿意再见她，只发了一封电邮，大意是：最后的选择都已经做了，就这样吧，并对以前的种种说了“谢谢”和“对不起”。总共不过两行字。

哭也哭过了，分手也说了，Esther开始想当然地幻想，有时候她把那些决绝的话当成是Han在如今这种境况下做出的善意姿态——他不想再拖累她了。有时候，又把这些答复都归咎于他的精神状态，等有一天他好了，便会像从失忆中恢复过来的人那样，一时间醍醐灌顶，想起从前那些美好的事情，包括舞蹈，也包括她。

与此同时，她也为自己叫屈。一直以来，她总是和美丽、幸运、才华、荣耀之类的词联系在一起，但现在她为了这个人放下了全部的骄傲，每周开三个钟头的车去一所精神科医院只为了见他一面。她身边所有的人都希望她能痛快地结束这段关系，她的父母、朋友，甚至也包括Han和她自己。但她却没办法做个干净的了断，也不能相信一切能够这样轻巧地结束。

她妈妈费了许多口舌劝她，爸爸对她喊叫："你应该放下那个人了！"

她便也喊叫着回答，突然记起一些不知从哪里听来的大道理："他只是病了！如果他摔断了腿，瘸了，或是瘫了，如果他得了癌症，我是不是也应该坐视不管？！"

一时间她觉得自己又回到了十三四岁时的逆反期，热衷于跟父母对着干，把写着"I thought what I'd do was, I'd pretend I was one of those deaf-mutes"的笑脸logo贴在卧室墙壁上（典故出自《麦田里的守望者》，意为"我认为自己应当伪装成一个聋子、瞎子和哑巴"）。那是种很奇妙的感觉，亲身体会过的人才懂得，只有那些能让你痛到极致的东西，才能带来极致的快乐。

Esther还记得那个下雨的冬日，她去求Han的主治医生，甚至企图贿赂护士和警卫，终于在医生办公室外的走廊里找到他。

她拿出一种殉道者般的态度对他说："你没有退路，我也没有退路，没人可以这样放弃自己！"

Han停下脚步，背靠在墙壁上看了她片刻，然后开口问道："你知道那个时候我为什么会答应陪你去毕业舞会吗？"

Esther有些茫然，不知道他为什么会突然提起过去的事情。

“利他灵[①]，SAT[②]考试之前总会有人需要。”他笑了一下，自问自答，“为了卖掉手上的药，赚些零花钱，你们学校的人都很有钱。”

许多年之后，Esther仍旧清楚地记得他的话在她身上引起的钝感的疼痛，她不确定自己是不是哭了，也不知道应该做何反应。“谢谢你终于告诉我。”她记得自己这样回答。

傍晚时分，气温骤降，雨滴在云层深处凝结，变成雪花缓缓落下，在汽车风挡玻璃的四周渐渐堆出繁复美丽的图案。Esther开着她的黑色旅行车驶出医院的车道，她看不清前面的路，因为风雪，也因为眼泪。她把车泊在路边，松开安全带，趴在方向盘上哭了很久，那是个很适合哭泣的地方，放眼望去是一成不变的荒芜的景色，几乎没有行人，很久才有一两辆过路的车子，不减速，疾驰而过。

那天夜里，她回到家，躲在浴室里，背靠着浴缸坐在地上，把淋浴花洒开到最大，用水声掩盖抽泣的声音，又花了很长时间，删掉手机里Han的号码，以及一切与他有关的联系人，然后，用整个冬天来消化这件事——都结束了，他们之间不会再有更多的瓜葛。

圣诞节来了又过去了，紧接着便是新年，一月的寒潮之后，春天来临，才一转眼就是六月了。Esther写完论文，离开学校，开始在

---

① 利他灵（Ritalin），精神兴奋药，常用于治疗儿童注意力缺陷和抑郁症，但因其能提高注意力，增强脑部活动，也被称作“聪明药”。

② 美国高考（SAT），考查学生批判性思维与逻辑思辨能力的一种美国大学入学考试，可以说是对人的素质更高层次的测试。

麦迪逊大街上一家著名的画廊里工作。她逐渐放下那些心事，重新找了房子，搬家，上班，继续她的照相机收藏，跟朋友们出去疯，和新认识的男孩子约会，她尽情地活，开心地笑，却始终没能再遇到一个无须做什么便能让她紧张得无法思考以至于口吃的人，同时，也没什么事让她又哭又笑，失落了自我。一切平静如常，没有芭蕾，没有医院，没有医生，没有药，没有大起，也没有大落。

只可惜这种轻松无忧的日子没能持续很久，七月末，她去海滨度假，回父母家收拾行李的时候，在一个旧包里翻到一本去年的效率手册，皮质封面背后夹着几张名片，其中的一张写着一个她曾经很熟悉的名字，Harris医生，银山医院。她看着那张名片发呆，妈妈在楼下叫她，她没有应声，脑子里一片空白，拿起电话走到窗前，拨了名片上那个电话号码。

接电话的是Harris的秘书，辗转了很久才告诉她，Han Yuan一个月以前出院了，病历转给了一个曼哈顿的心理医生，他本人应该已经回到纽约了。

之后的整个假期，Esther都魂不守舍，她知道这岛屿有多小，他们随时都可能遇到，却想不到会以什么样的方式重逢。

度假回来的那一天刚好是她的生日，她的朋友和几个同事在上西城一家餐馆里为她办了个派对。去那里的路上，她在街上遇到一个旧时的朋友，Lance Osler，此人原是Han的同学，毕业后又在芭蕾舞团做了同事。这次偶遇，让Esther很尴尬，怕Lance提起Han的事情，她不知道怎么回答。奇怪的是Lance也表现得不太自然，不咸不淡地聊了几句，便说有急事再不走就来不及了。两人分手之后，Esther刚松了一口气，Lance却又跑回来，对她说："不知道该不该问，你跟Han现在算是怎么回事？"

Esther不明白他为什么会这样问，也不知道该怎么回答。

Lance大约看出了些端倪，不再追问，只说自己看到的事情。上个礼拜，他在纽约大学附近的一家小餐馆里看到Han，穿着厨师的制服，在那里工作。Han跟他打了招呼，聊了几句，好像那是再自然不过的事情。"他看起来精神不错，告诉我他过得挺好。我搞不懂他究竟是怎么想的，你跟他谈过吗，或者这只是治疗师拍脑袋想出来的康复课程？要知道只要他找执行总监谈一次，总还有机会可以回去的……"

Esther打断他："Han跟我分手了，我差不多半年没见过他了。"

Lance听了似乎也不觉得意外，有那么一瞬，他脸上闪过一种复杂的表情。在芭蕾学校，他跟Han算是不错的朋友，但有段时间他对Esther也很有些意思。他嗫嚅着说："这我也猜到了，他好像跟一个女孩子在一起。本来我以为就是一时寻寻开心的那种，你知道他那个人，总有些怪念头。"

Esther做出一个轻松的笑容，附和道："是啊，总有些怪念头。"她找了个站不住脚的借口，逃也似的走了。

与Lance分手之后，她独自一个人在街上漫无目的地走，很久才想起来还要去参加自己的生日派对。她赶到餐馆，所有人都在等她。场面布置得很漂亮，蛋糕也很好吃，许多人对她说生日快乐，有人送了她一部一九八八年俄国产的照相机。这种相机她很早就想要了，找了很久都没觅到品相和型号都合意的，但现在真的拿在手上了，她却突然觉得不那么喜欢了。

派对散了之后，Esther一个人坐出租车回家。在车上，她突然想起曾经有人这样评论过她：从小受宠惯了，越是得不到就越是想要。她不知道Han是否也听到过这样的话，甚至不能确定自己是不是真的就是这样的人。如果当真是这样，那Han注定就是她始终求而不得的那一个。各种各样的念头在她脑子里盘旋，让她一夜无眠。

假期结束，Esther又回画廊上班，度假期间的来往信件和工作堆积如山。直到几天之后，她才看到一封电邮，有人发给她一组照片，说那里面带着悠然的旧时代的味道。她一张一张点下去看，骑自行车的女人，老式公寓台阶上的牛奶瓶，梨树的树冠在棕色沙石建筑上投下的阴影，中央车站的月台上一对恋人相拥在一起，华盛顿广场的卖艺人……

所谓“悠然的旧时代味道”却让她头皮发紧，她停下来，回到前一张，盯着画面中间那个男人的侧脸看了很久。她很惊讶，自己居然没能立刻记起他的名字，有关于他的记忆片段以及各种各样的感觉都抢先于那个无足轻重的符号一一涌现。

整个上午，她埋头在别的事情里面，试图忘记那张照片，结果却做不到。每次想起来，照片上Han和那个女人的面孔都新添了一层不同的表情，先是单纯的笑容，而后多了一点欲望在里面，最后又掺杂进一些恶意的兴高采烈。她默默地忍着，但那个略显粗糙的黑白的影像仍不时地在她脑海里显现，随着时间分秒推移，仅仅变得有些晦暗，丝毫没有淡去的意思。直到下午，她又找出那张照片来看。这一次，她有了准备，就像伤口上长了一层韧皮，变得麻木而迟钝，让她能够更加仔细地看那两个人。她不记得自己看到过他这样的笑容，那样快乐无忧，那样平凡。

至于他怀抱里的女人，Esther不知道如何形容她，她很年轻，自然干净的面孔和笑容，脸上带着一点引人遐想的疲倦，除此之外找不到任何容易辨识的印记，叫人猜不出她从哪里来，是做什么的，背后又有什么样的故事。

Esther打电话给那个发照片给她的人，问起拍摄那组照片的摄影师："那张中央车站的照片，人物面孔很清楚，我想知道有没有签过肖像使用同意书。"她简略地解释。

"这得去问一下摄影师。"那人回答，"但我知道那个女的是职业模特，男的可能也是，应该不会有问题的。"

Esther犹豫了片刻，又问："你知道那个女孩儿的名字吗？我的一个朋友很喜欢她的样子，想拍一些她的照片。"

话很容易就说出口了，但她却不知道自己为什么要这样做。长久以来，凭着她的家境、品位和幸运，她得以与所有猥琐丑恶的事情绝缘，任何谎言或是摆不上台面的事都会让她感觉很坏。

但现实没有留给她时间退缩，那人很快就告诉她那个女人的名字，并且给了她一个电话号码，告诉她："去找Eli York，他是她的经纪人。"

—// ∧ \\—

Esther没有立刻打那个电话。当天傍晚，她到Lance说的那个餐馆去了一次，那是仲夏典型的阵雨天气，两场豪雨之间，空气潮湿，泛着一股特别的烟尘味道，天色却很亮，餐馆的玻璃外墙上沾满雨滴，街对过儿的游戏场上难得没有小孩子在嬉戏。她在那里待了很久，没看到Han。

之后的几天，她每天都会到那里去，有时是中午，有时是晚上，总是站在街对面远远望着，看到他走路来上班，在盘盏交错之间穿着白衣，或是深夜，店打烊了，他换了衣服步行离开那里。她花了很长时间去想他们之间的事情，这些念头在她脑海里慢慢地变成了一种癔症一般的东西，她幻想出无数种开始、经过，以及各种截然不同的结局。她觉得自己快疯了。

那个经纪人的电话号码就写在一张报事贴上，粘在她记事本里八月七日的那一页。按照中国历，那一天是立秋。但当她真的拨通那个电话，找到Eli York的时候，已经是八月末了。

—// ∧ \\—

I wish I had a window over the bay
And a black horse grazing on the green all day
I wish I had a well to draw my water from
And a warm log fire for when the summer is gone
I wish I had a window over the bay
And a flock of white sheep to watch from where I lay
I wish I had a little boat bobbing on the deep
And a big wooden table all laid out for tea
I wish I had a window over the bay
And a dreamy eyed cow to fill my milking pail
I wish I had a cockerel to raise me at dawn
And a little bed to sleep in when the curtains are drawn
—*Window Over The Bay* Vashti Bunyan

我希望我有一个靠海的窗户
和一匹黑色的马在草地上放牧一天
我希望我有一口取水的井
和夏天离去时的温暖篝火
我希望我有一个靠海的窗户
从我躺着的地方能看到一群白色的绵羊
我希望我有一条在深海中左右摇摆的小船
和用来泡茶的大木桌
我希望我有一个靠海的窗户
和为我供应牛奶的母牛
我希望我有一只在黎明叫醒我的公鸡
和窗帘拉上时休息的小床
——《靠海的窗户》瓦实提·布尼安

13

土房子

“你见过Eli York？”李孜有些意外。

“对。”Esther点点头，“本来我只想通过他找到G，只可惜我演技很差，他看出来我并不是想找个摄影模特那么简单。”

“为什么要找G呢？你知道Han在哪儿，完全可以直接去找他。”Ward插嘴问。

“我不知道为什么。”Esther回答，“可能我只是想看看她是怎么样一个人。”

“你见到她了？”李孜问。

“是的。”Esther说道，“那年九月初，我们在巴勒克街一家咖啡馆见了一面，我很惊讶她根本不知道Han曾是芭蕾舞演员，对她来说他只是一个有过一些精神问题的厨师。我告诉她一些过去的事情，一部分是真的，比如Han有什么样的天赋，他又为此付出了多少代价，他在舞蹈学校度过的那些日子，还有他妈妈的事情……也有一些是假的。”

“你对她说了什么？”李孜又问。

“我夸大了Han卷入的那个案子。”Esther低了一下头，像是回忆，也像是在帮自己下决心，“我把他说成是一个瘾君子，说他受到了指控，还告诉G那件案子的律师费是五千美元，上庭三万，每小时收费四百五十元。还有，Han去银山医院是法庭的判令，只有拿到医生的证明他才能出院，并且回到芭蕾舞团去，但他私自离开了。”

“但是，为什么？”李孜不明白是什么让Esther对一个陌生人撒谎，她是这样骄傲的一个人，至今都记得那些谎言的细枝末节，任其沉甸甸地压在心上。

“我知道那样做很蠢。”Esther回答，“我只是想让她明白，和Han在一起会是很艰难的事情。不过，有些事情是真的，他的确是自己坚持离开医院的，Harris医生把他的资料转给了一个纽约的医生，但他一次都没去过，不管他看起来有多正常、多快乐，事实上他的心结还在那里，他只是在继续掩饰和逃避。我对G说，Han很特殊，他需要一个人，足够坚强，始终在他身边，这比什么一见钟情、什么灵魂伴侣都重要得多。和他在一起可能要付出许多。如果她做不到，或者不愿意为他付出那么多，就痛快地离开他，别把事情搞复杂了，他已经够复杂的了。”

“不管怎么说，故事本身编得很圆满，甚至连律师费也收得合情合理。”Ward一本正经地评价。

Esther自嘲地笑了笑，解释道："我父亲曾是名律师，我在他那里多少听说过一些东西。"

"G怎么回答你的？"李孜问。

"她看起来很难接受这些事情。"Esther回忆道，"她坐在那里愣了很久，最后告诉我，她愿意为Han做任何事，然后就走了。但两周之后，她又找到我，对我说她做不到。那个时候她只有十八九岁不到二十岁吧，他们在一起不过几个月时间，她不愿意为他做那么多，也是很正常的。而且她也有许多自己的事情要做。Eli York告诉我，她是个很有前途的模特。可以说就是他让我下决心找她谈谈，也是他为我编圆了那个故事。"

李孜抬头看看她，不带任何情绪地问："你觉得你能做那么多？"

Esther没有理会李孜话里有多少揶揄的成分，很自然地回答："至少我的确付出了许多，Han进银山医院之前的那个月，我只在学校上了四个钟头的课，其余时间全都花在往返曼哈顿和学校之间，那段日子我恐怕永远都会记得。那个时候，我没有计算过这段感情里，我付出多少，又能得到什么，我无暇去计算。其他人也许不能理解这种感觉，我从来没想过会那么想念一个人，只想着要他回到我身边。我以为一旦他回来，就再也不会离开我了。"

"他们分手之后，G没有再出现过？"李孜追问道。

Esther摇摇头："他们分手之后，最初的那段时间，Han状态很糟糕。但他似乎很坚决地要回到芭蕾舞团去。他搬了家，在布鲁克林的霍伯根租了一间新公寓，每周两次去看心理医生，并且去见了执行总监，努力做出一副精神很好、正常而且负责任的样子。他从前的朋友、同事、老师一开始都对他心有罅隙，他完全就是独自一个人，几乎花了整整两年的时间恢复到原来首席演员的职衔。他从前逃避过，后来却可以这样坚决地面对，要知道那比他离开之前要艰难许多，从前他身边的人从不吝惜对他的溢美之词，但在他回来之后的很长一段时间里，几乎所有人都尽量避开他。虽然我知道他从来就不害怕孤独，但他能坚决地面对那一切，还是让我觉得意外。我不知道在他身上究竟发生了什么事，可能是G说了些什么吧，我没问，他也从没提起过。”

“他就这样回到你身边了？”Ward打断她问。

“那是个很漫长的过程，我们都跟别人约会过，却什么结果都没有。”Esther回答，“直到两年前，有一天，我在他的公寓里帮他填一张银行户头的表格，上面有一栏婚姻状态，他突然说他一直很想结婚，很想在那上面填‘已婚’，从青春期开始就想了。我以为那是句玩笑话，就说‘真巧啊，我也是’。他沉默了很久，然后说‘那不如我们结婚吧’。我听得出来藏在他玩笑的语气背后那些叫人伤感的东西，但我太想要他了，我答应了。半年之后，我们就结婚了。”

Esther走之后很久，李孜还在揣摩Han求婚时究竟是怎样的情形。这对她来说是很难想象的事情，因为她连自己是什么时候决定要结婚的都记不得了，也完全想不起来有人向她提出过诸如此类的问题：嫁给我好吗？我们结婚吧？一起过一辈子吧？……任何形式的都没有。她和Terence只是在一起久了，遇到一个合适的时机，便“心有灵犀”地决定解决了这终身大事。

她发了条短信给Terence：你好像没向我求过婚。

他很快回过来：Please...

李孜不知道这算是在“求”她呢，还是冷着脸说“拜托噢”。他们都是很羞涩的人，从来没有太多的情感流露。她突然觉得害怕，不知道这样的两个人结婚是不是很荒唐的决定，但很快又重新镇定下来——这世上起码有五分之四的夫妇都是这样的，其中一半离了婚，还有一半总算善始善终，杂志上白纸黑字写的，AC尼尔森的数据，管它呢，就这样了。

那天晚上，李孜下班比较早。她妈妈和继父从乡下过来，把一只牡丹鹦鹉托付给她照顾，顺道请她和Terence吃晚饭。

李孜的继父是个做对华贸易的小商人，有些胖，有些谢顶，典型美国中产男人的样子。他正在长岛盖一栋退休之后住的房子，李孜常在背地里说那是栋土得不能再土的房子，因为从外观到内饰到布线采暖，所有的设计图纸都是她继父自己画的。房子竣工之前，老夫妇俩暂住在当地一家小旅馆里，那里可以养狗，却不容许带鸟类入住。

饭桌上，继父喋喋不休地说，这只鹦鹉已经养了三年有余，本来是一对，母的前些日子死了，公的因此变得有些神经质。

妈妈则对女儿可以在三十岁之前结婚表现得很欣慰，那种掩饰不住的得意之情让李孜不由得觉得羞恼。

“女孩子还是早些结婚的好。”妈妈说，“什么年纪就该做什么事。”

“可惜年轻的时候根本不知道自己喜欢什么。”李孜回了一句。

“年轻人总喜欢把婚姻想复杂了。”妈妈笑道，伸手握住继父放在餐桌上的手，“其实不过就是找个人一起造一栋理想中的房子，两人的理想不一定要相同，但必须学会折中。”

妈妈的这个动作以及脸上的表情让李孜很是厌恶，她一边搅烂面前那只玻璃碗里的奶冻，一边说：“你曾经嫁了一个你爱的人，结果不尽如人意，但这并不代表所有女人都应该退而求其次。”

“每次提到过去的事情，总是我亏欠了你多少多少，好了，不要再说了。”妈妈回答，“你喜欢怎么样就怎么样吧，我不会干涉。”

有那么短短的一秒钟，气氛变得有些尴尬，直到在座的两个男人开始一团和气地聊天，极其投入地讨论一种适合用在浴室里的不生锈的铰链，和某只才刚上市即破发的倒霉股票，方才缓和下来。

吃过饭，李孜带着鸟笼子回家。从那天晚上开始，她要独自住三个礼拜，直到婚礼。最早这只是她未来婆婆的意思，但一经说出来就得到了她母亲和阿姨的齐声附和。她却在私底下和Terence拿此举打趣：好像这样能重新变回处女似的。本来她觉得没有什么，从大学三年级起，她就是一个人住的。但结果却跟她想的不一样，第一天晚上就很有些落寞。她以为只是天气的关系。

那是个湿冷的雨夜，她坐在床上把Han Yuan接受精神状态鉴定的录像和笔录翻来覆去地看了很多遍，还是没有倦意，最后是开着电视机入睡的。第二天早晨，她被那只聒噪的牡丹鹦鹉吵醒，电视机还亮着，正在播放一部几年前拍摄的老肥皂剧。她关掉电视，匆匆梳洗，出门去上班。

在地铁上，她突然记起半夜里半睡半醒之间在电视屏幕上看到的一个画面，一片幽蓝的热带森林，一个白衣女子出现，轻盈若仙，然后第二个，第三个……一个接一个仿佛没有终止，她们都跳着最简单的舞步，但这简单的舞步在不断地重复交叠之后有一种无法言喻的神奇力量，神秘、优美，超脱凡尘俗世的大气。她不知道那是不是梦中的场景。

那天下午，她又在“坟墓”见到Han Yuan，开始谈话之前随口向他描述了那个画面。

“走两步，一个阿拉贝斯。”Han回答，“那是《舞姬》里的群舞。”

When we two parted
In silence and tears
Half broken-hearted
To sever for years
Pale grew thy cheek and cold
Colder thy kiss
Truly that hour foretold
Sorrow to this

—*When We Two Parted* George Gorden Byron

当我们分离
沉默和泪水肆虐
心近于绝望的碎裂
碎片碾过一大段的岁月
你的脸颊白如纸而冷若冰
给我的寒冽之吻
此时此刻已经写下
如今伤痛的预言

——《当我们分离》乔治·戈登·拜伦

14

当我们分离

六年前，东村。

许多年之后，Han依旧记得东村那间小小的卧室，条纹图案的墙纸微微泛黄，下雨的时候要在地板上放两个脸盆，几个钟头下来就能攒起小半盆雨水，北面有扇狭长的窗，对着一条两车道的小马路，靠窗放着一张铁床，米灰色的床单没有花纹，看起来完全不像一个女孩子睡觉的地方。

那个六月的深夜，他第一次躺在这张床上。G在黑暗里笑着对他说："这是张下流的床。"因为身下那个旧床垫里生锈的弹簧在他们做爱时发出难以掩盖的声响。那一夜之后，不知有多少次，他和G一起在这张床上入睡，又独自一个人醒来，身边的被单上留着一个浅浅的身形，他总是喜欢把手放在那个凹陷处，仿佛仍能感觉到她身体的余温。有时候，枕头上倒覆着一本她正在读的书，翻到她最喜欢的章节，旁边用铅笔写着她自己译成的汉语。

有时候是莎士比亚的：

Let me not to the marriage of true minds
Admit impediments. Love is not love
Which alters when it alteration finds,
Or bends with the remover to remove:
O no! It is an ever-fixed mark,
That looks on tempests and is never shaken.
It is the star to every wandering bark,
Whose worth's unknown, although his height be taken.
Love's not time's fool, though rosy lips and cheeks.
Within his bending sickle's compass come:
Love alters not with his brief hours and weeks,
But bears it out even to the edge of doom.
If this be error and upon me proved,
I never writ, nor no man ever loved.
如果心的结合是委曲求全的，我宁愿不要，
如果随境遇改变而改变，
或是因世事变迁而曲折，
爱也就不是爱了。

爱应该是永恒不变的航标，

即使暴风雨也不能撼动。

或是指引迷途的行星，

尽管量得出距离，其价值却难估量。

爱不是时光的玩偶，

虽然容颜总是易老。

爱不会因为瞬息的改变而改变，

而会一直延续到末日的那一天。

如果我错了，

就当我从没这么写过，或者，从来没人爱过。

有时是薄薄的一本法语小书，普希金笔下的格里尼奥夫在一片冰原上向着白山炮台的要塞行进：

白山炮台距离奥伦堡四十俄里。一条道路沿着雅伊克河陡峻的河岸伸延过去。河水还没有封冻，沉沉的波浪在白雪皑皑的两岸之间忧郁地汹涌，显得特别黑。河那边是一望无际的吉尔吉斯草原。我思绪万千，心境抑郁。驻防军的生活对我很少有吸引力。我尽力去想象我的上司，米龙诺夫上尉该是个什么模样，结果认定他该是个严厉的、脾气大的老头，除了自己的公务，别的啥也不知道，可能为了鸡毛蒜皮的小事会罚我关禁闭，只让我啃面包、喝生水。这时，天色暗下来……

难得哪一天G不用一大早出门去工作，便会裹着被单坐在床上，露出赤裸的背脊，鼻子上架着一副角质框眼镜，把书中的章节读给他听。比如《吉檀迦利》中的第四十一节：

Where do you stand behind them all, my lover, hiding yourself in the shadows? They push you and pass you by on the dusty road, taking you for naught. I wait here weary hours spreading my offerings for you, while passers-by come and take my flowers, one by one, and my basket is nearly empty.

你站在他们身后，我的爱人，藏身在阴影里的某个地方。满是沙尘的路上，他们推开你，从你身边经过，视你若虚无。我长时间地等在这里，摆开奉献给你的礼物。过路的人来到这里拿走我的鲜花，一朵接着一朵，直到我的篮子几乎空无。

The morning time is past, and the noon. In the shade of evening my eyes are drowsy with sleep. Men going home glance at me and smile and fill me with shame. I sit like a beggar maid, drawing my skirt over my face, and when they ask me, what it is I want, I drop my eyes and answer them not.

早晨过去，中午紧接着也过去了。暮色里，我倦眼蒙眬。归途中的人们瞟着我轻笑，让我满心羞愧。我像个乞丐似的坐着，拉起裙子盖住面孔。当他们问我在等什么，我垂下眼睛低头不语。

Oh, how, indeed, could I tell them that for you I wait, and that you have promised to come? How could I utter for shame that I keep for my dowry this poverty. I hug this pride in the secret of my heart.

哦，说真的，我怎么能告诉他们我是在等你呢，而你也曾许诺一定会来的？我又要如何羞惭地说我的嫁妆竟是这般的贫乏。我只能把这点骄傲当作秘密藏在心深处。

她故意用you替换掉其中所有的thy和thee（you的旧式用法），读那些句子的时候带着特别的音韵，没有太多的起伏，却又好像发自肺腑。不知是因为她读的书，还是停止吃药带来的某种不为人知的副作用，他眼睛湿了，背过身不让她看到。但她还是发现了，嘲笑他，然后俯下身，长时间地吻他。

幸好，大多数时候，那些词句是会让他发笑的，笑她总是在读些不合时宜的古书。而现在，每当回忆起那些书中的片段，他便能重新感觉到夏日清晨的温度，那个渗水的房间里淡淡的霉味儿，窗口飘进来的夹竹桃的芳香，她在床单上留下的味道，香皂、润肤露，以及其他更深、更复杂的气息。

离开那间卧室，G流亡在这城市里。每个月至少有二十天，她忙忙碌碌，或盛装或赤裸，在镁光灯和镜头前装扮成不同的人。在工作与工作之间，她切换得如此自如，使Han不禁猜想，或许在他面前的也不过就是她扮演的一个角色。因为，她曾跟他说过，生命很短，爱也不过只是一瞬。所以，自从他们开始的那一夜，他就明白，总有一天，戏会落幕。

他们约好，不谈将来，也不问过去。只可惜曼哈顿是个极小的地方，有些时候，Han还是会和自己的过去不期而遇。

每天午后，Han都会去那家名叫Falling Slowly的餐馆上班，在烟熏三文鱼、醋浸黄瓜、糯米饭和阿拉斯加蟹肉之间辗转忙碌。从午后直到凌晨，右手握着八英寸长的法式厨刀，锋利纤长的刀刃紧贴着左手手指，却又得以保持安全的距离，厨刀起落的节奏总是会让他感受到一种入定一般的宁静。餐厅营业至凌晨，所以，他每天都在夜最深最黑的时候上床入睡，不知道是不是这个原因，他再也没有梦到自己杀了人，却开始做一些别的梦。

他记得其中的一个，梦里面他已年近四十，是一个职业摔跤手，脸上带着伤疤，肋骨和指节上尽是红肿和淤血。他总是戴着黑色面罩登台表演，满口脏话，打赢了有人叫好，输了就是倒彩，简单，直截了当。

有一天，Esther来了，坐在后台的休息室里跟他讲话。在梦里，他们两个人似乎是不认识的，Esther还是现在的年纪，仍旧像个受宠的公主，他却是完全不同的样子。

Esther问他，什么时候开始做这个行当的？

他回答说，忘记了，不过，肯定没有人生来就是做这个的。

那之前是做什么的？她又问。

芭蕾舞演员，他半开玩笑地回答。

她不相信，追问他为什么。

Han始终想不起自己在梦中给出了什么样的答案，也不知道为什么会梦到Esther。这个梦预示着什么？他究竟能不能，又想不想放下过去的一切？他一直在问。答案很简单，是或者否，却又遍寻不得。有些时候，他甚至觉得，就连G也来自他的过去，她的发髻、脚踝、某些时刻浮现在脸上的表情似乎一直就藏在某段深远的记忆里。

七月的一天，Han站在隔开厨房和店堂的那块玻璃后面，看到Lance Osler走进来，在离他不过几步远的地方坐下，抬起头，刚好和他目光相对。他不知道自己有没有想过要逃避，因为根本没有时间想。Lance看到他，很惊讶，但还是走过来尽量自然地跟他打招呼，泛泛地谈了几句就告辞走了，却让他想起许多过去的事情。

他和Lance十多岁的时候就认识了。在他之前，Lance曾是卡拉曼洛夫斯基先生最得意的学生。在芭蕾舞学校的那几年，Lance始终都在跟他较劲儿，比谁跳得更高，谁空转之后的五位做得好。Han并不刻意地想赢，结果却赢得了一切，包括舞蹈，也包括Esther。所幸Lance是开朗大度的人，一直把他当朋友看，即使他根本不是一个合格的朋友。Han那个时候就时常会想，如果他不去舞蹈学校，如果这世上根本就没有他这么一个人，事情会变得更好些，所有人都会更高兴，他爸妈、Russell、Lance，还有Esther。现在，他总算做到了，从那个白色的纯粹的世界退出来，日子变得简单而安宁，只有他和G，没有将来，也没有过去。

他以为自己可以没有遗憾地放得下过去，至于将来，他还是会下意识地想一些将来的事情，这些事都是关于G的。他不是个很会打算、很会过日子的人，不过，为了某些理由他也是可以改变的。他有工作，他们可以租间小公寓住在一起，虽然他现在收入微薄，但以后总会好一些的，到时候，G便可以去做一些想做的事情，可以去念大学，去读所有她想读的古书。他们也可以去别的地方生活，如果她想去别的地方的话——任何她想去的地方。他用一种假设的语气跟G说起这些念头，她若有所思，没有说好，也没说不好。他始终都不知道她是不是想听。

在他说了那些话之后，日子依旧那样过着，G没有给过他任何答复，还是忙忙碌碌，从帝国大厦的楼顶到汉普顿的海滨，有时是裹着皮草的妖冶女子，一转眼又变成夹着冲浪板的清新少女，或许有一天还会走得更远，变得他认不出来。

八月末，G从汉普顿回来的那一天，Han在餐馆打烊之后去东村找她。

深夜，他走到公寓楼下，刚好看到G从一辆黑色轿车上下来。他走上去叫她，她回过头，看起来很累。

那辆黑色轿车一侧的车窗缓缓降下，驾驶座上的男人看了他一眼，然后对G说："好好想一下我跟你说的那件事。"

G没有回答，表情有些漠然。那个男人也不再说什么，升上车窗，发动车子走了。

"他是谁？"Han问。

"Clef的经纪人。"G回答。

"他说的是什么事？"

“没什么，工作上的事情，他想让我去欧洲。”

“你会去吗？”

“不一定。”她看看他，露出一个疲惫的笑脸，拿钥匙开门。

他们一起上楼，既没说话也没牵手。房间里是黑的，Yoshida不在。G的卧室里，一点月光和路灯的光亮透过那扇狭长的窗照进来。窗只是虚掩，正对着房门，门一开，清朗微凉的夜风瞬时间灌进来，吹得白色薄纱的窗帘朝着房间中央飞舞，却没有丝毫的声响，直到门关上，才又垂下来，变得跟之前一样了无生气。

她没有开灯，伸手从背后抱住他，他喜欢这拥抱，却不知道为什么又有些不好的预感。就这样默不作声地在黑暗里站了片刻，她松开他，想要去摸电灯开关，他抓住她的胳膊不让她去，生怕那突如其来的光把房间照亮，让他不得不面对不愿想不愿看的东西。他把她拉进怀抱里，她身上只有一条亚麻布的连衣裙，胳膊和腿上的皮肤都是冷的，贴着他的身体，有种说不出来的感觉。他吻她，她突然笑起来，想打断那个吻，似乎还挣扎了一下，但很快就不笑了。他看不清她的表情，只知道她闭上了眼睛，身体在他的手里变得柔软。他把她抱起来，床在清冷的夜色里白得像是片雪地，他们湮没在里面，一起往下沉，就好像是一个人。

第二天上午，Han醒来的时候，G已经不在了，枕头上没有留下书。他记起昨夜他们在一起时的感觉，那感觉如此奇特，是他从来没经历过的，好像有一把长剑从他胸口刺进去，然后笔直向下，插进他的身体深处，切断了关节与关节之间的联系，几乎让他浑身麻痹。他不知道她是不是也经历着同样的感觉，也不懂是为什么。

那天之后，整整一周，他没有看到她。他去公寓找过她几次，但都只遇到Yoshida。

“她是不是出了什么事情？”他终于开口问。

Yoshida没能给他那个答案，只是说：“你该跟她好好谈谈。”

他打电话给G，但她总是说她很忙，有几次甚至没接。

九月最后一个周末，他又拨通她的电话，问她：“你到底在哪儿？在干什么？”他听得出这问句当中不顾一切的意味，突然发现自己表现得就像一个绝望的弃妇。而在心底深处，一小部分的他仍旧保持着原先那个冰冷的旁观者的姿态，为这个绝望弃妇的形象发笑。那是离开医院之后的第一次，他不得不承认自己根本就没有好。

G在电话那头沉默了片刻，然后告诉他，她正在工作，在一家饭店里拍照片。他挂断电话，没去上班，也没请假，去她工作的地方找她。

那是位于公园西侧的一家法式餐馆，水晶灯，镏金的白色镶板墙壁，许多面镜子，织锦地毯，花园里开满粉色的蔷薇，所有东西都过分繁复。Han到那里的时候已入夜，但真正的夜晚还不曾开始，餐馆的灯光让周围的夜空现出一片特别的靛蓝，一支四个人的爵士乐队正在舞池边排练，低音提琴发出的声音在空气中摆荡，性感却似有若无。

他站在餐馆外，隔着玻璃，看见G正和一个金发的姑娘一起站在一面米褐色花纹的影壁前面拍照，脸上化了妆，看起来有些陌生。

他走进去，坐在一个角落里看着她。她很快也看到他了，却没有什么特别的表情，仍旧站在那里摆出摄影师要她摆的姿势。一直等到中间补妆的时候，他才跟她说上话。

“你去哪儿了？”他问她。

“工作。”她极其简略地回答，而后补充，“见了许多人。”

“什么人？”

“这几天你的问题好像变得特别多。”她抬起头，看了他一眼，起身在他嘴唇上印下一个潦草的吻，就又回到镜头前面去了。

那个金发的模特被遣下来休息，大大咧咧地在他身边坐下，背靠着沙发扶手，踢掉鞋子，抬起两条腿搁到面前的茶几上。闪光灯再次亮起的时候，他恰好看到她脚趾间的针眼，两只脚都有，密密的，还不止一个。金发妞儿发觉了，并不觉得有什么不妥，反而凑过来跟他解释为什么要打在那里：“其他地方都藏不住。”她说话的时候带着明显的俄国口音，淡黄色的光润的发卷儿扫过他的脸颊，双肩皮肤白到几乎透明。

过了很久，摄影师终于叫了停，G走过来，用冰冷疲累的声音叫那个俄国女人走开。金发妞儿若无其事地站起来，嘲笑道：“搞得好像他属于你似的。”她抛下这句话就走了，剩下他们两个人在那里面面相觑。G站在那里低头看着他，半晌没出声。

他抬起头问她：“完了？”

“完了。”她回答。

两个人就这样僵了片刻，最后还是G先开口了：“那个欧洲的工作，我决定去了。”

他听到自己在一个很长的停顿之后问：“去多久？”

“不一定，如果好就不再回来了。”她回答，在他身边坐下，头枕在他腿上，闭上眼睛，就像几个月以前在银山医院那棵糖枫树下一样。

仿佛很久之后，舞池边的乐队开始试音，奏起一支四拍的舞曲。G突然爬起来，看着他问：“跳舞吗？”

“什么？”

“和我跳舞。”她又重复了一遍。

“我不会。”他回答。

“你会的。”她站起来，朝他伸出手，带着他至今难忘的笑容，“你是为跳舞而生的。”

他感觉像是被揭穿了，却又无法拒绝，握住她的手，揽过她的身体，随着那个节奏移动脚步，就像曾经的无数次一样。外面夜色渐浓，远处近处霓虹灯一片一片地亮起来。

“不谈将来，也不问过去。”他贴近她的耳边说，“我恐怕两样都做不到。”

她闭上眼睛，靠在他肩上，轻声回答：“我知道，我也不行。”

15

触发点

“那年十月，G离开了纽约，走得极其突然。”Han对李孜说，“我去Clef找过她，Eli York告诉我，她去了欧洲。”

“于是，你也回到了原来的生活里？”李孜问。

Han点点头：“她有她放不下的东西，我又何尝不是这样？可能只有真的走出那个圈子，再往回望，才能知道究竟哪些东西是忘不了丢不掉的。”

“案发当晚的事情，你有没有想起更多？”

“我知道我有些事情想要说出来，就在嘴边上，却记不起来是什么。”

“不要着急，只要是真的发生过的事情总会想起来的，一旦找到了那个打开回忆的开关，就会发现原来是那么容易。”她安慰道，心里却也知道这样的话一点用都没有。

李孜离开“坟墓”回事务所，一路上都在想着Han对她描述的那段经历，始终不太明白G为什么这样匆忙而决绝地离开，Han又怎么能如此轻易地抹杀掉那几个月里发生的一切，回到原来的生活中去。

回到办公室的时候已是午后，Ward告诉她，下午他原本约了Lance Osler，但那个他曾说过很“奇怪的角色”临时爽约，借口说春天的演出季正要开始、排练采访各种各样的事情，日程排得很紧。

李孜听得出胖子的言下之意，也知道他一直对Osler的证词有怀疑。她很委婉地提醒Ward小心处理这次见面，毕竟Osler是检方的证人，把Han和他的旧交情搬出来对其施压，最后很可能落得有百害而无一利，除非他们真能找到确凿的证据。

“哪方面的证据？”Ward神秘兮兮地看着她问。

“有关Han的妻子。”李孜回答。

Ward笑起来：“我们想到一块儿去了。”

胖子当即就打电话给Esther Poon，希望能通过她约到Lance Osler谈一谈。电话那头，Esther似乎犹豫了一下，但最后还是答应了，傍晚就回电过来说，Osler同意次日上午到事务所来一次，届时她也会一起过来。

下了班，李孜随便买了些外卖的中国菜，直接回了家，吃过饭洗了澡就躺在床上加班。一直到晚上十点多，她突然听到外面开门的声音。她知道不可能是别人，这里的钥匙，除了她自己，只有Terence有。

“你怎么来了？”她问了一声，坐在床上没动，听见钥匙扔在门边那张桌子上发出声音，然后是他的脚步声穿过走廊朝卧室这里过来。李孜觉得Terence一定是想她了，心里有些暖意，但同时又觉得麻烦，因为手头还有许多事情，这下可能做不完了。

Terence推开卧室的门走进来，身上穿着平常去学校穿的衣服，那种介于学生和职员之间的风格，每个扣子都是李孜熟悉的，但他脸上的表情看起来却有些不一样。

他似乎踟蹰了片刻，才开口问她："结婚的事情，你是不是另有打算了？"

"什么另外的打算？你指哪方面？"李孜有些心不在焉，眼睛仍旧盯着电脑屏幕。

他解掉领带，走到她身边，在床沿上坐下来，换了一种更坦白的方式说："你是不是不想结婚了？"

Terence没换衣服就坐在床上，这举动让李孜觉得心烦，她停下手里的事情，推推他让他快起来，一边反问："你这么说是什么意思？"

Terence还是坐在那里，他顿了一下，看着李孜说："昨天跟你父母吃饭，你说女人年纪轻的时候都不知道自己究竟喜欢什么样的男人……"

"我什么时候说过这话了？"李孜回了一句，话刚说出口却已经想起来，这话她的确说过，不想说者无心听者有意，她早就忘到脑后，Terence倒记住了。

"今天我一直在想这件事。"他两肘搁在膝盖上，两只手握在一起，眼睛看着床脚边那一小块羊毛毯，“想弄明白你只是不想跟我搬去洛杉矶，还是根本不想结婚？”

这番话让李孜觉得刺耳，她合上电脑，放到一边，看着Terence说：“你早就知道我不想去洛杉矶的，何苦等到现在我辞呈也递了又来问。”

“你那个时候为什么不直说你不愿意？”Terence的声音里也带着火气。

李孜很少看见他生气，心里也知道这不是可以随便开玩笑的事情，但她是个吃软不吃硬的人，也跟着叫起来：“你失业一年半了，兴冲冲地跑来告诉我，洛杉矶有家公司要你，你要我怎么说不愿意？！”

Terence一下子站起来，撂下一句：“好吧！你现在改变主意也还来得及。”就头也不回地走了。

李孜没去拦他，也来不及做什么回答。她突然发现一个怪现象，他们这样的人在某些情况下说英文可能更自在些，比如床上的情色对话，又比如吵架，自以为说了就好像没说，其实全然不是这样的。

Terence走了之后，她仍旧坐在床上加班，连姿势都没换过，过了很久才意识到，刚才总算想起来他们是在什么样的境况下决定结婚的了——Terence问她愿不愿意跟他去洛杉矶，她说愿意，他对这个回答很满意，就顺便提出来结婚。如今回想起来，她当时可能只是想表现得对他支持一点，因为那段时间他一直为了工作的事情心事重重。而Terence提出结婚或许也只是为了回报她的好意，毕竟放弃纽约的一切，对她来说不是个很轻松的决定。

就这样一直到午夜，李孜带着一种半是解脱的伤感入睡，第二天早晨醒来的时候，嘴巴里满是苦味。

上午九点半，她到了事务所。有人告诉她，Ward来找过她，他们约的人已经来了。

她赶紧去Ward的办公室，还没进门，就看到玻璃隔断后面，Esther Poon和一个深栗色头发的男人坐在房间一角。Esther占了三人沙发的一头，男的则坐在另一边的一把扶手椅上，两人离得很远，显得有些刻意。她敲了敲门走进去，Ward做出一副欢天喜地的样子跟她说早安，把她介绍给那个男人。

“这位是Lance Osler。”胖子夸张地说道，“刚刚晋升为首席演员，三月就要在一出新戏当中担纲主角。”

李孜也在那一圈沙发上坐下，趁Ward说话的当儿，留意看了一下Osler，他和Han差不多年纪，长相也很漂亮，但看起来更随和，也更开朗些。

Osler听出了Ward的言下之意，质问他这么说是什么意思。

李孜连忙开口打圆场：“我们之所以约你来，其实是为了了解一些Han过去的事情，毕竟你们认识许多年了，而且你还做过他的伴郎。”

Osler轻笑了一声：“他那个人恐怕也找不到其他人来做伴郎。”单看那表情倒像是回忆起许多快乐的往事。

李孜便也附和着笑了一下，又问："Han有没有跟你提到过一个叫G的女人？"

"我听他提过这个名字，许多次。"Osler回答，"但从没亲眼见过这个人。"

"Han说他婚礼前夜的派对上，G也来了，你没看到她？"

Osler摇摇头，似乎想起了一些让他烦乱的事情。他看了一眼坐在斜对面的Esther，说："他们结婚的那天早上，我去找他，发现他还躺在新居起居室的地板上睡觉。我叫醒他，他有些恍惚，问我她去哪儿了，说前一天夜里G和他在一起。我以为他只是喝多了，后来才知道没那么简单，他一直就有病，根本就不应该结婚。"

"他应不应该结婚不关你的事。"Esther突然插进来打断他的话。

Osler却也没有退让的意思，反而看着Esther说道："至少我没有说过任何和事实不符的话。有些事情，是不是要说出来，不是我能做的决定，对不对，Esther？"

大约两秒钟没有人讲话，只有Ward做出一副饶有兴味的样子看着所有人。

Esther低着头坐在那里一言不发，Osler对Ward说："我应该说的都在上次开庭的时候说了，都是事实，没有什么要更正的地方。"说完就站起来头也不回地走了。

Ward也赶紧起身跟出去，只留下两个女人坐在办公室里。

Esther转向李孜，看着她恳求般说道："能跟你单独谈谈吗？"

16

誓言

一年半前，曼哈顿。

二〇〇八年五月，Esther花了短短两周时间准备她的婚礼。

小时候，她也曾幻想，有一天结婚了会是什么样，裙子的颜色，头冠的款式，还有鲜花和蛋糕，她都曾仔仔细细地计划过。至于和她一起站在圣坛的那个男人，她倒是从没想过，小时候是不关心，后来则是认定了一个人，没必要再去想象。

现在，她真的要结婚了，婚礼却不是原先梦想中的样子，很小，很仓促，阻力要比祝福多得多。只有那个认定了的人没有变，Han，只有这个是没有任何悬念的。

她记得三年前那个深秋的午后，她在东三十二街的街角找回了她的Han，距离他们分手的日子，正好是十个月整。一场阵雨之后，几片银杏的落叶把那条路染上一些温润的金黄色，她看到Han从街对面那栋玻璃建筑里走出来，他抬起头，也看见她了。

那个瞬间，Esther又记起G最后对她说的话：“别告诉他应该做什么，他不会听的。”

“那应该说什么？”Esther记得自己这样反问，面前这个不到二十岁的女孩子让她觉得气恼，他们只相处了不过几个月，却来告诉她应该怎么对待他。

“就告诉他你的感受。”G回答，“他是个很敏感的人，只是不喜欢把话说出来。没人真正知道他脑子里到底发生了什么，没有心电图或者超声波能证明他病了，也没有手术刀可以切掉病灶，但他只是病了，并不是他自己甘愿陷身在这困局里，你必须记住，他只是病了，而且，他需要人感同身受地明白这种困境。”

“你就是这样做的？”Esther看着G问，语气里仍旧带着些挑衅。

G笑了一下，摇摇头：“我恐怕没有时间，也没有力气做这些事情，幸运的是，还有你。”

Esther不知道是什么样的经历让这个不到二十岁的女孩子说出这样的话，但那之后的三年，她始终都是这样做的——不告诉他应该做什么，只是把自己心里的话说给他听，并试图感同身受地了解他。

Han回来之后最初的那段日子，各种各样的传闻充斥泛滥——有人说他完蛋了，有人说他仍旧是个疯子，甚至有个退休的女演员在自己的回忆录里暗示，曾在Han的影响下开始接触安非他命类药物。

他从原来周身泛着纯白色光芒的王子摇身变成危险人物，但无论发生什么事，遇到什么样的阻力，他都没有退让，Esther也始终都站在他这一边，一遍又一遍地告诉他："不管怎么样，我都会在你身边。我了解你，你的执着、脆弱、每一个秘密、天赋，抑或缺陷，我知道你恨这一切，却又着迷于此。你不怕艰难辛苦，不怕失去任何东西，普通人能得到的东西，妻子、孩子、爱好，无论什么，因为他们没办法染指那种无与伦比的天赋。它伤人，让你不停地思考，变得偏执，也让你成为最棒的。你可以错过任何一件事情，没有爱人、家庭、吻和爱情，但却不能错过它，因为当它结束，就是真的结束了。"

现在他们总算要结婚了，Esther感到一种如释重负的快乐，却又隐约有些难过，她始终都不知道Han的求婚究竟是出于爱，还是仅仅是对她的一种报偿。她试图甩掉那个念头，用各种各样麻烦的琐事填满每一个空当，这是很容易做到的，因为要她操心的事情太多了。

Esther的爸爸从一开始就明确表示反对这件婚事，她妈妈本来是个很喜欢办婚礼的人，但也因为Han过去的那些事情，宁愿牺牲选衣服、买东西、办派对带来的乐趣，决定放手不管了。至于Han那方面的家人，则都表现出一种漠不关心的态度，他们的行程住宿也全都要靠Esther来安排，好在他家在美国的亲朋也真的不多。

未来的公公是个极其沉默的人，Esther曾一厢情愿地把他想象成一个内向的老派男人，把对儿子的情感埋藏在心底。接触了几次才不得不承认，他心里什么都没有，即使曾经有过些什么，也早已经空了。

而她未来的小叔子Russell，二十岁出头，两颊长了些青春痘，显得脸色不太干净，看人的眼神总带着些莫名其妙的敌意。Russell没有读完高中，也没正经工作，偶尔在嘻哈风格的运动衫牛仔裤外面套件肮脏的白制服，在他爸爸的小餐馆里打零工。婚礼的前一天，Esther把一些外地来的客人安排在举行婚礼的酒店过夜。她在酒店大堂看到Russell，笑着朝他招手，他却没有反应，带着他俗艳的女朋友径直朝客房电梯走过去。

这些事情倒还不至于让她难过，这许多年过去，她觉得自己已经变得足够坚硬，只有一个人能敲开这层外壳，伸进一只手，伤到她的心——Han，只有他，没有旁人。

婚礼前夜的排练晚餐还没结束，Han就已经走了，甚至没有跟她道别。Esther安慰自己说那只是单身汉舞会（婚礼前夕为新郎举行的）的惯例，转头却看到做伴郎的Lance Osler还坐在长桌边的老位子上喝酒。她突然有种不好的预感，躲在洗手间里一遍又一遍地打Han的电话，却一直没有接通。这件事她谁都没告诉，因为如果让她父母知道了，这场婚礼也就吹了。

那一夜她本应该好好睡一觉，结果却是一夜无眠，坐在厨房里，漫无目的地按着电视机遥控器，好几个台都在播放奥巴马在波多黎各的圣胡安街头演说的新闻。挨到早晨，她终于下决心打给Lance，装作随便地问，他们昨晚去哪里疯了。

Lance却说他不知道，昨天他们一帮人准备出发的时候，Han已经不在那里了，本来安排好的活动也只好算了，弄得他很尴尬。

婚礼仪式下午两点钟开始，Esther带着一种听天由命的态度等着那个时刻到来——她一个人站在礼堂里，穿着白纱，捧着花，没有新郎。

总算，这场面最终没有成真，Han准时到了。Lance特地跑来告诉她，Han不过就是喝多了，躺在他们新居起居室的地板上睡着了。

听到这消息的时候，Esther正坐在化妆室的镜子前面，默默地念着自己的誓言。她松了一口气，却也感到一种被抽空了一般的疲惫，她记起几天前偶然看到Han写在一张请柬的背面的誓言：我从十岁开始远离人群，至今需要吃五种处方药来保持理智，但我会做饭，总是按时付账单，婚礼之前也已经把抗抑郁药戒断，所以……只有这些，没有下文了，读起来像是个玩笑，却没办法让Esther笑出来。

她为了写自己的誓言，重读了许多遍丁尼生、济慈和莎士比亚的诗歌。但当他们终于站在玫瑰和小苍兰扎成的花球下面，她对他念出那些句子：Let me not to the marriage of true minds admit impediments. Love is not love which alters when it alteration finds, or bends with the remover to remove...

这些诗句就好像是为他们度身定制的，所有的人都为之感动，甚至连Esther的妈妈都落了几滴眼泪。而Han也看着她，但目光却聚焦在她身后的某个地方。

婚礼之后，总是平凡琐碎的生活。Esther是个很好强的人，又有些虚荣，任何事情都想做到最好，让所有人都羡慕。他们的公寓不大，但装饰雅致，环境适宜。Han的收入不够应付他们的开销，她就利用她父母的一些旧交，私底下做些艺术品和古董家具的生意，贴补家用，使得她和Han能存下钱去旅行。

她的父母都不喜欢Han，Han的家人对她也很冷淡，她尽量两面周旋，希望所有人都开心，却发现这很难。她记得每个人的生日，每个有意义的纪念日，精心准备礼物。每逢节日，不管是西式的，还是中国的节日，都想办法让所有人在一起聚上一聚。她为Russell找了所学校，好让他读完高中的课程，通过会考，甚至亲自去给他补习英语写作。除此之外，她还要照料他们的狗——不知出于什么样的原因，Han养了一条名叫米尔莎的金毛猎犬，却时常忘记自己还有这么一条狗。

而在这一切背后，Esther总觉得时间不够用。她原本工作的地方是曼哈顿一家数一数二的画廊，在那里做事，对社交、人脉的要求自然也更高一些，她一直做得得心应手，结婚之后却渐渐发现自己根本没有那么多时间出去交际，而且Han极其讨厌这些事情，既不愿意跟她出去赴宴，也不喜欢在家里开派对招待那些艺术家、文人或者艺术品掮客。她为此摇摆了很久，终于还是辞职了，去切尔西一家规模小一些的画廊工作，总算有了一点喘息的时间。

工作之外，Esther一直想要做一些自己的事情，比如整理这些年画的画、拍的照片，她读书的时候就想要写一本关于十五世纪尼德兰画派的书，却始终没有时间动笔。一开始，她对自己说，只要安排得好，总会找到时间的，试着每天提早一个小时起床，并且把午休时间缩短到一刻钟，但总是有这样那样的事情打乱她的计划。几个月之后，她发现自己只是在记事本上写了一些不知所云的零碎片段，她累得要命，感觉自己快要被所有这些事情压垮了，她躲在浴室里哭了一场，看到自己映在梳妆镜里的面孔丧气而憔悴，但哭过之后还是擦干眼泪若无其事地走出来。

最让她绝望的是孩子。她一直有一些妇科上的问题，医生告诉她，如果想要孩子最好趁早。但她始终找不到一个合适的契机跟Han谈这个问题。到他们结婚第二年的八月，她就要满二十九岁了，她想要一个孩子，却不知道他是不是也想要，而且，如果要准备怀孕，他正在吃的一些药就必须先停掉。她在别人面前故作潇洒地开玩笑说："我没想过要孩子，我已经有一个了。"心里却很清楚，那不是真的，她不想做Han的母亲，而是想要一个他们两个人的孩子。她无数次地幻想，这孩子一定会非常漂亮，还有着非凡的天赋，就好像一个天赐的礼物。但她真的不知道Han能不能做个称职的父亲，而她自己又是否有多余的力气再担起这份额外的责任。

她恨自己没有勇气去试一下，有时又觉得那是因为Han没能给她足够的爱作为补偿。每年的演出季和之前的排练期，Han总是很忙，他清晨离家，夜里筋疲力尽地回来，对她的挑逗几乎毫无反应。她在绝望中胡乱猜测，是因为自己最近重了五磅、新换的香水，还是指甲油的颜色？即使到了休假的时候，他也总是很安静，不是对着狗，就是对着电视机看那些古老的舞剧录像。除了免不了的日常对话，他很少跟她讲话，也看不到她身上的变化，她的新衣服、新发型。甚至在他们最亲密的时候也不怎么看她，而这一点她是记得很清楚的，从前的他可不是那种会在做爱时闭上眼睛的人。

她愤愤地想："我需要一些补偿。"虽然连她自己也觉得这理由有点牵强，但她很小的时候，妈妈就对她循循善诱，说这世上根本不存在什么无条件的事情，凡事都是有条件的。

某天中午，她在画廊附近的餐厅里遇到Lance Osler，和他一起吃了午饭，而后，不知道出于什么样的心情，她又邀请Lance去附近一家酒店的花园茶座饮茶。他们聊了很久，Lance像往常一样口若悬河，风趣幽默，Esther听着笑着，感到一种久违的愉快和轻松，过后却发现自己一句都不记得了。

那天下午三点四十分，Esther记得自己看过表，她举起手叫服务员过来，推开Lance手里的钞票，把自己的信用卡放在账单上。结账之后，她站起来，走出花园，把他带到酒店前台，要了一个房间。直到两人走进电梯，Lance仍旧在一旁喋喋不休地问她："Esther，你这是要干吗？"而她始终一言不发。

一周之后，他们又约了一次。这一次没有午餐也没有茶点，她直接带Lance去酒店。进了房间，Lance在床边的扶手椅上坐下，打开电视，假装对午间新闻很感兴趣，直到她解开连衣裙前襟的扣子，走到他身边。

Esther知道自己并不喜欢Lance，并且痛恨他的故作姿态，他做出来的犹豫和内疚丝毫没有让他们在床上少做一次。她在心里反复玩味着一个念头——她只是需要他的乐观、外向，以及他的平庸，和

Lance Osler做爱对她来说就像是做SPA。

她故意把那些酒店账单留在门厅的桌子上，把Lance送的花带回家，到处留下可疑线索，但Han始终无知无觉。而她越是背叛，就越是发现自己有多爱Han。他是无可取代的，虽然他可能根本就不在乎她。

和Lance Osler的午间偷情很快变得索然无味，Esther决定结束。

八月的某个下午，她坐在床尾的软榻上穿鞋，Lance站在一旁看着她。

“我想这是最后一次了。”她这样对他说道，听起来像是单方面的通知。

一开始，他以为那是个玩笑，暧昧地笑着问她：“我们还能再见面吗？”

“当然。”她站起来，低头抚平裙子，没看他，“我们住得很近，而且还有Han，免不了会遇到的。”

Lance发出一声尴尬的笑：“你觉得在发生这一切之后，我跟Han还有可能做朋友吗？”

“我无所谓。”Esther回答。

他愣了一会儿，低声说：“我受够了，我会告诉他一切。”

她默默地穿好衣服，抬头看了他一眼，冷笑道：“这算是威胁吗？随便你，我已经说过了，我无所谓。”

Esther头也不回地离开那家酒店，等着Han发现她的私情。她想象那个场景的每一个细节——他会站在起居室乳白色的镶板墙壁前面，质问她：那个人是谁？当他知道是Lance Osler，便会勃然大怒。

然后，他可能会变得有些哀伤，想知道那是一时冲动，还是当真出于爱情。

但是，好几天过去了，什么事都没发生。Han什么都没说，什么都没问。

直到八月末的一个傍晚，他回到家，开始收拾自己的东西。

Esther走到他身后，感觉到一阵近乎于兴奋的惶恐，她用颤抖的声音问："你在干什么？"

"去巴黎演出，今晚的航班。"他没有回头，继续装他的东西，放进箱子里的衣服远超过一次短期旅行所需。

"怎么没听你说过？"Esther问。

"对不起。"他只说了这么一句，却又像是欲言又止，然后就走了。

Han离开的那几天，Esther感觉自己被遗弃了，而且已经很久了。他始终没打电话给她，她想要跟他谈谈，又不知道该说什么，是摊牌决裂，还是求他原谅，或者就这样装下去？她几乎什么事情都做不了，却也终于有时间静下心来考虑一下他们两人之间的将来和过去。她奢望能赢回他的心，却不知道怎样才能赢回来。

一周之后，Esther突然接到一个法国打来的电话，她起先以为是Han，结果却是Lance Osler。

她戒备地问他："你想要什么？"

"Han出了些事情，我觉得应该让你知道。"Lance的回答也很冷淡，把Han在巴黎的情况告诉她，"他几乎什么都不管，就为了找一个女人——G，你知道这个人吗？”

Esther试图在Lance说话的语气里找到一丝幸灾乐祸的味道，却没有成功。他听起来也很忧虑，不知道是为了Han，为他自己，还是为了别的什么。

九月七日是芭蕾舞团原定返回纽约的日子，凌晨时分，她被一阵电话铃声惊醒，又是Lance，告诉她，Han没有去机场，不在酒店，也不接电话，到处都找不到他。

她默默地听着，直到Lance问她：“需要我做些什么吗？”

她回答说：“不用了，随他去吧。”就把电话挂了。

Esther感到一种从来没有过的疲累和绝望，她终于知道在Han的心里，自己永远也不能跟G相比。一直以来，她以为Han有许多心结，以至于不能毫无牵挂地爱上一个人，但是现在她不得不承认，他只是不能爱上她罢了。她痴坐了一整天，开始想一些别的东西，不是他们两个人共同的将来，更多的是关于她自己的。

当天下午，她打电话给Han，漫长的嘟嘟声之后，转接到了语音信箱，她对着一片微弱空洞的电流声，不带多少感情地说：“给我回个电话。”

大约一个小时之后，她接到了回电。

“我没赶上飞机，要过两天才能回纽约。”Han在电话那头说。

她不愿在电话上揭穿他，只说等他回来，有些事要跟他谈。然后她就去见了律师，草拟了一份离婚协议，努力保持冷静，等他回来。

九月十日清晨，她记得是四点至五点之间，Han回来了。

她只是浅浅地睡着，听见他开门的声音，就起床走出卧室。他站在起居室的落地窗前，窗外微蓝的晨光正由上至下逐渐浸润整座城市。

“我有样东西给你。”她看着他说，拿起那个放在茶几上的牛皮纸袋递给他。

他伸手接过去，抽出里面的文件来看了一眼，是那份离婚协议。他转过头来看着她，脸上的表情有些复杂。

她猜不出他在想什么，努力做出一个笑容，耸耸肩对他说：“我决定放弃了，就是这样。”

他没说什么，找了支笔，直接翻到最后一页，低下头无声无息地签上自己的名字，交还到她手里。

她接过来，看着他笑道：“为什么你能表现得那么若无其事？”话音未落，眼泪就不受控制地流下来，她赶紧低下头躲开他的目光，伸手擦掉。他走到她身边，把手放在她的肩上，这个简单的动作几乎让她失控，她哭着对他喊叫：“你能不能有点人性，哪怕一秒钟？！”

“你爱上别人了？”他轻声问。

这个问题是她等了很久的，无数次想象过，她有一个简单的唯一的答案，却没有说出口，只是抬起头看着他反问：“有什么关系吗？”

Han默默看着她，然后低下头吻了她的嘴唇。她不记得他有多久没这样吻过她了，沉浸在那片刻的静谧当中难以自拔，但最后还是推开他，对他道了声：“保重。”

—// ∧ \\—

17

父亲

“你们已经离婚了？！”李孜吃惊地叫起来。

“到现在为止还没有。”Esther答得极其冷静，“我没签字，Han被捕之后，我把他签过字的协议书都撕了。”

“你还是想跟他在一起，所以才没把Lance的事情说出来？”李孜看着她问。

“我觉得自己不能在这种情况下跟他分手，又怕如果把Osler的事情说出来，他就永远不会原谅我了。”Esther回答，“我知道你们是怎么看我的，我蠢得要死，如果他真的被定罪，很大程度上就是我的错。”

“追究是谁的错一点意义也没有。”李孜揉了揉额头，“你跟Osler的关系只能让陪审团对他的证词产生怀疑，要让Han脱罪还远远不够。”

凭借Esther的证词和她留下的那些酒店账单应该可以证明她和Osler之间的私情，Osler那些不利于Han的证词基本上不会被陪审团采信。但Ward和李孜还是花了许多时间去权衡，在打出这张“通奸牌”之后，是申请延期审理，还是提出直接裁决动议，要求法官认定起诉方没有出示能证明Han有预谋的证据，停止审判并宣告被告人无罪。但Ward是刑事案审理的老江湖了，他知道在大多数案件中，这种辩护动议就如其他许多辩护方常规提出的动议一样，基本上都被“常规地”拒绝了。如果到时候没能得到法官批准，庭审进入辩方举证阶段，仅凭他们手上几乎等于无的证据，局面又将陷入被动。

所以，他们最后还是决定再一次提出延期审理的申请。虽然除了Osler这个人证，控方手里还握有其他几项有力的证据，但Han受到的是谋杀指控，证明其预谋和故意非常重要，一旦这张“通奸牌”打出来，检察官一定也希望有更多的时间去找其他的人证，比如那几个法国店员。在这样的情况下，检方也就不会反对他们的申请，举证程序终结的日期还会往后拖。他们争取到了更多时间去找到G，或是其他能言之凿凿地证明Han无辜的证据，这仍旧是赢得这场官司的重中之重。

第二次开庭的前一天，Han的父亲和弟弟都到了曼哈顿听审，Ward安排了他们上庭，除此之外，还有Han的几个邻居、同学、同事也会出庭做证，但都只是问一些极其家常的问题，以证明Han平常是怎么样一个人。李孜知道，这都是聊胜于无的伎俩，他们手里的筹码真的太少了。

—// ∧ \\—

梳理完证词，Han的父亲提出来要跟李孜谈谈。不知道为什么，面前这个年近六十岁花白头发的男人，让李孜想起自己的父亲来，她努力甩开那些无谓的念头，摆出职业的态度。

“我很高兴听说Han终于愿意开口跟人谈谈发生的事情。”Yuan先生向李孜道谢，“要知道不管是对心理医生、警察，还是之前的那些律师，他几乎什么都不说，他似乎已经放弃了，只求一死。”

李孜不想让他空抱了一腔的希望，直截了当地提醒道：“我们现在仍旧没有多少有利的证据。”

Yuan先生说他也明白的，又絮絮地跟李孜说起那些过去的事情。李孜觉得有些意外，因为她曾听Esther一再地说过，Han的父亲是那样一个极端寡言而冷漠的人。

“Han小时候是个很好的孩子，和气，有些腼腆。”Yuan先生这样告诉李孜，“也很勇敢，他母亲出事的那天，在场的警察和急救医生都是这么说的。他们乘坐的车子撞在高速公路隔离栏上发生了侧翻，车祸当时他坐在后排位子上，右手骨折了，但还是解开安全带爬到前排，救护车到达之前，他一直试图合上她身上的伤口，不让血涌出来，一直跟她讲话。那个时候，他还不满十一岁。”

“Han跟我提起过那次车祸，但只是只言片语。”李孜回忆道，“他说银山医院的医生认为他的抑郁、失眠以及那些噩梦都是因为幸存的内疚引起的。”

Yuan先生点点头，说：“我们那个时候住在普林斯顿，为了让Han在曼哈顿学跳舞，我妻子每天都开车接送他，往返差不多一百二十英里的路程。别人都说她疯了，但Han想去，而且很有天赋，所以她也就坚持要送他去。出事的那天也是一月份，天气很糟，高速公路上结了冰，她工作得太累了……”他哭起来，逐渐泣不成声。

李孜从没见过一个男人哭成这个样子，不知道该怎么办，只能说些安慰的话：“那不是任何人的错，只是一次事故。”

“对，那只是一次事故。”Yuan先生努力止住眼泪，“但Russell那个时候还很小，对Han说过一些很残酷的话，说是他害死了妈妈，如果他不去曼哈顿上芭蕾学校，妈妈就不会遇上车祸。我在这件事情上处理得很糟糕，只是叫Russell住嘴，再也不要说那样的话，从来没有好好地跟他们谈过。后来Han之所以变成这样，很大程度上是我的责任，包括Russell也是我的责任。他们的母亲去世之后，我只是养活了他们，没能尽到父亲的责任。我曾经以为自己已经做得够多够好的了，不管多忙多拮据，都让他们吃饱穿暖，有书读，生日有蛋糕，也吹蜡烛，甚至还留着每一年的录影。但是昨天，我看了一段Han十一岁生日时的录影，他站在镜头前面，我拿着摄像机对他说，这是你十一岁的生日，说些什么吧。我从没意识到自己当时的语气是那么冷淡，而他装作不在乎的样子，对着镜头说谢谢爸爸、还希望自己快些长大……”

18

约定

十八年前，新泽西。

就是那一年，Yuan先生一家搬进了属于自己的房子，虽说还有二十年的贷款要还，但毕竟是自己名下的房产，面积也比从前租的公寓大了许多，单单院子里的草坪就有九百尺那么大。Yuan先生第一次把手提式割草机拿出去时，刚好被隔壁邻居看到，那人笑着调侃他：“用那个要割到什么时候去呀？”转头就去自家车库里开了一辆割草用的小车出来借给他用。也就是从那个时刻开始，Yuan先生意识到，他一直向往着的美国式的中产生活已经摆在眼前了——郊外、好学区、宽敞的房子、稳定的工作、量入而出的娱乐交际、客客气气的邻居、两部实惠省油的车、两个孩子。

小儿子Russell刚刚满六岁了，出生在美国，长子Han已经十岁了，那年三月刚从国内过来。两个孩子长得有些相像，性格却很不一样。

Russell很开朗，一张嘴几乎没有停的时候，操一口纯正美国味儿的英文，虽然还有些奶声奶气，却总喜欢说些大人气的话。有一次，学校里的老师问他："作为一个美国人，觉得最高兴的是什么？"他回答："言论自由。"Yuan先生一想起那句话就想笑，这个岁数的孩子知道什么叫美国人，什么叫言论自由，反正大人们总是挂在嘴上，就觉得是个挺可贵的东西吧。Russell说的许多话都让人忍俊不禁，他自己倒不觉得有什么不好意思，总是大大方方的，在学校成绩很好，也有许多朋友。

Han却截然相反，没有朋友，也很少开口讲话，安静得可怕。他生在上海，从小就是奶奶带大的。那几年Yuan先生忙着读学位，又要省钱，总共只回去看过他两次，印象中的Han还是一个皱皮小婴儿，仿佛一眨眼的工夫，就长成了一个十岁的小男孩了。Yuan先生本来就不是个能说会道的人，每次看到这个几乎陌生的孩子，都不知该说些什么。

Han的奶奶去世之前曾对他们夫妇俩说，Han做事很有耐心，关心别人的感受，也很善良。但Yuan先生总觉得Han被奶奶宠坏了，有些任性，我行我素，说什么都不听。

"别总是对他说应该做什么不应该做什么，他不会听的。"奶奶笑道，"Han这孩子有时候是有些固执，心里有话也不喜欢说出来，这一点其实跟你是很像的。但是只要你懂得怎么跟他讲话，就会发觉他好的地方了。”

Yuan先生不明白这话究竟要怎么讲。

“把你的感觉说出来，他做哪些事你会高兴，哪些事情又让你难过。”奶奶笑着解释，这其实还是邻居家的一个小女孩告诉她的。那个小姑娘比Han小三岁，很小的时候父母就离婚了，她是跟着外婆过的。可能正是因为爸妈都不在身边，Han和她很有些同病相怜之感，从小就很要好，两个人一起养了一只小狗，还在晒台上种了一丛茉莉。

Yuan先生始终都没能学会这种说话的方式，实验室的工作很忙，他就索性放手不管，把照顾孩子的事情全权交给太太处理。幸好Yuan太太对付小孩子很有些办法，她跟Han相处的时间相对多一些，也更了解他。但Han到美国之后的很长一段时间，她都在为这孩子担心。

Han是四年级下半学期来的，因为奶奶突发脑出血去世了，打乱了他们原来的计划。他第一次去学校，是三月的一天，刚好在学期中间，他谁都不认识，什么也听不懂，一个字也不会讲。那天下午，他一脸惊骇地从学校里回来，问什么都不回答，往房间里一钻，站在窗边上发呆。

Yuan太太本以为这种状况会随着时间的推移逐渐改善，但Han似乎总是这样，没有笑脸，很少讲话。上了两个月的课之后，老师找到Yuan太太，说很为Han的心理状况担忧，他在学校从来不开口，别人对他说什么，也几乎没有什么表情和反应。

那天晚上，Yuan太太跟Han两个人关在房间里谈了很久，直到深夜他睡熟了才出来。

“Han说，他就是那多出来的一个人。”Yuan太太没头没脑地说了这么一句。

Yuan先生不明白，她就慢慢地解释给他听，他们住的这个镇面积二十五英亩，人口九万一千两百九十一人。这些数字都清清楚楚地写在社区中心免费赠送的小册子上面，Han看到了，总是想，他就是多出来的那一个人。

这句话让Yuan先生觉得很难过，第一次意识到在这里Han是多么孤单，他不知道该怎么办，只能带Han去见社区中心的心理医生。

那间诊室面积不大，布置得很简单，一套办公桌椅，一张长沙发，一列铁皮文件柜，窗上挂着百叶帘，颜色就是那种医院里最常见的蓝。

医生问Han要吃什么，话说得很慢，也很清楚。他没回答，就是摇了摇头。医生便给他倒了杯水，示意他在沙发上坐下，自己拉过办公桌前的椅子坐在他对面，故作轻松地问：“你玩什么运动吗？棒球？篮球？”

Han听懂了，却还是愣了一下，一秒钟之后才回答：“我跳舞。”

时间过去那么久，当时具体谈些什么，Yuan先生都已经淡忘，只有这个问题始终记得清清楚楚，甚至医生说话的语调，脸上的神情，包括Han的答案，都不曾忘记过。那句“我跳舞”用的是最简单的句式，不用考虑人称、时态，没有“s”“ed”，或者“ing”。可能就是这样，暗示着他注定了一辈子都要干这件事。

从心理医生那里回来之后，Yuan夫妇在一起商量了很久，最后还是Yuan太太想起来，Han在上海的时候曾经上过几节舞蹈课。

Yuan先生觉得这挺荒唐的，在他心里，男孩子学跳舞是件总也理解不了的怪事情。他无奈地笑着说："也不知道我妈怎么想起来让他学这个的。"

"邻居家那个小女孩在学芭蕾的。"Yuan太太回忆道，"Han去看她跳舞，舞蹈班的老师觉得他身体条件很好，问他愿不愿意学，他说愿意，就跟着上了几堂课。那个班里只有他一个男孩子，为这事他还被同学笑话过。"

这么一说，Yuan先生也想起来了。去年年末，Han的奶奶生病住院，两个礼拜之后去世，他们回国办完丧事，便开始给Han办去美国的签证。

办完退学手续，从学校回来的路上，Han有些心事重重，怎么都高兴不起来。Yuan先生以为他是因为要换新环境有些害怕，就跟他解释，这不过就是搬个家，换所新学校，他年纪小，很快就能适应的，以后爸爸妈妈总是在身边，还有Russell可以陪他玩，再也不会孤单了。

Han踢着地上几片落叶，沉默了很久，突然问："到了那里，我还能学跳舞吗？"

在Yuan先生看来，小男孩应该打篮球、棒球，要是他喜欢，跟妈妈学大提琴也不错，当然最要紧的还是好好读书，学英语、数学、世界历史等，得全A，拿奖学金进大学，然后，至于想当医生、律师还是银行家，就看他的兴趣了。

Han还是不说话，低着头走路。

“你想跳舞吗？”Yuan先生终于问。

Han点点头，回答：“我跟雯雯说好的，她会一直学下去，我也不能放弃。”

雯雯就是那个邻居家的小姑娘，Yuan先生觉得这小孩子间的约定挺有趣，但也没太在意，敷衍着答应了，向Han保证他在上海能干的事，到了美国一样也不会少。

Yuan太太为这件事很自责，第二天吃晚饭的时候，就郑重其事地向Han道歉，说离开上海之前答应他的事情一直没能兑现，许诺马上就会找一所舞蹈学校带他去报名。Han抬头看看妈妈，愣了一会儿，难得露了一回笑脸。

夫妇俩很快就开始找合适的学校，但Han和Russell读书的那所公立小学是没有这种课程的，附近也没有，最近的一所学校离他们家也有一个小时的车程。Yuan先生觉得太远了，他自己肯定没有这个时间接送，Yuan太太也是有工作的人，又要照顾两个十岁上下的小男孩，已经忙得焦头烂额了。再说心理医生只是建议让Han参加些课外活动，最好是不用太多语言沟通的体育活动，先跟人相处起来，慢慢地适应，也不一定就要学跳舞，一定有其他折中的办法，先念好书比较要紧。

但Yuan太太却不同意，拿他打趣道：“你是学物理的，现在我让你折中一下，待在家里研究菜刀上的力学原理，你愿不愿意？”

Yuan先生说不过她，只得笑着认输了。

打那之后，Han每周三和周六去上两次芭蕾课。周三那一堂课下午四点钟开始，三点钟学校放学，Yuan太太已经在校门口等着了，开车送他到三十英里外的舞蹈学校上课。一个半钟头的课，她就在外面等着，除了有时候抽空做些誊抄乐谱的活儿，什么都干不成。这段时间，Russell就托给镇上一个开中餐馆的熟人照看，坐在喧闹油腻的店堂里看书做功课，有时候晚饭也在那里解决，等Han上完课一起回家。Russell起初有些不愿意，直到Yuan太太答应他，八月份过生日的时候给他买一把四分之三大小的大提琴，才又高兴起来。

暑假快开始的时候，那个舞蹈班的老师找Yuan太太谈了一次，说Han的身体条件很好，对跳舞又很感兴趣，建议她带Han去曼哈顿的舞蹈学校报名参加暑期班，生怕他们担心学费的问题，还特别强调，在那所学校里，七岁到十岁的男孩子是可以免除学费的。

于是，Yuan太太瞒着先生，带Han去了一趟曼哈顿。

在林肯中心一间看起来像小诊所的房间里，有个医生模样的人给Han量了身高、坐高，手臂和腿的长度，又让他向前屈体，一节一节地检查他的脊椎，说他是今天第一个完全没有脊柱侧弯的孩子。然后他又被带到一间通体纯白的大房间里，那里早已经有许多和他差不多年纪的孩子在等着了，五个老师一字排开坐在房间的一头，有男也有女。Han按他们的要求做了一些技巧动作，又回答了几个简单的问题。这是他到美国之后第一次当着这么多人讲话，却看不出紧张，口齿也很清楚。对Yuan太太来说，哪怕最后没能录取，仅仅是这样也就足够了。

一个星期之后，一封信寄到Yuan先生家里，告诉他们，Han被录取了。那个暑期班是要住校的，学费虽然免除了，但膳宿费还是要交。Yuan太太又任性了一次，坚持要让Han去。

于是，那个暑假，Han独自一个人在曼哈顿待了六个礼拜，那是他第一次离开家人，在学校里跟一帮同龄的孩子一起过集体生活。让Yuan先生夫妇吃惊的是，他不仅过得挺开心的，还交到了一个名叫Lance Osler的朋友，给家里打电话的时候，总是Lance长Lance短地说个不停。

暑期班结束之前，照例有一次家长日的活动，Yuan先生一家都去了。Han把自己的新朋友Lance Osler介绍给爸妈和弟弟认识。Lance跟Han一样大，是个开朗随和的小男孩，他俩同住一间宿舍，到哪儿都在一起。Russell是不怕生的，很快就跟在他们屁股后面玩得很开心。Yuan先生夫妇也终于放下心来，为Han感到高兴。

活动进行到一半，负责所有男生班的老师卡拉曼罗夫斯基突然找到他们，问起开学之后Han还会不会来上课。

Yuan先生笑着解释，他们家离这里单程就将近六十英里，实在太远了。不过他们还是会为Han在家附近找个地方上舞蹈课，等到明年学校放假，再来这里报名。

这个卡拉曼罗夫斯基是个退休的舞蹈演员，说话带些东欧口音，他毫不掩饰地声称："这里才是全美最好的芭蕾舞学校，Han不应该半途而废，因为他是为跳舞而生的。”

这话让Yuan先生很吃惊，他从来没想过自己这样一个整天钻在实验室里的人会有一个为跳舞而生的孩子。最后，还是Yuan太太先开口了，她看着Han说：“你来决定吧，如果你想来，妈妈肯定支持你。”

Lance Osler也在一边满是期待地等着，Han想了一下，点了点头，说：“我想来。”

Lance发出一声欢呼，Russell做着鬼脸抱怨了一句：“看起来我还得继续在采莲斋做功课呀。”

Yuan先生伸手摸摸Han的脑袋，笑道：“你奶奶总说你很懂事，怎么这件事情上这么任性啊？”

Han有些不好意思，低下头，几乎无声地说道：“我答应过雯雯的。”

19

路 易 丝

李孜自以为是个心肠很硬的人，却被Yuan先生这番话弄得不知所措，她总是假装讨厌人家把所有的心事都告诉她，把她置于这样的境地之下，好像她是个万能的救死扶伤的天使，心里却希望自己真的能成为那么一个天使。

Yuan先生并不知道她想的事情，继续把她当作那根救命稻草，对她说："我希望你能告诉Han，我还有Russell，我们都是爱他的。Russell对我说过，只要Han需要，他可以做不在场证明，哪怕查出来是伪证，要他一起去坐牢也好，因为Han看起来太傲太显眼了，在监狱里是很容易招人欺负的。我告诉他这帮不了Han，但也知道他只是想帮忙。Russell从小就很崇拜他哥哥，他一直都爱着Han，曾经说过的那些话都是无心的，那个时候他只是太伤心了，想找个地方发泄罢了。"

“我会告诉他的。”李孜花了一点力气控制住自己的声音，“但你们也会有机会当面跟他说的，那样会更好。”

“还有Esther。”Yuan先生继续说道，“让Han不要责怪Esther，她为他付出了许多，但他始终都对她不够好。其实，Esther跟我妻子很像，她们都很固执，也很坚强，一个家庭能有这样一个妻子和母亲是极其幸运的事情。”

说完这些，Yuan先生起身告辞，李孜送他到事务所前台，再慢慢地踱回来。她想着这案子里的点滴，以及牵扯出来的千丝万缕的往事，突然发现自己从前经手的那些程式化的商业案件是多么简单干脆，无论输赢，台面上的筹码只是钱罢了。她说不清楚哪种更好，只是一遍遍地提醒自己不要投入得太深了。

那天剩下的时间，李孜和Ward都在为第二天的开庭做准备。她从没有进过刑事庭，手上又没有什么言之凿凿的证据，感觉就好像书没有背熟就要考试了，紧张得不行。到了这临时抱佛脚的时候，任何一点点细枝末节的东西都可能被李孜拿来当救命稻草，所幸Ward总是在一旁提醒，如果走一步棋，没有想好接下去的三步，不管眼下这一步有多风光神勇，还是不走为妙，否则很可能会在法庭上犯下致命的错误。

快到傍晚时，李孜突然接到Yoshida打来的电话。他告诉李孜，刚刚收到一个包裹，里面装着他送给G的那只宝丽来照相机，还有许多照片，看邮戳是去年十月间从法国寄出的，收件地址写的是他们从前在东村住的那个地方，因为查无此人被辗转退了几次，今天下午才终于到他手上。李孜被这个意外的消息惊得跳起来，立刻就到Yoshida那里去了一次。

还是在格林尼治村那间屋顶大宅里，Yoshida把他收到的那只包裹拿出来给李孜看。那是一个普通的棕色瓦楞纸箱，里面装着一部用防震塑料薄膜包好的宝丽来SX-70 690照相机，还有一沓方方正正的宝丽来相片，除此之外再没有其他东西了。可能是因为在海关检查的时候被拆开过，纸箱有些地方破了，又在许多人手里辗转了多次，也不知道里面的东西有没有少。

李孜拿出那沓照片来看，其中大多数拍的都是一些瓷质的摆件：天鹅、穿芭蕾舞衣的女人、捧着一大把雏菊的孩子……每张下面都写着一串数字，看上去像是购买的日期。只有几张例外，拍的是人或者风景，下面空白的地方用细细的黑色马克笔写了许多字。

第一张是唯一的人物照，一个胖胖的亚洲女人站在花园的一角，好像故意躲着镜头，但真的被捉到了还是咧着嘴笑得挺开心的。照片下面写着：来见见我朋友Lou。

第二张看起来像是一幅粗略的油画，是从窗口望出去的一片冬季的海滩，天空阴沉，除了远处的一座深蓝色的灯塔，什么都没有，显得有些荒凉，却又有一种别致的蓝调。Yoshida告诉李孜，那是用硬物刮去相纸表面的聚酯薄膜，让药水分布在画面上形成的效果。下面写着：今天第一次下霜，不想浪费掉最后一张Time Zero相纸，但我不能去城里，不能去镇上，甚至没办法走出那扇门，所以，只能这样。最后的Time Zero，纪念我的新家。

第三张带着一抹陈旧温暖的黄昏般的橙色，是一扇落地窗边一地的瓷器的碎片。下面写着：每天晚上入睡的时候，好像都能听到碎裂的声音，想到他说，要结束，就都一起结束。

接下来是一张法文报纸上的一则新闻，绝大部分都模糊不清，只有标题上“纽约”和“芭蕾”两个黑体字最醒目。下面空白的地方写着一句很短的话：我想去巴黎。

最后一张是一本台历，翻到二〇〇九年九月的那一页上，下面写着：九月，最后一包相纸过期，恐怕也是我最后的期限，我早已经准备好了，但他还没有。

Yoshida说，那几张照片上的话让他有些不好的感觉。李孜也有同感，但同时又很好奇，难道黑巫师绑架公主的故事是真的？但是，在如今这个世界上，要了无声息地囚禁一个人并不是这么容易的，而且，这包裹又是谁寄出的？如果那个寄件人就是G本人，那么现在Eli York已经死了，她也应该重获自由，尽可以去任何她想去的地方了。

李孜又去看箱子上写的发件地址，一串陌生的法国地名，只知道是在南特，地址后面跟着三个大写字母——LOU。她想起照片上那个胖女人，Lou？Louise（路易丝）的缩写？包裹可能就是这个Louise寄出的。

李孜没有带走那只纸箱，只是在手机备忘录里记下了箱子上写的发件人的名字和地址，又让Yoshida把那几张照片都扫描成数字文件发给她。回到事务所，她打开电邮信箱，让Ward看那几张照片。

—// ∧ \\—

“所有线索都指向法国。”胖子吹了声口哨，拿腔拿调地说道，“想要旅行吗？看起来我们不得不去一次了。”

一晃已是晚上十点多，李孜早已经觉得头昏脑涨，Ward劝她：“走吧，明天就算要做小丑，被人笑的那个也是我，回去吧，睡个好觉。”

虽然李孜仍旧心怀忐忑，却也很听话地跟胖子道别走了。回到家里，她又打开电脑，找出那几张照片看，突然想起那个记在手机备忘录里的地址，在Google地图上寻找，搜索结果仍旧是些极其陌生的地名，只知道那是在南特的市区。

快零点的时候，床头的电话响了，李孜接起来，是Terence。这一天忙得不可开交，她几乎把自己的事情全忘了，直到听出他声音里的僵冷，才想起来两人上一次见面刚吵了一架，搞得不欢而散，还没有和好。

“我在楼下，上来拿点东西。”Terence说。

李孜“嗯”了一声算是回答，那边电话已经挂了。

几分钟之后，Terence开门进来，看见李孜，没打招呼也没说话，自顾自地打开壁橱找他要的东西。李孜便也坐在写字台边上没动，仍旧低头看着电脑屏幕，心里很气，却又觉得有点好笑，他完全可以趁她不在家的时候过来拿东西，何苦等到她回来了再来，见了面又这样绷着不说话。

“我那件蓝色的冲锋衣在哪儿？”总算还是他先开口了。

“壁橱最上面那只写着Mount Baker（贝克雪山）的箱子里。”

李孜回答，“你要去野营？现在是一月份……”

话刚说出口，她就明白了Terence为什么突然要找那件衣服。他们是在华盛顿州的贝克山参加一个初级登山课程时认识的，她第一次看见Terence，他就穿着那件灰蓝相间的冲锋衣。

Terence把那只纸箱搬下来打开，里面装的全都是他们初次相遇时用的东西，他从箱底抽出那件衣服来，转过头来看着李孜。两个人恐怕都想起同样的事情，那个时候，他们曾经那样认真地计划要去上中级和高级的课程，然后把惠特尼山、西耶拉和圣胡安山脉挨个儿爬个遍。

李孜觉得自己有许多话要说，却又不知从何说起，最后冒出来的竟然是一句：“我明天一早要上庭。”

“我这就走。”Terence回答，在原地踟蹰了片刻，终于还是走到她身边，俯身在她额角的头发上印上一个吻，然后转身走出去，快到门边了又回头说，“普勒港海湾。”

“什么？”

“你电脑上那张照片，是普勒港的海湾，在法国，南特附近的。”

屏幕上显示的是那张油画效果的海景。“你怎么知道的？”李孜抬起头来问。

“那个蓝色的灯塔，很特别。”他回答，“大学最后一年的暑假，我一个人去欧洲旅行，曾经到过那里。那一个月我几乎没有一个晚上是睡在床上的，火车上、车站里，通宵营业的咖啡馆，很难忘的日子。”

“怎么没听你说起过？”李孜问。

Terence笑了一下，答道：“我们彼此之间不知道的事情太多了。”说完就走了。

第二天早晨，李孜头一遭进了刑事庭，也是她第一次见到本案的地区检察官，一个四十五岁左右的黑人男子，不曾开口就显得声色俱厉，很具正义感。相形之下，法官反倒和煦了许多，六十岁上下的女人，有些胖，看起来应该心肠很软。陪审团由十二人组成，三名黑人妇女，三名西裔妇女，一个菲裔男子是其中唯一的亚洲人，剩下的五个都是白人，三男两女。这些人都是Han的前任辩护律师在预审之前参与选择的，无论喜欢与否，他们也只能接受了。

Han坐在李孜身边的被告席上，穿着一身黑色西服，白衬衫，没有打领带，显得很平静。他的家人、朋友和几个芭蕾舞团的同事都坐在旁听席听审，倒是受害人那一边没有任何人出席。李孜觉得有些意外，她曾以为Ming可能会来，至少Eli York遗嘱里提到的那个姓Vernette的法国人肯定会来，受托料理丧事的总应该是很亲近的朋友吧。

法官宣布开庭之后，检察官先陈述了指控的性质和案情经过。由于缺乏有可采证据支持的辩护要点，Ward出于诉讼策略考虑，放弃了辩方的开场陈述。

之后的控方举证进行了整个上午，检察官先后提交了数十件案发现场取得的物证，包括银厦的监控录像，Han留在公寓客厅里的几处指纹，其中一个酒杯上的唾液DNA检测报告，还有Eli York留给

Guary Criton律师的遗嘱。

Ward仅仅在交叉询问当中提出，所有这些证据只能显示被告在案发前到过现场，无法直接证明他有实际的犯罪行为。但接下去的几份证物和证人证言很快就让这一观点显得苍白无力。

先是Han的心理医生到庭做证，证明Han在八月二十日离开纽约前临时预约了一次门诊，带走了一张处方。

“你总是一次开给他两周的药量吗？”检察官问。

“不是。”医生回答，“一般总是七天的量，但他说要出差两周，在那之前他已经连续服药半年左右了，突然停药可能会有些不良反应。”

“什么样的不良反应？”

“梦境怪异、幻觉、嗜睡、情绪低落等。”医生说道，“当然，跟服药过量的副作用根本不能相比。”

检察官紧接着呈上了上西城一家药房的销售记录，记录显示，八月二十日当天，Han曾用那张处方购买了两盒共两千一百毫克的文拉法辛缓释胶囊。

随后出庭的是为本案出具验尸报告的犯罪鉴识专家，他应检察官的要求陈述了尸检结果，说Eli York的死因正是过量服用含有中枢神经兴奋成分的文拉法辛，估计剂量在两千毫克左右。按其死亡时间推断，服药的时间是在九月十日凌晨一点至两点之间。

检察官适时地重提了一下监控录像里Han离开银厦的时间，一点三十五分，刚好落在这个区段里。

—// ∧ \\—

Ward并未对此提出异议，只是提出两个假设，以及随之产生的两个问题。

假设一：死者在不知情的状态下喝下混入文拉法辛的酒。但留在现场的两只酒杯属于威士忌纯饮杯，容量是三盎司，两千毫克的药物能否在短时间内不留痕迹地混入？

假设二：死者被迫服下药物。死者和被告均为成年男性，身高均为六英尺上下，体重也相当，为什么尸检时并未在死者身上发现明显伤痕？

接下去的一个证人便是Lance Osler，按检察官的要求重复了一遍他的证词：去年八月三十日，曾在巴黎和平路上一家商店里看到Han打了Eli York，并威胁要杀了他。

Ward站起来做交叉询问，装作很随便地问："Osler先生，请问你在市立芭蕾舞团的职衔是？"

"首席演员。"Osler回答。

"据我所知，案发时本案被告是首席演员，而你还只是独舞演员，你是什么时候晋升到现在这个职衔的？"

"去年十一月。"

"也就是本案被告被拘捕之后不久……"Ward话音未落，检察官又一次叫了"反对"。

Ward转向法官，解释说只是想阐明证人与被告之间存在利益冲突，却没能得到法官的支持。Lance Osler回答问题的态度起了很大的作用，很坦率，没有犹豫，也毫无愧色。

Ward只得抛出了那个问题："Osler先生，你和被告的妻子是什么关系？"

"反对"声又从检方坐席上响起来，但这一次法官示意Ward继续。

"对不起，我没办法回答这个问题。"证人席上的Lance Osler沉默了一下，没有正面回答那个问题，反而看着坐在旁听席里的Esther问，"Esther，你能不能告诉我，我们算是什么关系？"

这句话让旁听席上一片哗然，检察官在证据开示的过程中已经看到过相关的物证，所以也不意外，但肯定在那里后悔，太倚重Osler一个人的证词，没有准备得再充分一些。

Ward走回辩方坐席，拿出那几张酒店账单，一个日期一个日期地问下来：当时在哪儿？和谁在一起？做了什么？

Lance Osler一一回答，始终看着旁听席里的Esther。李孜没办法很清楚地看到Han和Esther脸上的表情，她听着那些咄咄逼人的问题，禁不住自问，那些原本隐没在岁月和琐事里的秘密一旦被这样清晰明白地说出来，当事人到底是怎么样的心境。

法官敲击法槌，叫了声"安静"，问检方还有没有其他要向法庭出示的证据，然后便宣布休庭，把Ward和那个检察官都叫进了办公室。法庭上旁听的人陆续散了，Han也被法警带走，李孜便也跟着进了候审室。

一看到李孜进去，Han就问："她怎么样？"

"谁？"

“Esther。”

李孜不知道该怎么回答，只能把之前Esther说的那些话告诉他：“她觉得是她让G离开了你，又隐瞒了那么多事，还有Lance Osler，把所有事情搞得无法挽回，你不可能原谅她了。”

“我才是无可救药的那一个。”他摇摇头，轻笑了一声，“G离开我不是因为Esther，她迟早要走的，我们根本没可能在一起。至于Esther和Lance的事情，我很早就知道了。”

李孜不知道Han为什么会说他“没可能”和G在一起，但更让她意外的是，他早就知道Esther和Lance的事情，连忙问他：“之前你怎么不说？”

“只要Esther不想说，我就不说。”Han回答。

“为什么？”李孜不能理解，那是性命攸关的事情。

Han没有正面回答这个问题，只是喃喃地说：“我们在一起许多年了……”

“但Esther觉得你从没爱过她。”

“第一次看到她的时候，我是一个几乎患上自闭症的孩子，你觉得为什么我会主动跟她讲话？”他笑起来，却仍旧没有给出一个直截了当的答案，“我不知道这算不算你说的那种爱，只知道我喜欢半夜里醒来，发现她握着我的手熟睡，喜欢看她站在镜子前面换衣服，喜欢看她做所有的事，工作上的，家里的，她没意识到自己有多坚强，虽然许多人都只当她是个被宠坏了的公主。”

“但你说过陪她去毕业舞会是为了卖掉手上的利他灵。”李孜打断他，“这是她一直介怀的事情。”

Han闭上嘴巴，过了很久才说：“Esther让我想起我母亲，那个时候，她那样不顾一切地为我奔走，我害怕也会有不好的事情在她身上发生，就像我母亲一样。我只想要把她推出我的生活，她值得拥有更好的东西。我不想做个自私的人，但我的确是。”

“那G呢？为什么你始终放不下她？”

“我和Esther一起经历了许多事，她更真实，是我的朋友，也是家人。至于G——”Han沉默了片刻，“我无法解释我对她的感觉，可能她就是我遗忘的那个理由，为什么要跳舞的理由，我的命运。”

“Esther不仅仅想做你的朋友或者家人，这对她来说远远不够。”李孜知道自己越线了，却还是忍不住要说出来。

Han沉默了很久，突然问：“她爱Lance吗？”

“她爱你。”李孜回答，“自始至终。”

法警推门进来，告诉他们，开庭了。

李孜重新走进法庭，Ward已经坐在辩方席位上了，抬起头看着她问：“会说法语吗？”

“说得不好，但听得懂。”李孜回答，“干吗问这个？”

胖子拿腔拿调地说：“我们要去巴黎了。”

等所有人都陆续落座，法官也回到位子上，宣布再延期两周审理，然后就又休庭了。

由于时间紧迫，离开法庭之后，Ward就开始安排去法国的行程，订下当天晚上九点多飞巴黎的机票。一路上，李孜都犹豫着是不是要把出差的事情告诉Terence，直到到了事务所楼下，才下决心拨通了他的电话。

“我马上要去出差。”她轻声说。

“去哪儿？什么时候走？”Terence问。

“先到南特，可能还要在巴黎待上几天，今晚的飞机。”

“要去多久？”

“大概一周。”

“你一个人？”

“不，还有一个人一起。”

“男的女的？”

“男的，但又老又胖。”

她听得出Terence在笑。Ward从她身边走过去，目不斜视地抛下一句话：“当心点，我听得到。”

李孜做了个鬼脸，赶紧跟Terence说拜拜，挂断电话，去追那个胖子。

次日上午十点，李孜和Ward到达巴黎戴高乐机场，因为刚好在飞机上过夜，并没有多少时差要倒。他们搭巴士到奥利机场转机去南特，李孜坐在靠窗的位子上看外面的街景。一月底的巴黎，连日的冰雪寒潮刚刚退去，城市的许多地方仍旧覆着一层尚未融尽的薄雪，埃菲尔铁塔因为建筑材料的关系，清除积雪不能用常规撒盐、撒沙的方法，只能用暖风机慢慢地吹着，所以仍旧是银装素裹的样子。其他赫赫有名的地方也几乎看不到什么游客，满眼萧瑟的景象。她自嘲地想，她总算也见识到巴黎了，虽然一点也不浪漫，同行的还是这么一位胖子。

又是一程飞行之后，他们到达南特，时间已过中午，两人在机场简单吃了点东西，坐上一辆出租车。司机是一个满头白发的老头儿，典型的法国人，看到说英语的客人十分头疼。李孜只得说着一口生硬的法语，找出记在手机备忘录里的那个地址给他看。司机点点头，表示他知道那个地方，这让车上的三个人都松了一口气。大约三十分钟之后，出租车停下来，司机告诉他们，就是这儿了。

李孜和Ward付钱下了车，面前是一幢颇具规模的老式建筑，像是座城堡，有些地方却又加造了些不伦不类的小房子，一座布满洛可可风格雕塑的拱门后面是一个典型的法国式花园，许多穿白衣的人进进出出，环形车道上停着几辆蓝白相间的车子，车身上印着阿斯克勒庇俄斯的蛇杖，即使不懂法语也看得出来这是一座医院。

他们从医院接待处辗转找到管理处的一个秘书，问她这里是不是有一个名字叫Lou的人。秘书被问得摸不着头脑，直到李孜拿出那张翻印的照片给她看，秘书立刻就认出来照片上的胖女人是心胸外科病房的护士Lou。

他们被带到一间会议室里坐等，二十分钟之后，一个穿着粉红色护士制服的亚裔女人出现在门口。

李孜站了起来问：“您就是Lou？”

女人三十岁出头，很矮很胖，也很随和。她点点头，又纠正李孜的发音，说：“这是个中国姓氏，我姓楼。不过没关系，大家都叫我Lou。”说完便等着他们说明来意。

“去年十月你是不是给纽约一个叫K.Yoshida的人寄过一个包裹？”李孜开门见山地问。

Lou点点头，有些茫然地看着她：“发生了什么事？你们是什么人？”

“我们是律师，正在找一个重要的证人。”李孜回答，“你认识一个叫G的女人吗？”

出乎她的意料，Lou摇摇头说：“不认识。”

“那是谁给了你那台相机？”李孜追问道。

“是这里的一个病人，她说那台相机是很难觅到的古董，托我帮她寄还给她的朋友……”Lou答道。

李孜立刻意识到G一定是在法国用了不一样的名字，而且那很可能就是她的真名，连忙问：“她叫什么？你知道她现在在哪儿吗？”

“她叫方杰雯。”Lou怔怔地看着他们，很久才开口道，“但她已经死了。”

20

除颤

过去的四年半当中，Lou每隔一段时间就能看到方杰雯，有时候是住院，有时候是回来复诊。四年半的时间足够让一个人改变许多，Lou却始终记得第一次看到她时的情形。

那天，Lou值中班，快要入夜的时候，从急诊室转来一个心搏骤停的病人。那是一个裹在白色浴巾里的年轻女子，躺在推床上，除掉浴巾，身上只穿着一条极薄的肉粉色雪纺长裙，裙子浸湿了，几乎透明，从前襟到腰线都在现场急救的时候撕开了。Lou听急诊室的人说，这姑娘是落水后被救上来的，在救护车到达之前心跳已经停止，幸好拉波勒的海滨浴场有台便携式自动体外除颤器，否则即使救过来也可能有严重的脑损伤了。Lou觉得有些奇怪，那时才刚刚四月初，气温在十摄氏度上下，海边可能更冷。谁会穿这样的衣服下海游泳？

那个女人在急诊室又发生了一次室颤，是一次五十焦的电击和一轮心肺复苏把她拉了回来。随后的电解质、心肌酶谱检查和超声波心功能测定中发现，她的室颤和心脏骤停不仅仅是落水引起的，很可能还有其他器质性的问题，所以才被送来转心外科做进一步的检查。

Lou按照医生的指示，去找送她入院的男人，希望能知道她的病史。那个男人就站在急诊室外面，也是浑身湿透，长时间地保持那个姿势，像陷入绝境的动物一样喘着气。Lou把需要填写的表格交给他，他什么也没说，伸手接过去。直到这时，Lou才发现他的右手从下臂到手背有一条很长的伤口，小指以不自然的方式向外弯折。

“你的手可能骨折了。”Lou叫起来。

但他只是低头看了看，说是在海边的礁石上碰伤的。

Lou很快叫了一个医生过来看他的手，带他去照X光，固定断骨，处理伤口，趁他缝针的时候，又帮他填了那些表格。他告诉Lou，那个女人叫方杰雯，上周刚满二十一岁，是个模特，事发当时正在拉波勒海滨一家酒店里拍广告。日落之前，她站在一块礁石上拍最后一组镜头，突然摔倒掉进海里。

说到这里，他突然停下来，抬头看着Lou，低声说：“她告诉过我她不舒服，但我还是要她去……”

“这种事谁都预见不了，至少她现在没事了。”Lou打断他安慰道，半秒钟的停顿之后又加上一句，“暂时。”

他点点头，沉默了片刻又说：“但她在我手里死过一次了，我感觉得到。”

Lou是知道那种感觉的，心跳和呼吸停止，身体的关节像是破碎的提线木偶，有那么一瞬，濒死的人脸上会出现一种特别的表情，安宁的、解脱的表情。有时候她甚至怀疑，把他们拉回来，是不是真的对他们最好，不过她是宣过誓要救死扶伤的人，没有理由也没有权利这样想。她努力不让自己去钻那个牛角尖，把填好的表格交给他看，他接过笔，用左手签上自己的名字，Eli York。

后来发生的事情足以证明Lou加上那句“暂时”是对的。当天晚上，那个女人，或者如她入院表格上填写的名字——方杰雯，心室壁破裂被送进了手术室。

直到Lou下班时，手术仍在进行。她在手术室门外又一次看到Eli York，他独自一个人坐在地上，几乎泣不成声。

那个凌晨，Lou带着对生命的眷爱以及有关死亡的思索离开医院，开车回家。她赶不走脑子里那个女人的形象，也忘不了Eli York哭泣的样子。南特不是一个很时髦的城市，她也不是一个时髦的人，整日不是在医院工作就是窝在家里，不记得曾遇见过和他们相似的人，美丽、消瘦、高高在上。潜意识里，她一直以为这样的人都不会有悲伤，犹如真人尺寸的塑胶玩偶一样完美而不真实，但现实显然不是这样的。

第二天中午上班之前，Lou去打听方杰雯的情况。手术室的护士告诉她，那个病人出奇地幸运，手术很成功。一般情况下，要修复破裂的室壁需要病人本身有一颗强韧的心脏，但方杰雯的心脏像纸一样脆弱，满是受损的心肌形成的疤痕组织，所有人都以为她不行，但她却活过来了。

Lou很高兴，既为方杰雯，也为Eli York。经过重症监护室，Lou隔着玻璃门朝里面看了一眼，正是探视时间，方杰雯躺在仪器中间蓝色的病床上，Eli York坐在床边的沙发上看着她。Lou不知道方杰雯是不是已经醒了，却禁不住想象这经历过生死之后的两个人会说些什么话。

两天之后，轮到Lou值早班，跟夜班护士交接的时候，又看到方杰雯的名字，已经从重症监护室转到了普通病房。Lou去她的病房查看护理记录，她已经醒了，正靠在枕头上看着窗外。

Lou跟她道早安，她转过头来笑了笑，左边脸上有个可爱的笑靥，几乎看不出是个病人。

"你进医院的那天，我就在急诊室。"Lou对她说，"你很幸运。"

"因为我还活着？"她用一种嘲弄的语气反问。

"不光因为活着。"Lou被这个问题弄得有些尴尬，磕磕巴巴地回答，"还因为，你男朋友很爱你。他是你的男朋友吗？"

"你说Eli？"她若无其事地摇摇头，"他只是我的经纪人。"

"不管怎么说，他很关心你。"Lou忍不住多嘴了一句，告诉她Eli York曾在手术室外那样为她哭泣。

出乎Lou的意料，方杰雯只是笑了一声，说想不到他那样一个人竟然也会哭。

Lou不喜欢她说话的方式，觉得这小姑娘有些忘恩负义，提醒她："从上个礼拜到现在，他始终都在医院陪着你。"

方杰雯却笑着回答："我买了最高额度的医疗保险，还存了一笔钱，虽说不多，但到死也够用了。如果你看到Eli，请转告他，我其实并不需要有人陪着，也不要钱或者其他什么帮助。"

Lou为她的冷漠气恼，但还是对自己说，我不知道他们之间发生过什么，没办法评判孰对孰错，没再多说什么，做完自己的事情就走了。

几个小时之后，主任医生来查房，因为方杰雯几乎不会说法语，Lou又是心胸外科唯一一个会讲汉语的人，很自然地被叫去做翻译。她听医生说起方杰雯的病情——先天性的室间缺损，小时候应该做过一次修补手术，可能因为手术是在两周岁之后做的，效果并不理想，术后肺血管阻塞性病变仍在进行。看病人现在的状况，应该很长一段时间之前就有症状了。

Lou把这些一一解释给方杰雯听，又按照医生的指示，问她能不能提供小时候的手术记录。

方杰雯很泰然地摇摇头，说不能，只知道是四五岁时做的手术，后来一切正常，直到十七岁。

医生听到Lou的翻译，叫起来："十七岁？！为什么那个时候不就医？"

这句话不用Lou翻译，方杰雯自己就听懂了，却什么都没说。

医生离开之后，Lou留下来填写护理记录。

—//∧\\—

方杰雯半躺在床上，突然开口说："因为那个时候我就准备好了。"

"什么？"Lou不明白她的意思，抬起头看着她问。

"十七岁的时候，我就准备好了。"她很平静地重复了一遍。

这个回答让Lou觉得既难过又气恼，紧闭着嘴巴检查了一遍她身边的那些监测仪器，然后反问："你以为自己很勇敢？"

"不，我一点也不勇敢。"她回答，"我只是尽量不去想，能够少想一次就少想一次。"

"至少为你的父母想想。"Lou停下手里的工作，希望能说服她，"知道你这样放弃自己，他们会是什么感受？"

她笑着摇摇头："他们只当我在哪个地方过着夜夜笙歌的堕落生活，没必要知道更多。"

"你没做过母亲，所以你会这么觉得。"Lou教训她，"没有哪个为人父母的会当真这样想。"

"我知道他们不会这样想，如果他们知道，一定不会放弃我。"她突然变得有些严肃，"但养大一个先天有病的孩子，辛苦恐怕比快乐要多得多。二十年以前，他们付出的就已经太多了，离了婚，丢了工作，几乎破产。现在他们各自另有家庭，有孩子，我不想让他们再经历一遍，我不能那样做。"

这些话是Lou没想到的，她低头看着手里的护理记录，却一个字都没看进去。

"你看起来像是极其幸运的人。"方杰雯继续说着，语气一如既往地冷静，“这样的人总是不知道生病是怎么回事，不是那种来得快去得也快的感冒或是骨折，而是来了又去，周而复始的病。”

“我做护士有六年了，我知道生病是怎么回事。”Lou反驳道，却第一次意识到面前这个纤瘦美丽的女人也羡慕她。

方杰雯还是那样轻轻地说下去：“我很小的时候就总是生病，感冒、肺炎，反反复复，看过许多医生，最后他们说是因为心脏不好。你知道那种滋味吗？生活中没有其他任何东西，只有医院、医生、药和手术，父母去借债，争吵，最后离婚。可能我还算是幸运的，终于还是做了手术，医生告诉我，你彻底好了。七岁到十七岁，我学了十年芭蕾。十年，我做梦有一天可以变成奥杰塔、克拉拉，或者吉赛尔……”她突然停下苦笑，“我倒是真的成了吉赛尔，你知道吉赛尔吗？”

Lou点点头，说她知道。

“十七岁，我从舞蹈学校毕业，去考芭蕾舞团。体检的时候，内科医生把我单独留下来，要我尽快去心胸科做一个检查。我一个人回家，没告诉任何人，我经不起再来一次了，看一个又一个医生，医院、手术、药，如果只有我一个人，我宁愿不去管它，跳舞到死，可惜我不是，我只对他们说我不跳了，对他们说我只想快些挣钱，想穿最漂亮的衣服，戴最名贵的珠宝。我离开家的时候，我妈妈用拖鞋扇了我一个耳光。直到现在，他们都不知道我在哪里，在干什么，恐怕也不想知道。”

“那个检查，你后来去做了吗？”Lou看着她问。

“没有，我不想知道结果。”她摇摇头回答，伸手抹掉一点眼泪，“有段时间，一切都那么好，我开始做梦，以为只要不去想就不会发生，或许还能有十年或者五年去做我想做的事，爱我想爱的人。”

说完那些话，她转过头看着窗外，不让人看到她在哭。Lou放下手里的本子，走到她身边，伸出一只手放在她肩膀上。她挣扎了一下，发出一声自嘲的笑，拼命想要恢复之前那种漠然的态度，结果却是更加不受控制地哭起来。她放弃了，靠在Lou肩上抽泣，低声说着：“其实我是不敢去，我害怕，而且拖得越久，就越是害怕……”

Lou拍着她的后背，直到她渐渐平静，喃喃地对她说：“你知道那不是真的，你爸妈肯定一直都想着你，你应该让他们知道。”

她沉默了很久才回答：“我知道他们会想我，但现在这样对他们来说更好。”

Lou心里很清楚，至少在那个时刻，她们都不可能说服对方，自己能做的可能只有抱着她，好让她畅快地哭一场。

21

普勒港

会议室有一扇很宽的窗，可以看到外面的景色。时间正是傍晚，有那么一会儿，天边乌云密布，最后又了无声息地散了，短短几分钟的霞光，美得叫人窒息，但很快天就黑了。

“杰雯的病反复了很久，有时候好一些，有时候又很糟。”Lou继续说道，“前年初夏，她出现了一次严重的并发症，之后就再也没有好转，一直拖到去年八月底。”

“你们没有想办法联系过她的家人？”李孜问。

Lou可能听出了她话里责怪的意味，却还是很平静地回答：“Eli就是她的家人，两年前，他们Pacsé了。”

李孜不明白Pacsé的意思，直到Lou说出那个全称：Pacte Civil de Solidarité，并解释说那是法国一种高于恋人关系，又次于婚姻的民事状态，可以在两个同性或异性的未婚成年人之间缔结，两人共同生活，享有部分婚姻关系的权利，同时承担部分义务。

“在美国没有相对等的民事状态，所以，我们都不知道。”Ward感叹道。这种民事状态不被美国政府承认，也不能作为非美国公民申请签证的依据，所以Eli York在纽约的所有资料，仍是单身。

“他们本来住在巴黎，来南特只是为了拍那个广告。”Lou接着说下去，“杰雯生病之后，他们在这里安顿下来，后来又在普勒港的海滨买了一座小房子，一直住在那里，直到去年她去世。”

普勒港，李孜想起Terence也曾跟她提到过这个地名，就是方杰雯寄来的照片上那片冬季的海滩。她不甘心线索就这样断了，又问Lou：“你去过那个地方吗？能告诉我们那里的地址吗？”

“杰雯出院在家养病的时候，我几乎每个礼拜都去那里看她。”Lou点点头，回答，“要是你们想去，我可以带你们去，我一直就想再到那里去一次。明天我还是值早班，下午四点钟，怎么样？”

李孜不知道在那里能发现什么，Lou告诉她的事情和他们之前想的完全不一样，没有软禁，没有绑架，Eli表现得更像是一个痴心的情人，而G也已经死了。她接受了Lou的邀请，希望在普勒港能有意外的收获。

离开医院，天已经快黑了，李孜和Ward在医院附近吃了晚餐，找了一家旅馆住下。

一直到深夜，李孜还是不能入睡，想到纽约这时还只是晚上六七点的样子，肚子倒又饿起来了。她打电话到Ward的房间，发现那胖子跟她一样又饿又清醒，两人便一起离开旅馆去找地方吃夜宵。

等走到街上才发觉南特不比曼哈顿，而且又不是旅游季节，午夜之后已经没有几家店在营业了。两人一直走到王朝广场和克雷毕荣街之间才看到一家设有酒吧的饭店里还坐着零星的客人，女招待帮他们找来两份晚餐卖剩下的可丽饼，两杯不列塔尼红酒佐餐。

Ward一边吃一边问李孜："你在哪里学的法语？"

李孜告诉他，自己念大学的时候曾经很下过些苦功去学，但就像Ward说的，她不是个喜欢说话的人，所以口语一直很烂。

"怎么想到去学这个？你看起来可不像那种赶时髦的人。"

"因为厌烦了美国话。"李孜揶揄道，"我不像你们美国人当这世界上只有一种值得说的语言。"

"我会说西班牙语。"Ward狡辩道。

"西班牙语也是美国话的一种。"李孜回了一句。

Ward笑起来，反问："你不也是美国人？"

李孜自嘲地笑着摇头，想起自己当年宣誓入籍的时候，连手都没举，唱国歌也是混过去的，就在那之后不久，她开始学法语。

"那为什么偏偏是法语？"胖子不放过她。

她不想说，犹豫了很久才告诉他："我父亲法语说得很好，他曾是国际粮农组织的口译员，在西非待过很长时间，那些挨饿的国家很多都是说法语的。"

"你很崇拜他？"

"对，他是个了不起的人。"李孜回答，"但不是个好丈夫，

—// 八 \\—

也不是个尽责的父亲。”

有那么一会儿工夫，两个人都没说话，隔着玻璃看着店堂外面漆黑清冷的街头。

最后还是李孜打破沉默，说小时候曾经跟着爸爸在摩洛哥的马拉喀什住过一个暑假，回来之后就变得很黑，爸爸说是晒的，妈妈却总是埋怨说是她爸没给她洗干净。她说完就大笑起来，好像许多年都没这么开怀地笑过了。

Ward也跟着笑，说很想看看她从非洲回来时的样子，又感叹道：“每个人都有一段故事，不是吗？”

李孜点点头：“就像Han、G或者Esther，任何人都不会无缘无故地变成现在的样子，都是因为小时候经历过的事情。”

“这话弗洛伊德一百年前就说过了。”Ward笑道，“但你总算长成了个不错的人，一个很好的律师，正直、固执——”他有意无意地停顿了一下，“诚实。”

“很高兴听见你这样讲。”李孜对他举了举杯子，抿了一小口酒。

“但你究竟为什么要辞职？”Ward问。

“为了一个男人。”李孜用一种玩笑般的口气回答，“他原本在华尔街一家投资银行做事，二〇〇八年秋天，大萧条开始的时候，他失了业，又回学校读了一年多的书，现在他在洛杉矶找到一份工作，只要我愿意跟他去，他就会跟我结婚。”

Ward瞠目结舌地听她说完，突然笑起来：“我原以为你是厌烦了那些收购兼并的工作，想用这个案子吊吊你的胃口，没想到……”

“没想到，我只是要结婚。”李孜打断他，顺着他的意思说下去，朝他笑了一下，把杯子里的酒喝干了。

离开酒吧，李孜为自己无心说出的话伤感了许久，想起父亲，也想到Terence。她不知道自己和Terence之间是否真的像她随口说的那样——她没在他失业的时候离开他，又愿意放弃自己的工作跟他去西海岸安家。所以，作为报偿，他说愿意娶她。

回到旅馆房间，她关了灯躺在床上，一闭上眼睛，眼前就出现那幅久违的画面——贝克山上的湖泊呈现出醉人的湛蓝，绿草和野花在风中摇曳，抬头就能看见柔淡的云后面静静的雪峰。这许多年过去，那片山水一定还是那个样子，李孜也把它原封不动地藏在心里，却极少想起来。

但在这个凌晨，在陌生的南特，她却又想起了那次短短四天的旅途。她和法学院的同学开车沿着542号公路一路往东，到达那个叫作格拉西尔的小镇，镇上有一个森林管理处，里面有一座贝克山的立体模型，她曾看着那个模型信誓旦旦地说要登顶。Terence和他的朋友也正好在那里打听进山的路况，听到她说的话，不屑地看了看她。李孜觉得他很讨厌，回了一个白眼。那个时候，他们俩恐怕都没想到很快又会在登山课上遇到，更想不到后来发生的事情。

在那里的最后一晚，他们两帮人一起去格拉西尔镇上的小酒馆喝酒。正好有一支爵士乐队在表演，Terence有些醉了，上台唱了一首*Fly me to the moon*（《带我去月球》）。他站在台上，微笑着望着李孜，一个字一个字地唱出最后两句歌词：In other words, please be true. In other words, I love you...（换句话说，要坦诚，就是说，我爱你……）

一曲终了，李孜没有理会周围那些起哄的声音，朝他走过去，看着他的眼睛，好像就要看到他心里，让他情不自禁地说："我们走吧，什么都不管，走吧。"

回想当时，李孜觉得他们之间可能真的不只是忠诚、付出以及报偿的关系，只是时间久了就渐渐忘了。

她从床上起来，摸着黑打开电脑，给Terence发了一封信，其中只有一张马拉喀什杰马埃勒弗纳广场的照片，还有一句话：我们走吧，什么都不管，走吧。

信发出去，她才终于安心入睡，梦里满眼都是那座北非古城红色的旧城墙，身穿白袍的当地居民和赤裸身体的舞蛇人，一切都那样真实，仿佛深吸一口气就能闻到烤羊肉和烙面饼的浓烈气味。

第二天下午，李孜和Ward如约去医院找Lou。

Lou开着一辆暗红色的小标致把他们带到了普勒港。那是距离南特市区四十多公里的一个小镇，清静整洁，街道狭窄，路两边都是蓝灰色调的老建筑，高地上建着一座小小的不起眼的礼拜堂，让那里有了一种中世纪的味道。

此时天气已经不如早上阳光明媚，很快就飘起一点小雨。车子沿着海岸行进，和拉波勒细洁的橙色沙滩不同，这里满眼皆是未经开发的礁石和海湾，以及神秘的岩洞，显得有些危险、有些荒凉。

“这地方也是La Côte d’Amour（爱情海岸线）的一部分，别看现在这个样子，到了夏天还是很漂亮的。”Lou一边开车一边说道，“杰雯很喜欢这里，所以他们就留下了。”

几分钟之后，车子转入一个伸向海面的峡角，在一座孤零零的小房子前停下。

Lou熄灭引擎，对他们说：“就是这儿了。”

面前是一座尖屋顶的英式别墅，朴素的石质墙面上残留着叶子落尽之后红葛的枯藤。房子一面对着一个海湾，靠近公路的一侧用一米高的石头矮墙围起一个小花园，因为是冬天，看不到花也没有绿色。院子门口插着一块牌子，上面写着“A Vendre”（待售）、一串电话号码和房产经纪的名字。

三个人下了车，绕着那座房子转了一圈，只能透过大门边上一扇狭长的落地窗隐约看到玄关里放着几件光秃秃的家具，除此之外什么都没有。Lou帮他们打电话找那个房产经纪，说想要进去看一看。这时天已经快黑了，但幸好普勒港是个很小的地方，那个人还是答应很快就过来。

三个人站在砾石砌就的防波堤边上，看着细而轻盈的雨幕下面沉静的海面，等那个房产经纪出现。

Lou突然对李孜说：“现在总该告诉我，发生什么事了吧？”

李孜这才想起来，他们还没把案子原原本本地告诉Lou，她觉得奇怪，Lou居然也没问，一直到现在。想到Lou是Eli的旧识，也不知道他们有多深的交情，她考虑了很久应该怎么把这件事说出来，最后选了最简略的方式："去年九月，Eli York回到纽约的第一天就死在自己的公寓里了，警察认为是谋杀，方杰雯从前的一个朋友受到了指控。"

Lou静静地听着，一点都不吃惊，转过头来看着李孜，对她说："这个结局，我早就想到了。"

—// ∧ \\—

22

墓志铭

Lou是个很矮很胖的人，她小时候有段时间曾经为此自卑过，但现在已经能大大方方地拿自己的身高体重打趣了。许多病人都听到过她当笑话讲的一段话："我弟弟一米八二，只有六十五公斤重，我很久都想不通，为什么吃一样东西，我长成这样，而他却那么高那么瘦。后来我总算明白了，我们从福建搬来法国的时候，我已经十六岁了，他只有十岁，那些取代豆浆豆腐乳的牛奶起司花生酱在我身上变成了脂肪，在他身上却长成了骨头。"

这番话，Lou对方杰雯也讲过，她觉着这姑娘很可怜，这样年轻漂亮，却就要死了。她以为杰雯会害怕，总想说些什么让她高兴起来。结果却发现这个年轻的、漂亮的、快要死了的姑娘比她看得还要开，反过来安慰Lou，半开玩笑地说Lou算是她看到过的两百斤的人里面比较显瘦的，还总喜欢用一台很大的经典款宝丽来相机给Lou

照相。

在南特养了一段时间的病之后，杰雯反而变得圆润了不少，浑身上下透着一种少有的稍纵即逝的娇艳，不再像个模特，更像个真真切切的女人了。而Eli总是穿着洗过没有熨平的牛津纺衬衣、牛仔裤和威尔森网球鞋，和他第一次到医院来的时候判若两人。就Lou所知，他停掉了手上所有的工作，在医院附近租了一间公寓，只为照顾杰雯，甚至还去上了急救课，并且在他们住的地方备了一台傻瓜式自动体外除颤器。Lou不知道是什么让他这样坚持，而杰雯也再没说过要赶他走的话。

每次杰雯身体好一些，Eli便会带她出去，去不了很远的地方，却也已经把卢瓦河谷地区值得一去的地方都走遍了——他们去达昂布瓦斯看达·芬奇的墓地，香堡，雪瓦尼城堡，圣皮埃尔和圣保罗大教堂；在布列塔尼公爵城堡搭乘敞篷四轮马车，去小荷兰市场或是维阿尔木广场上的跳蚤市场买东西；傍晚时分，夕阳渐渐将河流染成红色，坐在卢瓦河河岸的露天咖啡馆，看着满载各种热带原木的巨大货轮在眼前来来往往。

每周一到两次，Eli送杰雯来医院复诊，偶尔碰到Lou就会跟她说起路上发生的事。都是些极小的事情，比如杰雯在乔治斯·戈蒂埃甜品店看着各种各样的蛋白杏仁饼和水果香糖流连忘返，最后又买了一大板巧克力。接待他们的店员是个白发的老头儿，跟她说笑："千万别一下子都吃了哦。"那语气就好像她还是个十岁出头的小孩子。

—// \\ —

而她也就像个小孩子似的笑着回答："知道了，但我们是两个人啊。"

或是在埃尔德勒河的游船上，相邻的位子上坐着一伙游学的美国人，全都长得白而圆润，仗着讲的是外国话，一路上聒噪个不休不歇，斜睨着他们说道："那个女孩子真美，那家伙真走运。"

Lou有时候也会提醒Eli，杰雯身体不好，不能太辛苦了。

他说他知道，又带着些自嘲的笑告诉Lou："我答应过带她去遥远的地方，去看所有她未曾见过的东西，结果却只能带她在周围逛逛。"

两人去得最多的就是普勒港的港口，从南特开车到那里也不过就是一个钟头的车程。杰雯很喜欢那个地方，说小镇最南面的一个海湾跟她在美国时去过的一个地方很像。

二〇〇七年的秋天，一场突如其来的大雨让他们在那里待了整个下午。Eli的旅行车停在一片无人的海滩上，窗外是似乎永远都不会停歇的雨幕。他让杰雯靠在他身上睡一会儿，她便很听话地枕着他的胸膛，没有睡，也不讲话，他伸手环抱住她，很久都没变过姿势。一周之后，他们回到医院复诊，杰雯很随便地告诉Lou，他们Pacsé了。Lou跳起来，抱住她说恭喜。但她仍旧是淡淡的，Eli也看不出特别高兴。

他们很快就在那个海湾附近买了一座小房子。一时间，那栋两层楼的建筑以及门前的小花园成了杰雯生活的中心。只要身体稍好一些，她就停不下来，做了许多事情。到了第二年春天，那里已经全然是一副小家庭的样子，起居室里摆着她到处搜罗来的瓷器和小人偶，院子里满是长疯了的迷迭香、玛格丽特玫瑰、半边莲、金钱草、含苞待放的茉莉和各色的月季。

Lou时常带着五岁大的女儿Cécile（塞茜尔）过去玩，杰雯跟Cécile混得很好，她们在一起的时候就好像两个年纪差不多的小姑娘，在颜色鲜艳的塑料小盒里盛上泥土，埋下各种不知名的种子，然后一脸期待地等待破土而出的新芽。

也就是那一年的五月，杰雯发现自己怀孕了，但那个意外而来的幼弱的生命只在她身体里存在了不到七个礼拜，妊娠反应和堕胎带来的并发症差一点要了她的命，她在手术台和重症监护室里待了一天一夜。

手术之后的那天夜里，Lou看到Eli站在医院楼下的空地上，点燃一支烟，而后任由它在指间慢慢地燃尽。她清楚地记得那一天是星期六，为期一周的微笑节即将结束，许多人聚集在离医院不远的广场上庆祝，欢乐的音乐声和不断升腾起的焰火让他看起来愈加孤单冰冷。

Lou想起杰雯第一次到医院来的时候，他在手术室门外泣不成声的样子，杰雯曾那样冷酷地嘲笑他：他这样一个男人竟然也会哭。但现在，他只是沉默地站在那里，而杰雯从麻醉中醒来，却会说，她也曾幻想过，留着那个孩子。

这句话让Lou不禁联想到自己的女儿，想起Cécile也曾是个七个礼拜的胚胎，那个时候，自己是那么快乐，无论碰到什么不顺心的事，只要想到就快做母亲了，一切都变美好了。

“你的身体状况，生孩子不太可能。”Lou对她说。

“我知道。”杰雯回答，“我早已经准备好了，但他还没有，如果能有个孩子……要是男孩儿就能跟他一起打球，女孩子可以站在他脚上跳舞……”

她没再说下去，反正也是不可能的事情了。Lou突然有种不好的感觉，杰雯说的“准备”，不是堕胎，而是死。

“算了，反正他也不是适合做父亲的人。”杰雯用这样一句话结束了那个话题。

“没人生来就能做父母。”Lou提醒她，说出来才意识到自己又讲了一句完全没意义的话，杰雯是没有选择的。

那次手术之后，杰雯在医院住了将近一个月。等她出院回家了，Lou又像从前一样去普勒港看她。但那个曾经欢乐的小院子却终究不是从前的样子了，杰雯的身体一直没能复原，Eli也顾不上侍弄那些花草，秋意渐浓，然后冬天来了，院子里的植物也就逐渐荒芜。

杰雯断断续续地告诉Lou，在她住院的那段日子里，Eli几乎毁掉了所有她收藏的小瓷偶。每天她入睡之前，好像都能听到那些瓷器碎裂的声音，听到他在她耳边喃喃地说：“要结束，就都结束。”

到了二〇〇九年的春天，杰雯的身体每况愈下，肺动脉高压发展到了不可逆转的地步，她已经不可能再接受手术了。Lou知道她就要死了，Eli和杰雯自己也都很清楚。但大多数时候，他们对死这件事都表现得很漠然，特别是杰雯，她看起来并不害怕，甚至可以说在等着那一天到来。她总是在谈论那些身后事，用一种开玩笑似的方式，却又好像是认真的。

南特的夏天来得很迟，七月的一天，Lou又去普勒港探望杰雯。吃过晚饭，她和杰雯坐在二楼的露台边看一部讲地震的电影，Eli在一旁看报纸。

“不要把我埋在土里，我有幽闭恐惧症。”杰雯突然笑着对Eli说，好像只是在讨论电影里的事，“如果可以，请务必把我烧成灰，装进糖罐，放在厨房的窗口或者起居室的视听架上，要么干脆一把撒了，如果你害怕鬼魂的话。”

“我不怕鬼魂。”Eli回答，仍旧靠在沙发上看法国《世界报》。他藏在报纸后面，Lou看不到他的表情，只看得到文艺版上半个版面的芭蕾舞剧演出广告——乔治·巴兰钦的《珠宝》。

片刻之后，Eli随口念出报纸上的一句话：“他不要剧烈的快乐，取而代之亦没有深刻的绝望，这是他处世的哲学，也是他幸福的源泉。”开玩笑似的拜托Lou把这句话刻在他的墓碑上，说完就放下报纸默不作声地到楼下去了。

杰雯看着他的背影，一直到电影结束，都没有再讲话。Lou突然起了一个疯狂的念头，但她很快就说服自己，这年头已经没有此类殉情的事情了。

就在几天之后，杰雯出现了心衰的症状，又被送进医院。那天Lou值夜班，一直到晚上上班的时候，才从同事那里听说这个消息。她觉得有点奇怪，Eli为什么没有打电话告诉她一声？之前杰雯进医院她都是第一时间知道的。

Lou去病房看杰雯，Eli也在，两人似乎正在争论什么，看到她来就闭嘴不说了。Lou找了个机会把Eli叫到外面，警告他："你不能这样对她，她现在情况很不好。"

"我知道她情况不好，所有人都知道，恐怕只有她自己不知道！"Eli大声回答，"她要去巴黎，你觉得她能去吗？要么你去说服她！"

"巴黎？为什么？"

"去看芭蕾。"他笑了一声，听起来有些凄然，"我没办法说服她，为她我什么都能做，只有这么一件事情，我没办法改变。"

Lou不知道其中的隐情，也觉得自己不合适过问太多，只能要Eli暂时先答应杰雯的要求。Eli听了Lou的话，订了两张巴黎歌剧院的戏票，日期是八月二十九号，对杰雯说，如果到时候她身体好一些了就可以去。虽然他们都知道这是不太可能发生的事情，但也都抱着一线希望。

那之后的几个礼拜，Lou每天都去病房看杰雯一眼，她跟Eli总算不赌气了，但两人之间总好像有些不同于往常的气氛。Lou为此很着急，她知道杰雯的身体越来越不好，几乎不能平躺着睡觉，离别的时刻也许不远了，她不愿意看到他们两个人带着这样的情绪说再见。

Lou试图跟杰雯谈谈，虽然她自己也并不很懂这些感情的事情。她问杰雯：为什么要跟Eli赌气？为什么非要去巴黎？

杰雯没有回答她的问题，反倒是对她说了许多毫无头绪的话，说很久以前就曾无数次地想象生命结束之前的感觉，有好几次，以为自己已经离终点很近了，结果却又不是。直到有一次，她遇到一个人，因为他，她开始徒劳地幻想，或许命运会网开一面，或许她可以有五年甚至十年的时间和他在一起，然后又是一次失望。她离开他，虽然很艰难，却也很值得。四年前，她在米兰，坐在观众席的角落里看他跳舞的时候，觉得任何事情都是值得的，戏演了两个小时，她就哭了两个小时，旁边的人都以为她疯了。她回到法国，带着一种此生无憾的感觉，站在拉波勒海滨的礁石上，终于被推到了极限。那一次之后，她发现死原来是这样平静简单，相反，活着要更艰难一些。而在她往生之后，仍旧会有一个人替她继续跳舞，五年，十年，甚至更久。

这番话让Lou觉得她真的已经准备好了，但很快她又对Lou说，她其实还是怕的。

她对Lou说起最近反复出现的梦境，在梦里她已经死了，浑身冰冷僵硬，先经历冰，然后是火，无以复加的疼痛，却动弹不得，也喊不出声音。最后，灰烬被一双陌生人的手捧起来，放进一个小小的墓穴，一块打磨过的花岗岩一点一点填满出口，炽白的光线逐渐变窄，她对着那一线亮光大喊：不要留下我一个人！不要把我留在黑暗里！却再也没有人能听见。每一次做这样的梦，她都浑身颤抖地在Eli的怀抱里惊醒，听到他在耳边喃喃地说：你不是一个人，不会一个人。

到了八月二十三日凌晨，杰雯又出现一次室颤，急救之后被送进了重症监护室。那天Lou正好休假，从家里赶过来，一直陪着她。

那天下午，杰雯睁开眼睛，看到Eli坐在病床边一张扶手椅上，对他说：“你能回家替我拿些东西吗？”

“你要什么？”他回答，语气一如往常的平静。

“我的枕头，我抱着睡觉的那一个。”

他点点头，看了一眼Lou，就走了。

Eli走了之后，杰雯又侧过头睡了一会儿，再一次醒来的时候，她问Lou：“他还没回来？”

“他走了有半个小时左右了。”Lou轻声道，“不会很久的。”

“能不能替我带句话？”

“当然。”

“告诉他……”她停下来，似乎想了很久，笑了笑说，“其实我根本没想好要讲些什么。”

Lou觉得一阵酸楚，但还是装作不在乎的样子，开玩笑似的说：“如果是什么道别的话，你最好还是等他回来，自己告诉他，我这人太粗鲁，说不了抒情的话。”

“我恐怕到时候太累了。”

“这只是药物反应。”Lou打断她，“都会过去的，到时候你就会知道自己有多傻。”

杰雯闭上眼睛，赌气似的说：“反正不说也罢。”

这句话也让Lou有些气恼，对她说：“告诉他你的感觉，否则，你一定会后悔的，不管你会不会死。”

杰雯又睁开眼睛，若有所思地笑了笑，回答："这话我好像对别人也说过，现在才发觉放到自己身上很难做到。"

Lou看着她沉默了很久，终于开口问她："你对Eli说过，你爱他吗？"

杰雯摇摇头，说没有。

"那实际上呢？你爱他吗？"

"我不知道，但他的确给了我许多值得回忆的东西。"杰雯回答，很快又笑着说，那可能只是斯德哥尔摩综合征，这种病许多跟他相处久了的女人都会得。

23

巴 黎

天黑了，雨越来越大，他们不得不躲进车里。李孜已经冻得瑟瑟发抖，Lou发动车子，打开空调，热风袭来，车窗上很快结起一层水汽，再加上落在玻璃上的雨滴，根本看不到外面了。

“说完那些话之后不久，杰雯出现了呼吸衰竭。”Lou继续说下去，“急救之后，我们给她上了呼吸机，她的生命体征平稳，但医生认为她不会醒过来，也不可能再恢复自主呼吸了。Eli回到医院的时候，她已经失去了意识，完全依靠那些设备维持生命。”

“他怎么样？”李孜问。

“他没办法接受，虽然几个月之前他就知道她要死了，而且一直表现得那么冷静。”Lou回答，“他不同意撤除维持她生命的设备，求医生再想想办法，然后又说要去别的医院找更好的医生来会诊，给她动手术，无论如何让她再醒过来。我对他说太晚了，放弃吧，杰雯随时有可能走，要他留在她身边。他很久才平静下来，在她身边坐了整个晚上，一直在跟她讲话。第二天早晨，他走出那间病房，同意我们关掉呼吸机，杰雯就这样死了。”

李孜默默地听Lou说完，突然想起她之前说的话，又问：“为什么你说早就想到过这样的结果？”

“我不知道，我就是预感到会这样。”Lou摇摇头，“杰雯死后，Eli火化了她的尸体，但没有举行葬礼。他来跟我告别，说要带她回纽约，不会再回来了。医院里这样生离死别的事情很多，但他表现得那么冷静，反而让我有些不好的预感。”

“你预感到了什么？”李孜追问。

Lou还没来得及回答，就有人敲了敲车窗打断了他们，那个地产经纪到了。这是一个花白头发的男人，穿着一身渔夫似的连身衣裤，咕哝着对他们说了声抱歉，今天他原本是休息的，接到电话的时候，正在港口修他的船。

李孜一行三人从车上下来，经纪从口袋里拿出钥匙，开门引他们进去。房子里很冷很暗，打开灯，也没有多少人气。里面还保留着原来的家具，东西不多，以美国人的眼光来看全都纤小而家常，跟Clef或者银厦那种浮华的后现代风格更是截然不同。李孜一个一个房间看过来，又顺着狭窄的柚木楼梯爬上二楼，上面有一个开放式的书房和两间紧挨着的卧室，一间灰一间白。她试图想象方杰雯和Eli York在这里度过的日子，却发现很难。Han和G的故事先入为主地占据了她脑子里主管想象的部分，她曾以为Eli York是个恶棍，结果却发现，在南特，他只是个痛失爱人的普通人。

房产经纪开始侃起他的生意经，说这房子的位置是全镇最好的，出行方便又很僻静，两年前刚刚装修过，家具几乎都是新的，成交之后马上就可以入住。

Ward打断他，问："之前住在这里的是什么人？"

"就是业主自己。"经纪回答，"一对年轻夫妇。"

"你知道他们为什么要出手吗？"

"他们跟你们一样也是外国人，说是要离开法国了，具体为了什么，我就不知道了。"

"业主什么时候委托你出售的？"Ward继续问。

"我说，你们不是想买房子的吧。"经纪的热情退了，有些警惕地打量着他们，"已经快七点了，如果你们不想要，我就回去吃晚饭了。"

"你猜得没错，我们的确不想买房子。"Ward回答，"我们来是想了解一些事。这房子的业主，名叫Eli York，去年九月，他死在纽约了。"

经纪露出难以置信的表情，过了一会儿才半带怀疑地说："不要告诉我你们是警察……"

Ward不置可否，很严肃地看着他，反而让人觉得那是真的。

经纪沉吟了片刻，清了清嗓子，回忆道："当初他们就是从我手上买的这栋房子。去年七月份，Eli又来找我，说可能要卖掉这房子，因为他要回美国了，但具体什么时候还没定。到八月底的时候，他打电话给我说房子可以挂牌了，他很快就要离开法国，后面的事情要我跟他的律师联络。”

“是不是纽约的Guary Criton？”李孜问。

经纪摇摇头，答道：“不是，那人是在巴黎的，姓Vernette。”

Vernette？李孜看了Ward一眼，他也正低着头想着什么。

回到南特市区，李孜和Ward在旅馆门口和Lou道别下了车。

Lou离开之后，Ward突然对李孜说：“Eli把遗嘱一分为二了。”

“什么？”李孜没听明白。

“Guary Criton收到的那一份的确是他最后的遗嘱，但却不是最核心的部分。”Ward回答，“他在巴黎安排的财产信托才是他真正的遗嘱。”

李孜这才意识到，回来的路上车里的三个人都很沉默，原因却是各有不同的。Lou可能只是在怀念旧时的朋友，Ward在想Vernette和那份遗嘱，而她则是在脑子里排列那一连串的日期。

她回到自己房间，打开电脑，找到月光电影节的网站，今年的活动还未开始，去年的信息依旧在首页右上方滚动。最后一场放映是在圣厄斯塔什教堂前的广场上，放映Christopher Honoré的《在巴黎》，和Han说的一样，日期是二〇〇九年八月二十三日。

她拿过电话拨了Ward房间的号码，刚一接通，就劈头盖脸地问：“你记得Lou说方杰雯死的那天是几号吗？”

Ward愣了一下，回答：“八月二十三日上的呼吸机，第二天早晨死的。”

“Han说他八月二十三日晚上在巴黎见过她，去年月光电影节的最后一夜。”

“是幻觉。”Ward喃喃道，“没有别的解释。”

没错，就是幻觉。但她始终觉得那里面藏着一些被他们忽略的东西，却怎么都想不出来。

挂掉电话，她查收了邮件，发现Terence的回信也到了，同样是一张照片和一句话。那是一张很旧的彩照——马拉喀什的红色城墙下面，一个留着短发、肤色黝黑的小女孩站在一个赤裸上身的舞蛇人身边，一脸畏惧又装作很胆大。下面写着：机票已经订好，接下去是最挑战的部分，告诉所有人婚礼取消，不过放心，我会处理好。

李孜看着屏幕很是郁闷，那句话正是她想要看到的，但照片就不是了。她知道那张照片一定是从她母亲那里找来扫描进电脑的，但那本影集里她在马拉喀什拍的照片有好几十张，有些还是很好看的，Terence却偏偏选了一张最丑的。

她拨通Terence的电话，劈头盖脸地问他：“为什么要选那张照片？就是我站在舞蛇人边上的那张，难看死了。”

他却很是得意，回答：“那一张最像你。”

话虽说得很不中听，但李孜还是无奈地跟着笑了两声，心里想，Terence就是这样，既能表现出和她难以置信的默契，又会做出一些让她哑然失笑的事情，难道这就是她妈妈说的“折中”？

—// ∧ \\—

第二天一早，李孜和Ward坐快速列车返回巴黎，在旅馆安顿下来之后，当天下午就去那家婚礼用品商店走访证人。两人到了那里就发觉他们的动作算是快的，检察官也已经联络过事发当天在场的店员，但还没来得及找他们面谈。

当班的经理是一个穿深蓝色制服的中年女人，胸前的名牌上写着她的姓氏Charmaine（查梅因），知道他们的来意之后，态度有些冷淡。不过，按照Ward的说法，想从这种做生意的人嘴里套出点什么来总是很容易的。他自掏腰包买了一个精美的陶瓷首饰盒，说是要送给女儿的，等着包装礼物的时候，才“顺便”问起Eli York的事情。

女经理脸上便也活泛了一些，告诉他：“York先生光顾这里已经有好几年了，前前后后买过许多瓷器，绝大多数都是芭蕾主题的摆件，跳舞的女人，天鹅公主，他说他女朋友很喜欢这类东西。”

“他最后一次来，也就是他被人打的那天，你在吗？”Ward问。

“在。”女经理回答。

“那次他买了什么东西没有？”

“有，一个粉彩的小盅。”她回忆道，然后又补充，“不过，那不是他最后一次来。”

李孜和Ward都没料到这个答案，Ward连忙问：“他后来又来过？”

“对。”女经理很肯定地点点头，“他被打的那天，那只粉彩小盅也打碎了。但那个款式带莲花图案的，店里只有那一个现货，而且他还有特别的要求，是他八月初就订好的，所以只能另外再订一个。东西要从西班牙运来，等了一个多礼拜，货到了，他才来拿的。”

“什么样的特别要求？”李孜问。

“好像是要在上面写字。”Charmaine回答，“具体我记不清了，不过订货单据上都有。”

趁着Charmaine去查订货单的时候，李孜问Ward：“Eli York回纽约的航班是什么时候订的？”

“八月三十日。”Ward回忆道，“怎么了？”

“也就是他在这里遇到Han的那天。”李孜说，“他很可能推迟了回纽约的日期，为了等那只莲花盅。”

“你想表达什么？”

“两个问题。”李孜斩钉截铁地回答，“他原来决定几号走？这只莲花盅为什么这么重要？”

两个人同时陷入沉默，李孜感觉到自己离他们想要找的言之凿凿的证据已经很近了。

一周之后，李孜和Ward回到纽约，带来证人证言、物证，以及一些未解的疑问。

飞机落地的当天，李孜就去拘留所探视Han。

Han看到她，脸上仍旧是那种安静清朗的笑，很随便地问她：“从法国回来了？”

李孜点点头，说：“对，回来了。”

“发现了些什么？”

“许多东西。”李孜回答，“她在那里的经历，住的地方，还有，她的名字。”

“她的名字……”他似乎只是漠然地重复那个断句。

“方杰雯。”李孜慢慢说出那个名字，“她护照上的名字，她的真名。”

Han看着她，似乎很久，他闭上眼睛，举起一只手捂住嘴巴，然后低下头，用一种古怪的声音回答：“我知道她的名字，还有她在那里最后的经历，早就知道了。他全都告诉我了。”

“谁告诉你的？”李孜吃惊地问，同时也有些释然，不用亲口把方杰雯的死讯告诉他。

“Eli。”他回答。

“是你们在银厦的那天夜里说的？”

“不全是，更早。”他说，“在巴黎，我打了他之后，他又来找过我。”

这最新浮现的记忆和之前的完全不同，李孜突然明白，有些她本以为真实的细节，其实不过是幻象，而“方杰雯”这个名字就是他们一直在找的打开回忆的开关。

“他对你说了什么？”李孜问。

“所有。”Han回答。

—// ∧ \\—

24

伊莱·约克

在遇到方杰雯之前，Eli York过着一种充满快意的简单生活，他喜欢女人，女人们也喜欢他，而他的工作恰好又是关于女人的。这一行他混迹了十多年，从中赚了不少钱，使他得以身穿别致的衣服，住在华美的房子里，有好几辆叫人艳羡的车，每天都跟那些最年轻最美丽的女人厮混。那些女人，有的一头金发，有的长着一张典型的南欧人的面孔，或俏皮，或忧郁，或放浪，或神经质，他记得她们的五官、身高、三围，了解她们的专长和风格，却时常忘记自己和其中哪几个约会过。每当一场欢爱结束，出了房间就好像患了健忘症，他却觉得自己浑身充满晦暗的魅力，并为此扬扬自得。

直到二〇〇三年初夏的一天，他在北京，方杰雯走进那间甄选模特的舞蹈教室，站在他面前，带着一种难以归类，不属于任何时代的风格。

他记得自己问她："你为什么想要做模特？"就像问其他无以计数的女孩子一样。

"我要赚许多钱，离开这里，去一个很远的地方，一个人生活。"她回答，最简单的词，最简单的句式。

Eli知道，站在他面前的只是一个在比赛中名落孙山的女孩子，十七岁零九个月，五尺十寸高，黑头发黑眼睛，没有任何摆得上台面的经历。但这样的答案是他不曾听到过的。

"美国够远吗？"他反问，脸上带着不太认真的笑。

她想了想，认真地回答："够了。"

那个时候，他以为她只是个极其常见的离家出走的厌世少女，却破例没有追究监护人同意书上签字的真假，就给了她一个新名字、一张单程机票和一份工作。

于是，那个夏天，她就在纽约了。在那里，她是G，十七岁零十个月，五尺十寸高，黑头发黑眼睛，和暑假里无数蜂拥而至的年轻女孩儿一样，她颀长孱弱美丽，什么都不懂，什么都不会。

Eli带着一种一视同仁的冷漠提醒她们：没有聚会，没有酒吧，没有男朋友，保持身材。但又无法无视她的与众不同，他欣赏她，却不明白为什么。她算不得很漂亮，完全没有经验，唯一受到过的指点来自一个无名的中国摄影师。那个人曾对她说："做这一行其实简单得很，甚至脸好不好看都是无所谓的。别笑，别东张西望，目光要迷茫，态度要散漫，走路要又快又直。做到这几点，你就成了。"也正是因为简单，她才会选择走这条路，因为她什么都不会，又急于远走高飞。

Eli感叹她的无知，教给她许多东西，要她目标高远，远离邮购目录、末流广告和默默无闻的退休。他给她许多工作，猜她的极限在哪里，袖手旁观她什么时候会跑来叫苦不迭。结果却发现她是他所见过的最奇特的人，很吃得起苦，看起来比绝大多数年长她许多的女人都要自信，也没有那种小女孩的无知和胆怯。如果她觉得好，便会说好，不好就说不好，不会扭捏。他不知道这来自什么样的经历，她没说过，他也不屑去问，只是带她去见各种各样的人，去许多不同的地方，有些带着异国的风格，有的又宛若石英矿坑般璀璨而黑暗。到头来却发觉她终究还是个稚嫩的孩子，自始至终都在想些不相干的事情，每当置身在这种黑就极端的黑、亮就亮到极点的地方，便会觉得神思恍惚，眼睛发涩。

仅仅两个月之后，Eli就把G送上了时装秀，甚至还专门跑到后台去看她。在那里，粗花呢、薄纱、软缎、大大小小的串珠堆满房间，鸵鸟的羽毛被染成深深浅浅的米色；模特、裁缝、摄影师、杂志编辑、送咖啡点心的小工，打招呼，亲吻，各式各样的人忙作一团；貂毛、山羊毛的刷子，食指和无名指在她脸上飞舞；水、发胶、缎带，把黑头发约束；一转身就脱掉衣服，一件白色贴身长裙随即披上身，背后的缝合还没来得及做，立刻就有两个手工精湛的女人围过来把那条裙子开口的部分缝起来，动作干净利落，速度快过消防队员。

终于，音乐响起来，女孩子们在通向白色天桥的入口处排成一队。现场指导伸手朝G示意，而她却站在原地没动，仿佛困在脂粉、缎带和纯白色丝毛织物之间，转过头茫然地看着他。

那个单纯无助的表情让他觉得有些好笑，他揽过她的身体，把她带到台边，退到她身后，一只手搭在她肩上，轻推了一把，在她耳边几乎不出声地说了一声“Go”。她在水波般层层展开的音乐声里走出去，脸上仍旧带着那种迷茫的表情，在一片白色的眩光里只看得到一个背影。

这样临时怯场的事情，Eli经历得太多了，他总是怀着或赞赏，或鄙夷，或漠不关心的态度看着这些初露头角的女孩子，但不知为什么，G却可以叫他心头一颤。

一晃到了七月，他找了个机会送她去巴黎工作，却在她离开之后体会到一种奇特的感受，他以为那不是思念，只是她在他身上激起的一种即时的欲望，而消退欲望的办法只有一个。

两天之后，他也到了巴黎。那是他出生长大的城市，他熟悉那里的每一个角落。在她工作间隙，他带她去了很多地方，去那些俗气热闹的旅游胜地，去看广场上的露天电影。他们经过街边鳞次栉比的精品店，他暗示她可以进去看看，绝大多数情况下，礼物总能让事情进展得更顺利也更容易。但是，不知是粗心或是故意，她无知无觉，只是在圣路易岛上吃了一支青苹果味儿的冰激凌，又在塞纳河边买了几本旧书，他记得其中的一本，是火车站候车室里常见的那种薄薄的、大小刚好能放进口袋的十法郎丛书，普希金的《上尉的女儿》，只要一块钱，卖得比杂志报纸还要便宜。

—// ∧ \\—

那两个礼拜，G跟十来个陌生的女孩子挤在一套四间卧室的公寓里，他则是住在旺多姆广场上的丽池酒店，回纽约的前一天，他终于下决心要把G带到他住的地方去。那是个古雅美丽的地方，而且他的套房正对着花园，从阳台上看出去，风景很美，他觉得她一定会喜欢的。

那天中午，他约她在酒店花园旁的餐厅吃饭，并邀她饭后到他房间里去一次，有些事情要跟她讲。她先是答应了，临到饭吃完又反悔了，说下午还要去试镜，可能会来不及。她在巴黎的工作都是他安排的，他知道她在撒谎，若是在平时，碰到这样的事情，他只会觉得好笑，直接点破她，嘲弄一番了事，但这一次，他却有些气急败坏。账单送上来，二百一十五欧元，再加至少百分之十五的小费，他故意拖着不付钱，说他有事要先回房间了，心里知道她根本没有钱埋单。她没拦他，他起身走出去，想让她难堪，让她明白这世上付出与索取之间的关系，她知道他的房间号码，迟早会打电话上来找他。但当他走出餐厅门口，隔着玻璃看见她坐在那里，红着脸磕磕巴巴地跟侍者说着什么。旁边桌子上有些人朝她投去或好奇或轻视的目光时，他发觉自己没办法就这样撇下她，又转身回去，拿起那张账单。

她没看他，说：“我自己会付。”

“你没钱了。”

“我有的。”

“别装了，不够的，你钱包里只有十几块钱。我看到了。”

他不是一个很坏的人，那个时刻，他突然有些明白了自己对她那种特别的感觉，无关于欲望，也不完全是怜悯。如果这一点感觉可以长久，他或许真会爱上她也不一定。这念头叫他惊惶，却又毫无办法。

从餐厅出来，两个人都没讲话。她默默地跟在他身后，走到大堂电梯厅旁的时候，突然开口说："带我去你房间吧，你不是有事跟我说吗？"

在那间对着花园的房间里，他终于了了一桩心愿，脱掉她的衣服，想多玩些花样，吻她，抚摸她，仔细看看她，但她太急了，进入她身体的时候，他能感觉到她的颤抖和僵硬。

傍晚时分，他从浴室出来，G裹着白色割绒浴衣站在起居室的小阳台上，光着两条长腿，靠着栏杆看楼下郁郁葱葱的花园。楼下的旗鱼餐厅里有人在吸尘打扫，一道斜阳照在玻璃上，看起来不像他们中午吃饭的时候那样富丽璀璨，反而有种辉煌不再的味道。他走过去，揽过她的身体，发觉她浴衣里什么都没穿，想说些亲昵的话，却在她脸上看到似有若无的惆怅。

他提议出去走一走，心想买件礼物给她，她就会高兴起来。

"我没事。"她回答，"你也不用费心给我什么补偿，我是自愿这样做的，只想知道那是什么感觉。"

他不懂她说的"感觉"指的究竟是什么，是性，还是别的。

从巴黎回来之后，G时常来找他，不吃饭，不聊天，不求回报，不故作纯洁，除了上床什么都不做，表面上一切如常。起初，Eli以为自己会喜欢这种关系，简单，随意，直截了当。他惊叹于这个女孩子的爽辣，从一开始就把她带回家，而不是去别的什么地方。

一天清晨，G突然来他的公寓找他，他打开门，看到她带着一个二十五寸的旧旅行箱，一种复杂的感觉浮上心头，百分之五十的得意，百分之五十的厌倦和失望，就像终于赢了一场一直想赢的赌局，原以为很难，不想却这么容易，而到手的赌注也不如想象中那么让人满意。直到他发现那箱子几乎是空的，G也并不奢求搬进来，只是在模特公寓和人吵了一架，想找个地方放东西罢了。她躲在他的浴室里哭了一场，走出来的时候，脸上带着泪痕，却已然恢复了平静，对他说了声谢谢，背着包走了。他松了一口气，却又发现自己有些怅然若失。

他无法解释G所做的一切，以及随之而来的感觉。他去找别的女人，却发现自己下意识地在她们身上寻找与G相似的地方，这个人的笑靥，那个人的颈窝，或是转一些毫无意义的念头，比如，黑色、白色、海军蓝最适合她的肤色，或者绾起头发让她显得更美，这些不知所谓的念头让他厌恶至极，却又怎么也赶不走。

那年九月，Eli在经纪公司的一次公开甄选中看到一个和G极其相似的中国女孩，他很快就和这个叫Ming的女孩子签了合同，故意把许多本应该给G的机会给了她，希望可以重拾一直以来的信念——这些归档在一个庞大系统里的女孩子，只是许多具有商业价值的物品，和期货市场上的玉米、白糖一样，你尽可以说她们每一个都是不同的，但事实上却都差不多。

这些事情他从没对G谈起，也不刻意隐瞒。G应该感觉得到这种变化，工作变少了，也知道他有别的女人，但不管是工作还是女人，她都表现得无所谓。

某个深夜，G躺在他的床上，半开玩笑地问这样的房子月租多少钱，听到他的回答之后，她吹了声口哨，说："一人一半的话也就是一晚上一百多美金，这太少了。"

他不懂她的意思，冷笑着反问："你觉得多少合适？"

她没有直接回答，过了一会儿才说："明天我想去卡地亚看看，你陪我去吧。"

他隐约明白了她的意思，很快答应了，心里却狠狠地痛了一下。

第二天，他带她去珠宝店，她挑了条白金项链，两千七百块，他很爽快地付了钱。

走出那家商店，她从他手里接过那个深红色的纸袋，用食指钩着晃啊晃的，对他说："这个价钱还算不错。"

那天之后，G没有再问他要过钱或者礼物，照旧工作，偶尔去他的公寓，但他从没看她戴过那条项链。过了很久，他才偶然得知，两天之后G就把项链卖了，出手的价钱是原价的七五折，她用这笔钱和几个女孩子去大西洋城待了两天，看了一场演唱会。

他不愿承认这件事让他难过，对自己说：好吧，如果真要这样，也就简单了。大多数时间他都能轻易做到，漠然地看着她，所有事情都公事公办，就像对待其他女孩子一样，但有些时刻，G仍旧可以让他心头一颤，让他忘乎所以地去追问：你爱的人是谁？然后G

又用冷峻嘲讽的回答把他惊醒：不是你。

就在他得到那个答案的深夜，许多人在或远或近的地方说着话、调着情、笑着或是哭着，他坐在黑暗里，不远处一个黑人乐师正演奏一首Bob Acri的爵士钢琴曲，其中一段四三拍的旋律反复出现，在他耳边回旋不去。

正是随着这异常深情的节奏，Ming突然闯进他的视野，对他说："带我去你那里，怎么对她，就请怎么对我。"

他只有短暂的犹豫，却无意拒绝，也不想弄明白她出于什么样的企图。他在Ming身上实现了很多愿望，所有那些他无法对G做的事。他甚至还打过她，而她则是带着那样一种嘲讽和挑衅的表情，说："你伤不到我。"活脱脱就是G灵魂附体。

而当他看到Ming倒在夜店的沙发上吐着胃液，或是眼神空洞地看着镜子里自己的影子，迷醉烂漫的灯光下面她的黑发上闪着发蓝的幽光，侧面的轮廓有着一种和G极其相似的神韵。每当那种时刻，他心里也会升起一丝怜悯，他同样也不了解Ming，但和G相比，她似乎更柔软也更真实。他想对Ming好一点，却做不到。

他知道自己所做的每一件事情只会让G更厌恶，却还是这样一意孤行地做下去，好像他就是希望她厌恶自己，希望她变得更冷，更嘲讽，最终离开他，走得远远的。

如果那当真是他的目的，他的确成功了。

Ming住院三个月之后，G打电话告诉他，要拿走放在他那里的东西。然后，突然有一天，他回到公寓，她的箱子、不多的几件衣服都不在那里了。G没跟他说过分手什么的，因为他们根本不是男女朋友的关系。

又过了几天，Eli又在经纪公司碰到G，两人仍旧保持着不疏不亲的友好关系，至少表面上是这样的。G告诉他，自己和一个日本人在东村合租了一间公寓。他通过一个时尚杂志编辑打听了一下她说的那个日本人——一个懦弱的同性恋摄影师。他在心里对自己笑了笑，如果她只想赶赶时髦去做某人的Fag Tag①，那很好，就去做吧。他的日子也可以回复到原来的状态——简单，充满快意。

接下来的那几个礼拜是Eli认识G之后过得最痛快的日子，以至于他听说G缠着别人借车，二话没说就扔给她一把钥匙，一九五六年产的捷豹XK-140，他最喜欢的一辆车，甚至都没问她要开去哪里。那辆车她借用了一天一夜，还来的时候没有什么损伤，甚至还加满了油。他有些讨厌她这样懂事，宁愿她出个小车祸，把车子毁了，他便可以借此对她大发雷霆，把她吓哭，再拥进怀里。或者，出个大车祸。他展开黑色的想象——让他最喜欢的两样东西死在一起。

但后来发生的事情让他知道，G的确不像表面上看起来这样懂事。

大约一周之后，Eli把那辆捷豹开去做例行保养，工人在驾驶员位子底下发现一粒深橘色的胶囊。他抱着一种说不清道不明的心态把那颗药拿去给一个相熟的药剂师看。那人斜睨着他，故作暧昧地笑道："也够开个两人派对了。"

---

① Fag Tag，俚语，指常与同性恋男人为伍的女人。

他感觉到一种别样的钝痛，觉得自己被愚弄了，甚至被背叛了。他不能理解自己何以会有这样的感觉，G这个年纪的女孩子做这样的事情太普通了，也完全不关他的事。但他却兴师动众地跑去教训了她一顿，哪怕心里很清楚，自己根本没有资格也没有理由这样做。

夏天来了，夏日少女蜂拥而至，秋季时装周的甄选工作如火如荼，G几乎消失在他的视野里，一切都跟往年没有什么两样，似乎又重回平静。

直到八月的一天，G突然来Clef的办公室找他，想要回自己的护照，说她不想干了。

他坐在那里看着她，想起曾经听说过一件事——一个很受器重的东欧女孩子，受不了这个行当的辛苦，想要回家，经纪公司想说服她留下，结果她拿出刀来威胁要自杀。他跟G也说起过这件事情。

“你也想玩这个？”他调笑道，半秒钟的静默之后，才发现她是认真的。

他没有答应她的要求，让她回去好好想想，至少做完手头那个工作，去蒙淘克扮演一回三十年代的海滨女孩儿，就算帮他一个忙。她并没有让步的意思，最后却还是答应他了。

G走了之后，Eli隐隐察觉到自己说话的口气带着一点哀求的意味。她可能也听出来了，因为可怜他，所以没有坚持。这个念头让他气恼，却不能让他停下来。他开始到处打听她的事情，想知道究竟出了什么事，让她这样突然地想要离开。

很快他就知道原因了，一点也不特别的原因——男人。这个年纪的女孩子，变美变丑，发奋堕落，来或是走，通常都是这个理由——男人。

但这个庸俗老套的理由却让他失去其他感觉，让所有一切都变得寡然无味。他想起和G在一起时那些混乱的片段，她的眼睛、呼吸，以及身体在他身上留下的沉重却又极其柔软的压迫感；某种姿态下，她的背和腰的轮廓，她后颈的皮肤，细薄的汗毛，脖子上戴的那条细软的银项链，她的手和手指，与之交错，直至十指紧扣；她在床上从不闭上眼睛，有时似乎能看进他意识深处，有时却好像根本不在场。如此之多细小的毫无意义的印象，最初只是浮光掠影，却始终盘旋不去，在不经意时嵌进他记忆深处。

他不知道自己为什么会对这同样是血与肉的身体如此着迷，以至于做了许多他曾经以为绝对不可能做的事情。他到处打听她，甚至开始跟踪，到头来却发现她的生活还是像从前一样简单——工作，回家，偶尔出去逛街，在宠物商店对一只半岁大的金毛猎犬一见钟情，一有空就去看它，却又总是不买，直到眼睁睁看着它被新主人带走。她似乎还是那个假装成大人的小孩子，就像他第一次看到她时一样，唯一不同的就是多了一个男人。

那男人也很年轻，亚洲人，看起来不过二十三四岁，是个在东村一家小餐馆里工作的厨师。一般情况下，Eli会觉得此类人什么都不是，却又意外地发现，他曾在十七岁零九个月的方杰雯身上看到过的那种不属于任何时代的、难以归类的风格在这个男人身上一一重现着，甚至更加清晰强烈。

—// ∧ \\—

原本的钝痛慢慢变得尖锐，他挣扎了很久，才不得不承认，曾经以为的那种即时的欲望根本没办法在其他女人身上得到满足，甚至连G本身也不能在一朝一夕间让他满足。他要她的永远，以及全部。

他想知道这个男人究竟是什么人——Han，二十三岁的芭蕾舞演员，一度住在精神病院里，那颗深橘色胶囊的主人。

Eli以为自己把这件事情看得很透彻，同时也觉得有些讽刺，如果不是因为Ming，G根本不会认识这个人，他们的生活本没有交集，Han不过是想从原先的环境中逃离出来，体验一把神秘未知的生活，一旦厌倦了，便会抽身离去。

与此同时，Eli发觉还有其他人正企图弄明白G的背景。他们一起使了些手段，眼睁睁地看着这段短暂的恋情结束。

九月末，深夜的街头，G拖着两条腿，走在马路中间。他一直跟在后面，很久之后终于追上去，降下车窗，大声叫她。她在几步之外的地方回头，木然地看着他，好像根本不认识他是谁，车前灯的眩光把她照得异常苍白，有那么一会儿，他甚至以为她会任由自己被撞死。他下车走到她身边，抓住她的手臂，把她塞进车里。

她静静地坐在副驾驶位子上，没有告诉他发生了什么，他也不想听，以为那不过就是小女孩失恋的故事，几个礼拜之后也就淡忘了，只有他们两个人才会永远在一起。

他嘲笑她，对她说："这世上你未曾见过的东西、没到过的地方太多了。"

她便也笑着回答："那就带我去看看吧。"那笑容里却带着一点凄然。

于是，那年秋天，他们就在巴黎了。

在巴黎，她是方杰雯，十九岁零五个月，一百七十九厘米高，黑头发黑眼睛，像黑曜石一样带着些微的虹彩，光艳而坚硬。

Eli告诉她："在此地，你是张新面孔，需要更多的Tears，充满你的影集。"

她知道他说的Tears指的是杂志上的照片，却还是笑着说："我不是个眼泪很值钱的人，别的没有，Tears倒现成有很多。"

有人被她的玩笑话逗乐了，可能只有他知道，这玩笑背后藏着什么。

他们在巴黎最初的几个礼拜，住的是一个酒店套房，两间卧室紧挨在一起。她有时候会哭，总是在夜里，甚至做梦的时候。半梦半醒之间，他总是能听到她抽泣的声音。他知道这些眼泪都和他没有丝毫的关系，他没办法让她夜里不哭，只能用工作把她的白天填满，让她无暇去想，更快地忘记。

十一月，风逐渐变得冰冷，让人完全记不起夏天的温度。杰雯很久都没再哭过了，他以为她终于忘记了。

他带她去枫丹白露，那是最纯正的秋天，天空又高又蓝，沙石路两边高大的阔叶乔木落下暗黄色的枯叶，在地上慢慢堆积，逐渐变干，踩上去发出沙沙的响声。

她笑着跑起来，直到透不过气，才在草地上坐下来，拿下围巾，交到他手上，贴着皮肤的那一面还带着身体的余温。他在她面前跪下，伸出右手抚过她的脸颊，靠近她，轻吻她的嘴唇，她一开始没有拒绝，但很快就推开他。

他没有退让，看着她说："我不会离开你，我们会永远在一起，我愿意为你做任何事，你早就很清楚了，是不是？有一天，我们甚至会成为朋友，一起去旅行，谈论人生经历，过去的，以及将来的，但你应该学会分享和回应，而不是让我永远等下去，别让我永远乞求下去，请别让我永远求你……"

她怔怔地沉默了很久，轻声回答："对不起，我做不到。"她从他手里挣脱出来，起身走了。

那天之后，杰雯很快就搬去了模特公寓，跟几个根本不认识的东欧女孩子同住。Eli不知道她是不是还会在夜里哭泣，至少她的每一个白天都是满满的，光艳照人。

他强迫自己不要去找她，但她的工作都是他安排的，绝大多数时间，他都知道她在哪里。至于日程表上那些少有的空白时间，她在哪里，在做什么，总是他不能释怀的心病，他做出心平气和的样子，坐下来跟她慢慢地算，两点钟离开摄影棚，公寓离那里不过六站路地铁，五点钟还没回去，这溜走的时间去了哪里？逼得人喘不过气来的逻辑让这越来越像是一种软禁。但不管他怎么对她，杰雯都默不作声。

就这样直到次年的四月，Eli安排杰雯去拉波勒的海滨拍一组广告照片，出发的前一天，她失踪了。Eli几乎立刻就报了警，但因为不到四十八小时，警方没有立案。之后的一天一夜，他什么事都干不成，到处找她，却始终没有结果。就在他快要放弃的时候，有人打电话告诉他，杰雯已经在拉波勒了。

他赶到那里，闯进她的房间，把她反锁在浴室里，不管她怎么叫嚷，翻遍她所有的行李和随身带的包，找到的唯一可疑的东西不过就是一张在里昂转车然后开往米兰的高速火车车票和一本斯卡拉歌剧院的演出介绍——纽约市立芭蕾舞团上演《吉赛尔》全本，演员名录里不起眼的位置有一个熟悉的名字，Han Yuan。

Eli对着那张薄薄的折页冷笑，他知道自己爱杰雯，爱她的一切，他愿意为她做一切，但只有一件事情是他不能改变的——她不爱他。他打开浴室的门把她放出来，她气急了，跟他大吵了一架，几乎歇斯底里地哭喊："你以为你是谁？！你什么都不是！"

也是凑巧，那天风雨大作，拍摄无法进行。之后的那一整天，她都躲在房间里闭门不出，在床上没完没了地睡觉。

第二天，天终于又放晴了。春天的阳光很难有盛夏的味道，温度始终在十摄氏度上下浮动，但模特们却还是要几乎半裸地在海滩上拍照。

快到中午的时候，化妆师突然来找Eli，说妆化到一半，G说要离开一下，就不见了，再也没回来。他有种不好的预感，她终于要离开他了，但同时也觉得气恼，她竟然会用这样一种不负责任的孩子气的方式向他示威。他到处找她，遍寻不着，最后推开化妆室的门，却看到她就缩在窗边的扶手椅里，可能一直就那么静静地躲在那里，只是没人看到。她没换衣服，妆只化了一半，头发也没弄，拍摄时要穿的衣服扔在一旁的黑色大理石台面上，半透明的肉粉色雪纺，看起来就像是一只死去的水母。

他关上门，走到她身边，伸手推推她，却发觉她并没有睡着。他对她说："你做这行不是一天两天了，我以为你不至于这个样子。"语气冷淡，带着点讽刺。

"我不舒服。"她无心再和他吵架，似乎连说话也说不动。

他觉得和她一样累，转身抓起那条裙子，扔在她身上："穿上它，把今天的事情做完，至于明天你要去哪儿，要做什么，都不关我的事。"

她转过头来看着他，二分之一秒的静默之后，慢慢站起来，脱掉身上的白色浴衣，套上那条裙子，他低下头帮她系好背后的扣子，没再看她的脸，径直走出去找化妆师。

下午拍摄的地点是一片天然石灰岩海岸，春天清冷的阳光下，灰蓝的海水拍打着人迹稀少的海滩，崎岖的峭壁下面，黑色岩洞在起伏的海浪间时隐时现。杰雯穿着那条极薄的裙子在风里站了很久，休息的时候才有人递一件棉袄过去，她却不像其他几个女孩子一样急吼吼地抢过去，反倒像没有力气完成那个穿上棉袄的动作似的，只是拿在手里呆站着。Eli走过去，从她手上抽出那件棉衣，披在她身上，她迟了半拍才感觉到，身上轻轻颤了一下，不知道为什么，这个小到不值一提的反应却让他心里一阵痛。

快到傍晚时，杰雯站上峡角最远端的一块礁石，半透明的裙摆随着风在身后扬起。Eli就站在几步之外看着她，觉得她很美，同时也感觉到这一切都毫无意义，他决定放弃，转身离开海滩，朝酒店的方向走过去。身后有人发出惊叫声，他没有回头，直到听见他们是在喊杰雯的名字，他掉头跑回去，她已经不在那块礁石上了。

“她掉下去了。”举反光板的男孩子叫嚷，“我没能抓住她。”

Eli推开他，从她刚才站的地方跳进水里。那正是涨潮的时候，但那块礁石距离海面还是有近三米的距离，他在一片伸向海面的黑色岩石下找到她，看不清她的脸，但预感到她要死了，因为她几乎没有挣扎，只是以一种慢镜头般的方式下沉。直到一个巨浪涌来，带着她拍向粗糙的岩壁，他用尽全力把她拉向自己，弓起背环抱住她，随之而来的便是贯穿整个右侧身体的撞击，却感觉不到痛。腥咸的海水灌入他的鼻子和嘴里，泛起泡沫，让他看不到任何东西，耳边只有浪涌的声音。他知道时间流逝的速度未曾放慢，但每一秒钟都好像变得很长。不知多久之后，两个身穿橘色连体泳衣的救生员接连蹿入水中，把他们分开，带上水面。

短暂的黑暗之后，他睁开眼睛，看到方杰雯躺在一块平展的白浴巾上，一轮心肺复苏术之后，吐出一点水，仍旧没有醒过来，青色的血管像大理石纹路般在皮肤上蔓延开来。几秒钟的静默之后，他觉得一切都结束了，她却终于动了一下，胸腔深处传来细若游丝的啸叫声。

也就是在那个时刻，他终于明白，自己会永远爱着她，直到生命终结，矢志不渝。

—// ∧ \\—

25

庭审

说到这里，Han突然停下来，看着自己放在桌面上的双手。

“后来呢？”李孜问，“他告诉你那些事情之后，九月九日夜里，在银厦，究竟发生了什么？”

“我离开了。”他极其平淡地回答。

李孜看着他，有种奇怪的感觉，他似乎想起了些什么，却没有说出来。

当天下午，Ward收到检方追加证人的通知，不出他们所料，巴黎那家婚礼用品商店的店员果然就在其中，而且，就是他们在巴黎时见过的那个姓Charmaine的女经理。

接下来的几天，他们也用最快的速度走完了辩方开示证据的程序，并向法院申请传证令，以获得一些取证有难度的证明。所有事情都进行得很顺利，但李孜一直都觉得遗漏了什么，好像有根细线牵动着她记忆深处的某个点，却始终找不到那个点究竟在哪里。只可惜她不像通常快要离职的人那样清闲，连停下来好好想一想的时间都没有。

正忙得不可开交的时候，Ward突然问她："想试试在刑事庭上说话吗？"

李孜以为他是在开玩笑，头也没抬，挥挥手叫他别闹了。

没想到那个胖子却是认真的，提出要她来负责辩方举证的部分，甚至还开玩笑说："反正你要去西海岸了，就算搞砸了，那里未必有人知道。而且如果加州的律考过不了，你也就此隐退了，这是一生难得的机会，千万别错过了。"

李孜打断他的俏皮话，说："我打算提交免试申请。"

"你资历太浅，不会批准的。"Ward一盆冷水浇下来。

"我这人别的不行，考试还是很在行的。"李孜满不在乎地回答。

"别胆怯。"

"我没有。"她辩解道。

"那就证明给我看。"

"但这是你的案子。"

"也是你的。"Ward回答。

短暂的一瞬，李孜在他脸上看到一种从来没有过的诚恳，她考虑了一下，点点头，说："好吧。"

—// ∧ \\—

二月十二日便是重新开庭的日子，也是李孜在事务所工作的倒数第二个工作日。

法官宣布开庭之后，检方召唤了追加的那名证人——巴黎那家婚礼用品商店的店员，Charmaine经理。

宣过誓，检察官让Charmaine女士指认了被告，并且陈述了事发当天的经过。她说得简单清楚——Han打了Eli York，并对他说："如果她有什么事，我会杀了你。"

Ward站起来交叉询问，问及她的国籍和母语，是否接受过系统的英语培训。

"我是法国人。"Charmaine回答，"没在课堂上学过英语，但巴黎是个旅游城市，我每天工作都会碰到一些说英语的人。"

Ward没有用脱口秀节目来考验她的英语程度，李孜知道他是想要在陪审团和法官面前营造一个可信赖的好形象，毕竟他们手上已经有足够的反证，不再需要那些怪招了。

辩方举证程序开始，轮到李孜上场，她传召的第一个证人仍旧是Charmaine。

"发生冲突当天，被害人在贵店买了什么东西没有？"她首先发问。

"有。"Charmaine回答，"一个粉彩莲花盅，York先生八月初通过在线商店预订的。"

"那只莲花盅，他当天带走了吗？"

"没有，在冲突当中打碎了，他重新订了一个。"

"贵店没有第二只一样的莲花盅了吗？"

Charmaine摇摇头，说："那个款式莲花图案的只有一个，而且York先生有些特殊要求。"

"什么样的要求？"

"他要求在上面写一句话。"

"什么话？"

"快乐绝望之类的，原文我记不得了，但预订单据上有。"

李孜呈上证物，在法官和陪审团面前念出那句话："他不要剧烈的快乐，取而代之亦没有深刻的绝望，这是他处世的哲学，也是他幸福的源泉。"紧接着又问Charmaine，"预订那样一件商品需要多久？"

"瓷器都是西班牙送来的，一般要两周左右。"Charmaine回答，"但York先生说他就要离开法国了，希望能快一点拿到手，他是老顾客，所以我拜托工厂加急了。"

"那他是什么时候拿到的？"

"九月九日上午。"

"他一个人来的？"李孜问。

"不是。"女经理回答，"那个打过他的亚洲人跟他一起来的，也就是被告。"

旁听席上一片骚动，李孜还是不动声色地问："你会怎么描述他们之间的状态，友好？敌意？"

“都说不上。”女经理想了想，“只能说是平静，很严肃。”

检察官叫了一次反对，获得法官的支持。李孜对Charmaine女士道了谢，说没有问题了。

随后辩方传召的第二位证人，南特市立综合医院心外科护士Jun Hua Lou。

李孜问Lou：“楼小姐，你和被害人是什么关系？”

“朋友。”Lou回答，“更准确地说，我是他女朋友的朋友。”

“你们怎么认识的？”

“二〇〇六年四月，他的女朋友方杰雯心脏病发送进医院，我是负责她病房的护士。”Lou回答，“那之后他经常送她来复诊，我跟杰雯都是华裔，所以就成了朋友。”

“方小姐现在人在哪里？”

“她去世了，去年八月二十四日，死于心肺衰竭。”

“在她死后，York先生做过什么？”

“他把她火化了，没有举行葬礼，也没有落葬，就离开南特了。”

李孜已经知道了法官对证人主观感觉的态度，没有让Lou描述Eli York那时的状态，只是问：“据你所知，他为什么要这样匆忙地离开？”

“我知道这说出来有些荒唐。”Lou低了一下头，似乎有些忐忑，“Eli是想带她去巴黎歌剧院看那场芭蕾。”

“为什么这么说？”

“杰雯死之前曾经对我说她想去巴黎看一场芭蕾，他们为此还吵过架。我告诉Eli，情绪波动对她的病情很不利，要他暂时先答应她，所以他买了两张戏票。”

“杰雯为什么会在身体状况如此之差的情况下，坚持要去巴黎看那场演出？”李孜问。

“她很喜欢芭蕾，也曾经学过许多年舞蹈。”Lou回答，“而且那场演出里有个她很在乎的人，她想在死之前，再看到他一次。”

李孜扫了一眼辩方席位上的Han，继续问：“演出的日期你还记得吗？”

“八月二十九日。”

“你怎么会记得这么清楚？”

“因为戏票是我签收的，而且那一整个月，杰雯一直在说那个日子。”

李孜走回辩方坐席，从文件夹里拿出一张节目单，展示给法官和陪审团看：“去年八月二十九日晚，巴黎歌剧院上演乔治·巴兰钦的舞剧《珠宝》，被告也参与了那场演出，名字在第一页的左下。”

李孜向法庭呈送了第二份证物——美国联合航空公司的订票记录，上面显示Eli York在二〇〇九年八月二十七日预订了一张九月七日上午从巴黎飞往纽约的机票，乘坐同一航班的还有纽约市立芭蕾舞团的数十名演员，被告Han Yuan的名字也在其中。但最后两人都没有登机。

第三份证物是法国航空公司的订票记录，Eli York在八月三十日，也就是和Han Yuan发生冲突的当天，订了一张九月九日晚上飞往纽约的机票。

她不慌不忙地等所有人都传看完，继续说下去：“所以，我们现在可以知道，Eli York在女友死后，匆忙离开南特，去巴黎看被告的表演，又订了一张和芭蕾舞团同一航班的机票，虽然后来因为要等那只从西班牙送来的莲花盅所以推迟了回美国的日期。”她停顿了一下，“由此我不能不得出一个与检方观点截然相反的推断——不是被告在跟着Eli，而是Eli在跟着被告！”

她几乎可以预见到，检察官又叫了一次“反对”，说那只是无稽的推测，但法官示意她继续。

她继续问下一个问题：“楼小姐，有句话不知道你有没听过——他不要剧烈的快乐，取而代之亦没有深刻的绝望，这是他处世的哲学，也是他幸福的源泉。”

Lou点点头，说听到过。

“是在什么情况下听到的？”

“在Eli和杰雯的家里，我们在开玩笑，杰雯说起她的身后事，Eli要我把这句话刻在他的墓碑上。”

旁听席上又是一阵窃窃私语，李孜谢了Lou，让她下去了，接着又提取了检方的物证——Eli York寄给Guary Criton律师的那份遗嘱。

“Eli York在这份遗嘱中向其遗嘱执行人Guary Criton律师交代了两件事情。”李孜向陪审团解释，“其一是他的后事，由其朋友Nicolas Vernette（尼古拉斯·瓦亨奈特）先生全权处理；其二是财产，在他身故之后，所有财产将以家庭财产信托的方式交由巴黎的Foyart信托公司代为管理，他所有的堂兄妹的直系后代年满十八岁读大学时都可以支取一笔学费。”

“遗嘱看起来交代得非常周全，也很普通，让我们来看看执行情况怎么样。”她评价道。

随后便传召呈上两份证明，其一是Guary Criton律师出具的遗产执行情况清单，另一份便是Eli与Foyart信托公司签署的家庭财产信托协议。两者都是由法庭签发传证令方才获得的证据。

她向陪审团解释道：“Eli York在二〇〇九年七月至九月间，也就是方杰雯病情恶化后直至去世的那两个月里，先后变现了名下几乎所有的房产、证券以及股份，仅保留了一处房产没有挂牌出售，也就是案发地——曼哈顿第四十二街银厦公寓四十九楼E座。出售所获现金陆续汇入了法国巴黎银行的账户，全权委托给Foyart做财产信托，管理方式非常简单——全额购买固定回报率的投资产品，并以其孳息支付遗产的管理执行费用，以及银厦公寓每月的地税和物业管理费用。这份协议没有约定信托期限，他留下的财产都将按照信托协议中的约定处理，直到——永远。”

法庭上所有人都看着李孜，等她解释为什么要说这一番话，李孜感到一种特别的战栗，不是因为紧张，而是接近于兴奋，同时又觉得有些好笑，这个瞬间就像是时光闪回，和三年前那场小组面试惊人地相似。

“我一直在想，Eli York为什么要那么做？银厦四十九楼E座究竟有什么特殊的意义？”她做出沉思的样子，走回辩方坐席，从Ward手中接过一张用高倍远焦镜头拍摄的照片，画面上是一个描着一朵莲花的瓷质小盅，盅口处印着一圈花体小字，只看得见后半句：“……哲学，也是他幸福的源泉。”

一秒钟的停顿之后，她用并不太高的声音，一字一句地回答自己提出的问题：“因为那是一座坟墓，两个人的坟墓。”

尾声

二〇一〇年二月十五日，曼哈顿，阵雨。

李孜去事务所办理最后一些离职的手续，等所有事情结束已经是中午了，她去Ward的办公室找他道别。

Ward看见她便问：“Han的案子今天下午结案陈词，然后便会宣判，你不去听？”

“买了去马拉喀什的飞机票，今天下午出发。”李孜解释道，“而且宣判结果对我来说没有多少悬念。”

“你表现得很好。”Ward点点头，夸了她一句，难得没有带着嘲讽。

李孜也不客气，笑道：“说声谢谢就够了。”

Ward却没出声，低头打开办公桌最下面的一个抽屉，从里面拿出一个淡黄色扎着白缎带的盒子，拿到李孜跟前，塞到她手里。

“这是什么？”李孜问。

“结婚礼物。”胖子回答。

她吃惊地笑起来，当着Ward的面打开，里面却是他在巴黎那家婚礼用品商店买的那只首饰盒。

“这不是你说要送给你女儿的……”李孜有些迷惑。

“我随便说的。”Ward走回办公桌后面，顿了一下才又说道，“我没有女儿，或者说曾经有过，后来没有了。”

每个人都有自己的故事，李孜又一次想到那句话，怔怔地看着Ward，想说些什么，却发不出声音。而Ward也始终都在埋头看桌上的记事本，一直都没抬头。

李孜对他说了声再见，转身走出去。

走到门口，他突然叫住她，又问了一次：“你真的不去听宣判？”

李孜回过头，看到胖子脸上又露出她熟悉的表情，她点点头，说马拉喀什的艳阳天正等着她，冲他笑了一下，转身走了。

办公楼外，Terence站在一辆出租车旁等着她，她朝他挥挥手，跑过去。

去机场的一路上，他们还在讨论行程，一切都没有计划，没有定论。李孜说，想和他去看从小在《中国国家地理》上念到过的所有地方，去肯尼亚的塞伦盖蒂国家公园看旱雨季交替时的角马迁徙。她滔滔不绝地炫耀自己的非洲知识，直到Terence吻她，才终于住嘴了。

司机从后视镜里看到他们，半开玩笑地提醒道：“出租车是公共场所。”

到了机场，Terence还在拿她打趣，笑着问她：“真的不喜欢巴黎？一般女孩子都喜欢那儿，我们可以沿着塞纳河散步，去爬铁塔，夏天还有露天电影……”

“一般女孩子是家养的，我是野生的。”李孜回答，“马拉喀什可能更适合我。”

Terence的话又让她想起去年月光电影节的最后一夜，方杰雯在南特综合医院陷入弥留，而Han在巴黎和幻想中的她最后一次见面。有那么一会儿，李孜沉浸在诗意的伤感当中难以自拔，但很快她突然想到了什么，一下子停下来。

机场正好有无线网络，她找了个墙角坐下，打开电脑，搜索“Nante, La Fête du Sourire，2008”（南特，微笑节，2008）。南特残疾人协会的网站排在搜索结果的第一位，那是一个为期十天的节日，从当年的五月十六日开始一直到二十五日结束，每天都有主题各异的活动，其中要数五月二十四日晚上在商业广场上举行的音乐焰火晚会最为盛大。

Terence在一旁问：“你怎么了？”她只是举起手示意他等等，又键入了一串关键词：“Obama, San Juan, 2008”。一条旧闻出现在搜索结果当中，说的正是奥巴马当选之前在波多黎各的圣胡安竞选演说的事情，日期同样是二〇〇八年的五月二十四日。

她拿出手机拨了Ward的号码。电话刚一接通，她就劈头盖脸地问：“你记不记得Han说去年八月二十三日看到过方杰雯，但实际上她那个时候躺在医院里快要死了？”

“我记得你问过这个问题，我也回答过了。”Ward回答，“是幻觉，没有别的解释。”

李孜没有理会他招人讨厌的语气，一迭连声地说下去：“Han还说他结婚的前夜也见过她，也就是二〇〇八年的五月二十四日晚上，但那个时候，方杰雯应该刚刚做完堕胎手术，差点死了，根本不可能来美国找他。”

“你想说明什么？”Ward带着点嘲弄问，“灵异现象？每次方杰雯濒死的时候，Han都能看到她？”

“你记不记得Esther说过Han在他们结婚之前把抗抑郁药停了？”

Ward不再说话，半晌没出声。

李孜也顿了一下才继续说下去：“也就是说，案发之前的那两个礼拜，Han很有可能真的没吃药，时隔一年多的两次停药都引发了关于方杰雯的幻觉，导致Eli身亡的两千毫克文拉法辛很可能就是他随身带去巴黎的那一瓶。”

电话那头，Ward沉吟了片刻，身后传来人们欢笑说话的声音。他低声道：“Liz，这案子已经完了，五分钟之前宣判了，两项罪名都不成立。一个人不可能因为一件案子受两次起诉，而且没人能证明那瓶药是Han强迫Eli吃下去的，只有他们两个人知道那天晚上究竟发生了什么。”

“我明白。”李孜回答，“我只是觉得应该说出来。”

Ward轻笑了一声：“最可贵的品质，不是吗？”

—// ∧ \\—

李孜没有搭腔，顿了一下才又问道：“他现在怎么样？我是说Han。”

“亲吻妻子，拥抱父亲，和所有被宣判无罪当庭释放的人一样。”Ward回答。

“那很好。”李孜喃喃地说。

片刻的沉默之后，Ward叮嘱道：“照顾好自己，记得别晒得太黑了，不管是在非洲，还是洛杉矶。”

李孜拿着电话没出声，却点了点头，半晌才发觉自己做了件傻事。她跟Ward说了再见，挂断电话，抬起头，Terence正在几步之外看着她，脸上带着她最熟悉的笑容。

那个瞬间，她突然想起他们刚认识时的情景，做什么都在一起，几个钟头的分离都会互相想念，约会之前焦虑和兴奋交替出现，以至于什么都做不了，只能静静地等着对方出现，然后便全身心地沉浸在又见到彼此的快乐当中。她暗自决定要把所有这些感受都告诉他，哪怕那很难也很尴尬，因为，在这世界上，已经有太多的言不由衷，太多的未尽之言，可能结出恶果，却也开出了绮丽的花。

番 外

南特

闹钟响起之前，他已经醒了，没有听到雨声，海浪声亦微不可闻，淡淡晨光透过浅蓝色亚麻窗帘，照亮房间的一半。此地靠海，仅是十月初，气温已是深秋的样子。他起床，不及漱洗，睡衣外面套一件粗绒线衣，去车库检查发电机。这几日连着暴雨，小镇随时可能停电，最近的医院距离这里七公里，发生什么，该怎么办，他已在心里演练过许多次。当然，最保险的做法是回到医院里去，但她不愿意，他也不勉强。对她来说，每一天都可能是最后一天，两个人都心知肚明。虽然有时候，他隐隐觉得她在好起来，却又不敢妄下这样的判断，害怕只是错觉。

房子是英国式，建成已有许多年，外墙是斑驳的棕红条砖，爬满青苔与常春藤。搬进来之前，他请人来安装几样必需的电器。那个承包商对他谈起生意经，说这房子很好，但确实该翻修一下了，这里这样弄，那里那样弄，不光是外观好看，住起来也会舒适很多。他敷衍地点头，什么都没有做。他不能为将来打算，明年，下个月，下一周，甚至只是明天，都是没有意义的。每一天都可能是最后一天，他只能这样想，像是头顶悬着达摩克利斯之剑，哪怕只是短暂一刻的欢愉与庆幸，或许就会惹得命运不悦，证明给他看——瞧，你错了。他甚至可以想象那嘲谑的笑容，如果命运也有一张面孔的话。

他走出车库，点燃一支烟，沿着屋后小径走出去。邻人晨跑，牵着狗经过，对他道一声日安，他也道日安，这是每天必经的程序。

甚至只是两年之前的他，都难以想象现在的自己。那时，医院对他来说只是一种有关戒瘾与美容手术的所在。那时，他所钟情的是跑车、好酒与棕色皮肤的美人，他无所谓她们心里想什么，无所谓她们明天在哪里。那时，世界如此简单。而那种简单，他曾以为是人生的完美状态，现在才觉得是毫无意义。

一直走到海边，他才听到海浪拍岸的声音，是因为没有风，海水出奇的沉静，也是因为习惯了，那样的节拍韵律早已经成了可以自动滤过的背景音。此地没有沙滩，只有礁石、崖壁与一丛丛稀疏的野草。昨夜的那场雨已经停了，但海上仍旧云层致密，近岸海水灰白，直到远处才显出一点苍蓝来。海岸线在此处绕出一个弯，深入海面的长臂尖端立着灯塔，围着四脚锥形状的防波石，从这里看起来，精巧好似玩具。

他想起昨夜，Lou的女儿Cecile过来做客。吃过晚饭，她与Cecile在客厅的地板上玩一种纸牌游戏。游戏玩过几轮，Lou来接孩子回家，汽车停在门口，孩子却不肯走。

“明天可以再来。”他这样对孩子说。话说出口，心里便是一颤，许久以来的第一次，他说起明天。

孩子却答：“明天太久了，要做过一个噩梦才到。”

她被这句话逗笑，问孩子：“为什么一定是噩梦？说不定是好梦呢？”

“都是噩梦，没有好梦。”孩子赌气。

“那是因为做噩梦会惊醒，好梦不会，到早晨就都忘记了。”她耐心解释。

孩子不要听，一个人坐到廊下，泫然欲泣。

他走过去，在孩子身边坐下，开口道：“你说得对，都是噩梦，我也是这样。”

Cecile并非幼童，只是将信将疑，感激他的好意。于是，他们便聊起各自的噩梦。大约只有他自己知道，那些话并非欺哄。一次又一次，他在梦中坠下崖角，沉入深海里。梦的结尾，他留着没有说——有时候，她活过来，如困在浅滩上的鱼，有时候她已经死了，于是周遭的一切都变得不同。

明天，是隔着一个噩梦的，虽是童言稚语，却没有说错。

真的临到走时，大雨倾盆，他抱孩子到车上。她靠在门边，朝着车子挥手告别，又看着他冒雨跑回来。

“你会是个很好的父亲。”她笑着说，拿一块毛巾擦干他的头发。

他摇头，不确定自己在否认什么，是当不了一个好父亲，还是连尝试的机会也没有。

他推说要去换衣服，她却起了玩兴，央求他抱，就像抱Cecile一样。他做出一副厌烦的样子，却还是抱起她来，穿过走廊，到她房间里去。

他放她到床上，对她说：“你该睡了。”

她却攀住他的脖子吻他，在他耳畔道：“就当今天是最后一天。”

他几乎颤抖，她怎么敢说出来？然而，其中又有些情欲之上的东西，使得情欲登峰造极。

这一夜的梦，截然不同。梦的情节并非线性，只一瞬他已了然全部背景。他回到年少时，不知是什么样的机缘，与她相识。他们似乎是差不多的年纪，二十岁上下，在大学读书，课余还须打工，十分清苦。就如所有年轻时的热恋一样，争吵与亲吻一样多，妒忌、思念、委屈、沮丧，每天都要经历一遍。对于未经世事的他来说，她是全部的磨难与幸福。

旁观的他清楚地知道这只是一个梦，哪怕是醒着的时候，他也不曾有过这样的奢想。他们太过不同，似乎只有现实里这样的境遇，才会把这样两个人困在一起。

然而，在这个梦里却又有许多真实的细节，比如暑假，他们开车到海边去，他开的的确是他的第一辆车——蓝色二手福特，他还记得自己如何买下这辆车，记得它怠速不稳，容易熄火。而后便又是虚构的另一半——仲夏的深夜，他将车停在海边，他们在车里做爱。他沉沦其中，几乎忘情，直到她俯身在他耳畔道："就当今天是最后一天。"

下一秒，他就醒了。

一支烟燃尽，他慢慢走回去，到房子附近，便听到前院传来隐约的说话声。他穿过走廊到前面去，隔着门厅狭长的落地窗，看见她裹一块绒线披肩坐在门前的长椅上。花园一片泥泞，园艺公司派了人过来整理。她换了胶鞋，鞋子沾了泥土，应该是去帮过手。

花匠正指着院子门口对她说："明年初夏，会长成一片花墙。"

"明年，初夏。"她重复，法语依旧说得不好，碎成一个个单词，不是这里错了就是那里不对，拼不成句子。她不窘也不急，只把那些词撂在那里，由着别人各取所需。

花匠又说："是的，明年初夏。"

她点头，笑，看着那一排枝叶荒疏的铁架子，就好像看到了花墙。

他一瞬动容，在眼泪滑落之前退到门后的阴影里。他早已习惯这种落泪之前的感觉，从未叫她看见过他哭。

开门走出去时，他已经平静。她听到脚步声，回头看到他，两条腿便往椅子下面收了收，知道躲不过，才笑了笑，俯身剥去胶鞋上半干的泥土。

他走过去，单膝跪下，脱掉她的鞋子，抱她进屋。她对他笑，他还是装作厌烦的样子，心里却是莫大的满足。就如昨夜的好梦，幸福是时间之外的，没有过去，也没有将来，只在这一天，这一刻。

阿肯色 康威

“老板，我们走了。”店堂里传来说话声，是女招待与帮厨的伙计。

“好。”他在后厨回答。声音太轻，他们大约是没有听到，却也无关紧要，门口的风铃响了一声，店里便只剩下他一个人。

这是一个礼拜二，店里的宵夜生意只做这一天。时近午夜，已经没有客人，他留下来，准备打烊。

这爿店从原先的主人手里全盘接过来，门面稍稍修缮了一下，店名还是原来的。其实，连店名都不必有。此地只是一个小镇，镇上购物中心、超级市场、电影院，应有尽有，但每一样都只此一家，别无备份。做中国菜的饭店当然也只有这一间，只需说“中餐馆”，便不会有歧义。

他与Esther在这里安家，已经十年有余，每天日子都过得差不多，如果不是因为有孩子，几乎感觉不到时间的流逝。那场官司结束，他便离开了芭蕾舞团。Esther对此毋有异议，甚至可以说乐于见到这样的结果——彻底忘记过去，重新开始。

初到此地，一个人也不认得，没人知道他们是谁，有过什么样的经历。反正这片大陆上到处都是移民，再多两个也无不可。最开始是找房子，搬家，家具杂物一件件置办起来；而后便是这家店，设备采买，酒水证照，厨师帮工；再后来有了孩子，更是忙碌得来不及去想其他。

十年间，他的父亲和弟弟来过几次，Esther的父母也来过，所有人都默契地不提及从前。Esther更是如此，尽力地去做一个南部小镇的主妇，她参加社区聚餐，为学校的感恩节义卖焙烤饼干，万圣节带孩子出去讨糖果。然而，除去变得丰腴了一些，她的努力大部分是失败的，在邻居太太们当中，她仍旧是格格不入的那一个。

相比Esther，他的转变似乎更加成功。从前的事情，已是数万光年之外的遥远，就算记得，也像是别人的人生，与他毫无干系。医生那里的随访早已从半年一次变成一年一次，每次去，医生都说他很好，几年前就已经不用服药。

午夜前半小时，仍旧没有客人。他打开通往后面小巷的门，准备将最后一袋厨余垃圾拎出去。阴影中传来窸窣声，他以为是猫，结果却是一个人。

“有没有不要的食物？”那人走到灯光下，有一些年纪了，背一个高过头顶的大包，像是带着全副家当。

“有，还有半小时打烊，你可以进来坐着吃。”他对老人说。

“不会给你惹麻烦吧？”老人问。

“我是老板，店里没有其他人。”他回答。

于是，老人随他进去，在店堂里一张圆桌边坐下，上下打量他，道："你看起来实在不像。"

"是吗？"他笑，"你是第一个这么说的人。"

老人也笑："我走过很多地方，看人很准。"

他没再说什么，回到厨房去，想起方才的问答，几乎可以算是一个笑话了。今年再去复诊，可以讲给医生听。一个大进步，他可以想象医生的反应，或许会永远赦免了他，宣判：你已经痊愈，以后不必来了。要真是这样，也算修炼圆满。对于一个中餐馆老板来说，心理医生，实在是不搭调的东西。

他热了一份点心给那老人，自己也坐到靠窗的一张小圆桌旁，看着窗外空无一人的街头。老人似乎知道他无意交谈，安静地吃，仿佛不存在。

午夜来得悄无声息，店门静静开了，又静静合上，没有听到风铃声。有人走进来，在他对面坐下。他知道是她，还是从前的样子，所有细节都那样清晰，更甚于现实。

每个礼拜只有这一天，这一天只有这短暂的一刻，他重新又成为曾经的自己。这件事，他没有告诉过任何人，却并无愧疚。他确实已经变了，不会再混淆世事与幻象。然而，幻象始终是在的。

—// ∧ \\—

图书在版编目（CIP）数据

我曾如此爱你 / 陈之遥著. — 北京：中国华侨出版社，2017.12
ISBN 978-7-5113-7080-8

Ⅰ. ①我… Ⅱ. ①陈… Ⅲ. ①长篇小说–中国–当代
Ⅳ. ①I247.5

中国版本图书馆CIP数据核字（2017）第256283号

我曾如此爱你

著　　者：陈之遥
出 版 人：刘凤珍
责任编辑：泰　然
封面设计：abook 蜀黍
排版制作：刘珍珍
经　　销：新华书店
开　　本：880mm × 1230mm　1/32　印张：10.25　字数：186千字
印　　刷：三河市冀华印务有限公司
版　　次：2018年3月第1版　2018年3月第1次印刷
书　　号：ISBN 978-7-5113-7080-8
定　　价：42.00元

中国华侨出版社 北京市朝阳区静安里 26 号通成达大厦 3 层　邮编：100028
法律顾问：陈鹰律师事务所
发 行 部：（010）82068999 传真：（010）82069000
网　　址：www.oveaschin.com
E-mail：oveaschin@sina.com

如发现图书质量问题，可联系调换。质量投诉电话：010-82069336